Ein Ritter zu Weihnachten

Die Autorin

Carrie MacAlistair, Jahrgang 1955, fiel schon in jungen Jahren durch ihre fantasievollen Geschichten auf. Zunächst arbeitete sie jedoch als Arzthelferin und veröffentlichte erste Kurzromane in verschiedenen Wochenzeitschriften sowie diverse Romanserien. Seit 2000 ist Carrie MacAlistair hauptberuflich als Autorin tätig.

CARRIE
MACALISTAIR

Ein Ritter zu Weihnachten

Roman

Weltbild

Besuchen Sie uns im Internet:
www.weltbild.de

Genehmigte Lizenzausgabe für Verlagsgruppe Weltbild GmbH,
Steinerne Furt, 86167 Augsburg

Projektleitung und Redaktion: usb bücherbüro, Friedberg/Bay
Umschlaggestaltung: zeichenpool, München
Umschlagmotiv: Accornero Franco via Agentur Schlück GmbH, Garbsen;
www.shutterstock.com (© Dmitriy Shironosov; MarFot; Jut)
Satz: Dirk Risch, Berlin
Gesamtherstellung: CPI Moravia Books s.r.o., Pohorelice
Printed in the EU
ISBN 978-3-86365-456-6

2015 2014 2013 2012
Die letzte Jahreszahl gibt die aktuelle Lizenzausgabe an.

1

Als Kelly Standhurst an diesem neblig-grauen Novembermorgen die Augen aufschlug, ahnte sie bereits, dass der Tag alles andere als gewöhnlich verlaufen würde. Die Kopfschmerzen vom Vorabend meldeten sich schlagartig zurück, und die Aussicht, eine lange Autofahrt vor sich zu haben, ermunterten Kelly nicht, aus dem warmen Bett zu kriechen; stattdessen spielte sie mit dem Gedanken, sich die Decke über den Kopf zu ziehen und weiterzuschlafen.

Doch dann erinnerte sie sich ihrer täglichen Pflichten, seufzte einmal tief und schwang ihre Füße über den Bettrand. Noch schlaftrunken duschte Kelly, zog einen dunklen Hosenanzug an, kämmte ihr dunkles langes Haar und steckte es auf, bevor sie in der Küche ein schnelles Frühstück einnahm. Ein vorsichtiger Blick aus dem Fenster sagte ihr, dass es allmählich hell wurde.

Eigentlich hatte Kelly alles erreicht, was sie sich erträumt hatte: Eine mit Bravour abgeschlossene Ausbildung als Antiquitätenhändlerin sowie einige Semester in Antiquitätenkunde lagen hinter ihr. Nun, im Alter von neunundzwanzig Jahren, arbeitete Kelly für einen bekannten Antiquitätenhändler am Trafalgar Square, der sie fürstlich bezahlte und oft zu Auktionen in der ganzen Welt schickte. Schon als Kind hatte sie sich brennend für alte Kunstwerke interessiert, denn sie fand es aufregend, Gegenstände in der Hand zu halten, die von Menschen aus anderen Jahrhunderten angefertigt worden waren. Ihre Augen waren inzwischen so sehr geschult, dass sie meistens auf den ersten Blick erkannte, ob es sich um eine echte Antiquität oder um Trödel handelte.

Ihr hohes Einkommen erlaubte es Kelly, sich eine schicke Wohnung in Kensington zu leisten, ein teures Auto zu fahren und über ein gut gepolstertes Bankkonto zu verfügen. Und dennoch war Kelly mit ihrem Leben nicht zufrieden – was ihr genau fehlte, konnte sie nicht näher erklären.

Wenn sie gewollt hätte, würde sie an jedem Finger zehn Verehrer haben, längst verheiratet sein und Kinder haben. Aber sie *wollte* nicht! Und das lag nicht etwa daran, dass sie sich aus Männern nichts machte … die männlichen Exemplare, mit denen Kelly bisher näheren Kontakt hatte, waren es nur einfach nicht wert, eine enge Beziehung einzugehen. Zwei von ihnen hatten sogar Reißaus vor ihr genommen, weil sie ihnen zu selbstbewusst war und zu viel Geld verdiente. Letztlich hatte sie das Single-Leben bewusst gewählt.

Kelly saß auf dem hohen Hocker vor der Frühstückstheke und schenkte sich den restlichen Kaffee aus der Kanne ein. Flüchtig blickte sie dabei erneut zum Fenster und stellte ernüchtert fest, dass es wohl an diesem Tag gar nicht richtig hell werden wollte.

Wenn sie doch nur wüsste, wieso sie häufig so deprimiert war!

»Es liegt nicht an mir«, murmelte sie halblaut in die Stille hinein. »Es liegt daran, dass es keine richtigen Männer mehr gibt.«

Nach dieser Feststellung ging es ihr gleich etwas besser, und als die Schmerztablette, die sie genommen hatte, zu wirken begann, fühlte sie einen Anflug von Freude, als ihr der neue Auftrag wieder einfiel: Auf Anordnung von Mr Trevor Harrow, ihrem Boss, sollte Kelly an diesem Morgen in die Grafschaft Kent fahren. Dort hatte eine alte Dame der Gemeinde ihr Cottage hinterlassen, und Kellys Firma war beauftragt worden, sich in dem Häuschen nach verwertbaren Antiquitäten umzuschauen.

Kelly liebte diese Außentermine, und allmählich erwachten ihre Lebensgeister. Alles, was sie an diesem Morgen trübsinnig gemacht hatte, war verflogen. Sie brauchte keinen Mann, der ihr Leben ausfüllte!

Gerade als sie alle Unterlagen für den Auftrag in ihrer Aktentasche verstaut hatte, läutete das Telefon.

»Ausgerechnet jetzt«, murmelte Kelly unwillig und war versucht, es klingeln zu lassen. Mit einem flüchtigen Blick auf das Display erfasste sie, dass es ihre Mutter war. Helen Standhurst schaffte es immer wieder, anzurufen, wenn sich Kelly in akuter Zeitnot befand. Aber da sie wusste, wie hartnäckig ihre Mutter war, nahm sie nach einem kurzen Seufzer ab.

»Hast du etwa noch geschlafen?«, erkundigte sich Helen nach einer knappen Begrüßung. »Ich wollte dich fragen, ob mit Weihnachten alles klappt.«

»Mom, das ist erst in sechs Wochen!«

»Die Zeit vergeht doch so schnell«, verteidigte sich Helen. »Ich möchte bis dahin alle Einkäufe erledigt haben. Was wünschst du dir denn zum Fest?«

Kelly verdrehte die Augen – jedes Jahr um dieselbe Zeit dieselbe Frage, und jedes Mal antwortete Kelly mit: »Ich habe keine Wünsche.« Das bedeutete, dass sie wieder einmal einen Seidenschal oder einen Satz Kristallgläser bekommen würde.

Deshalb sagte sie dieses Mal spontan: »Ich wünsche mir einen Ritter!«

Kelly musste ihren Wunsch zweimal wiederholen, bis ihre Mutter sie richtig verstanden hatte. »Einen Ritter? Sei nicht albern, Kind. Es gibt heutzutage keine Ritter mehr. Übrigens werden deine Geschwister einen Tag vor dem Fest hier sein. Ich hoffe, du kommst dann auch.«

»Sicher, Mom. Ich werde pünktlich sein.«

»Freust du dich denn gar nicht darauf, deine Familie wiederzusehen?« Helen schien über das mangelnde Interesse ihrer Tochter enttäuscht. Erst als Kelly ihr versicherte, das Fest voller Ungeduld zu erwarten, war Helen zufrieden.

»Übrigens ist neulich ein neuer Nachbar ins Nebenhaus gezogen. Er ist alleinstehend und sieht sehr gut aus. Ich habe daran gedacht, ihn zum Weihnachtsessen einzuladen. Was meinst du?«

Ging das denn schon wieder los?

Kelly hob die Schultern, dann sagte sie reserviert: »Es ist deine

Entscheidung.« Sie ahnte bereits, dass ihre Mutter sie wieder einmal verkuppeln wollte. »Ich muss jetzt auflegen, Mom.«

Als sich Kelly eine Viertelstunde später auf den Weg machte, dachte sie über das Telefonat nach. Ihre Eltern lebten im Stadtteil Camden, in einem bescheidenen Reihenhaus. Dort waren Kelly und ihre drei Geschwister Shirley, Alex und Bratt schon geboren worden. Sie hatten alle längst Nachwuchs, und als Kelly an ihre ständig lärmenden Nichten und Neffen denken musste, war ihre gute Laune dahin.

Die Geschwister lebten weit außerhalb von London, aber Weihnachten wurde seit jeher in ihrem Elternhaus gefeiert – darauf bestand Helen trotz der vielen Arbeit. Dabei lief es Jahr für Jahr gleich ab: Sie schmückte die künstliche Tanne schon lange vor der Ankunft ihrer Kinder und Enkel; dann mussten alle um den Baum herumstehen und ihn bewundern. Später gab es selbst gebackene Plätzchen, und die Geschwister erzählten sich gegenseitig, was sie das Jahr über getrieben hatten, während die Kinder durch das Haus tobten.

Am Weihnachtstag wurden Geschenke ausgetauscht, die man eigentlich gar nicht brauchte und die nur Platz im Schrank wegnahmen. Einzig die Enkelkinder freuten sich aufrichtig über ihre Geschenke. Abends gab es Karpfen und zum Nachtisch Pflaumenkompott, von Helen im Herbst persönlich eingekocht.

Kelly konnte nicht leugnen, dass sie ihre stille Wohnung jedes Mal nach Weihnachten mit Erleichterung wieder aufsuchte. Für sie hatte das Fest keinen besonderen Reiz mehr, weil alles stereotyp ablief; Jahr für Jahr die traditionelle Prozedur. Die festliche Vorfreude, die Kelly als Kind empfunden hatte, war schon lange dahin, und plötzlich sehnte sie sich nach ihrer Kindheit zurück. Damals hatte es pünktlich zum Fest geschneit – nicht viel, aber die Hausdächer und Straßen waren weiß gewesen.

Hinter London setzte leichter Regen ein. Missmutig starrte Kelly auf die nasse Straße. Bis Weihnachten war es zwar noch einige Wochen hin, aber es war vorauszusehen, dass sich bis dahin am Wetter kaum etwas ändern würde – wie in den vergangenen Jahren.

Normalerweise mochte Kelly die Grafschaft Kent, die zu Recht den Beinamen »Garten Englands« trug, sehr gern. Die endlos weiten grünen Hügellandschaften, alte Burgen, Schlösser und Kirchen lockten in den Sommermonaten viele Touristen aus aller Welt an. Aber im Spätherbst mit seinen nebelverhangenen grauen Tagen wirkte Kent ebenso trostlos wie alle anderen Teile Englands. Kelly nahm die Autostraße nach Osten, die auf direktem Weg nach Maidstone, der Kreisstadt von Kent, führte. Im dortigen Rathaus würde sie die genaue Anschrift des geerbten Häuschens erfahren.

Vor Kelly lag eine weite Strecke, sodass sie wieder in Gedanken über ihr unausgefülltes Leben verfiel. Dabei fragte sie sich einmal mehr, warum sie so unzufrieden war. Konnte es wirklich daran liegen, dass sie nicht den richtigen Mann fand, oder stimmte etwas nicht mit ihr? Es half ihr auch nicht, sich einreden zu wollen, dass sie sehr gut alleine leben konnte. An die Gründung einer Familie hatte sie nie gedacht – Kinder würden sie nur an der Ausübung ihres Berufes hindern.

Auf halbem Weg entdeckte Kelly links in der Ferne undeutlich eine mächtige, auf einer Anhöhe gelegene Trutzburg im Nebel, die Hunderte von Jahren alt sein musste. Gebaut aus grobem Felsstein mit Wehrtürmen in alle vier Windrichtungen, schien die Burg noch heute ihren Bewohnern als sicheres Heim zu dienen.

Kelly war versucht, einen Abstecher zu dieser Burg zu machen, erinnerte sich jedoch an ihren Auftrag, der schnellstmöglich erledigt werden wollte. Sie war die Strecke schon öfters gefahren und hatte der Festung in der Ferne niemals nähere Beachtung geschenkt. Kelly fand es seltsam, dass sie ausgerechnet diesmal Interesse an den Bauwerken Kents zeigte.

Doch dann war die Burg aus ihrem Sichtfeld verschwunden, und Kelly setzte ihren Weg unbeirrt fort. Die schnurgerade, vor

Nässe glänzende Straße vor ihr machte sie schläfrig, deshalb schaltete sie kurz entschlossen das Radio an.

Trotz der dahinplätschernden Musik verfiel sie erneut ins Grübeln; diesmal über Weihnachten. Ihr graute vor dem Fest bei ihren Eltern, das nur aus Hektik und Lärm bestand und keine Minute Besinnlichkeit zuließ. Und dann auch noch Helens hartnäckiges Bemühen, ihre jüngste Tochter endlich unter die Haube zu bringen – wie peinlich!

Um die Mittagszeit dämmerte es bereits. Als sie kurz darauf Maidstone erreichte, hatte das Rathaus bereits geschlossen, denn für die ungefähr sechzig Kilometer von Kensington hatte Kelly wegen der schlechten Sicht fast zwei Stunden gebraucht!

Damit hatte sie bereits gerechnet und sich im Voraus ein Pensionszimmer in der Stadtmitte gebucht. Es war klein und altmodisch eingerichtet, aber das störte Kelly wenig, denn sie war nach der langen Fahrt erschöpft und wollte nur noch schlafen.

Erfrischt erwachte sie am nächsten Morgen, der genauso feucht und grau zu werden versprach wie die vergangenen Tage. Während sie ausgiebig duschte, fiel ihr blitzartig ein, wieso sie so unzufrieden war: Niemand wartete zu Hause auf sie und freute sich über ihr Heimkommen – noch nicht einmal ein Wellensittich oder Goldhamster!

»Kelly, hör endlich auf, dich zu bemitleiden«, sagte sie nach dem Duschen bestimmt zu ihrem Spiegelbild. »Sei froh, dass du frei bist, darum beneiden dich sehr viele Frauen.« Das Spiegelbild widersprach nicht, und so drehte sich Kelly seufzend um und fönte ihr schweres Haar.

Nach einem viel zu üppigen Frühstück zahlte Kelly ihre Rechnung und machte sich auf den Weg zum historischen Rathaus, das sich in der Innenstadt befand. Kelly hatte die Bauart schon bei früheren Besuchen in Maidstone bewundern dürfen; es war jedoch das erste Mal, dass sie dort zu tun hatte.

Nach Mr Harrows Anweisung sollte sich Kelly bei einer Miss

Grant melden. Wenige Minuten später stand sie einem ältlichen Fräulein in einer winzigen Amtsstube gegenüber.

»Ich habe Sie bereits gestern erwartet«, sagte Miss Grant und reichte Kelly freundlich die Hand. »Bitte setzen Sie sich einen Augenblick, ich suche sofort nach dem Schlüssel.«

Während sie in einer Schublade des Schreibtisches kramte, fragte Kelly interessiert: »Wer war diese großzügige alte Dame, die der Stadt ihr Cottage vermacht hat?«

»Ich kannte Mrs Ingles leider nicht persönlich, aber ich hörte, dass sie sich schon zu Lebzeiten sehr spendabel zeigte; sie beteiligte sich zeitlebens finanziell an Renovierungen etlicher historischer Gebäude. Sie hinterließ ihren Besitz der Stadt, weil sie keine Erben hatte. So, da ist der Schlüssel.« Miss Grant legte ein Schlüsselbund mit drei altmodischen Schlüsseln, durch einen großen Ring gezogen, auf die Tischplatte. »Mrs Ingles galt als etwas schrullig. Sie war nie verheiratet und stellte ihre eigene Kräutermedizin her.«

»Was wird die Stadt mit dem Häuschen machen?« Interessiert betrachtete Kelly den altertümlichen Schlüsselbund. »Und welche Antiquitäten werden im Inneren vermutet?«

»Soviel ich weiß, steht das Cottage unter Denkmalschutz und darf nicht abgerissen werden. Was daraus wird, ist noch nicht bekannt. Keine Ahnung, ob sich etwas Wertvolles darin befindet – deshalb wurde Mr Harrow beauftragt, jemanden zu schicken, der die Einrichtungsgegenstände schätzt.«

»Ich werde mein Bestes tun«, versprach Kelly und ließ die Schlüssel in ihre Jackentasche gleiten. »Wahrscheinlich kann ich Ihnen schon morgen eine Liste der Wertgegenstände schicken.«

»Wunderbar!« Miss Grant schob Kelly einen handgeschriebenen Zettel über den Tisch. »Das Haus liegt etwas außerhalb von Maidstone, im Bezirk Sevenoaks, etwa eine Viertelstunde mit dem Auto.«

Kelly lächelte der Frau zu. »Ich werde es schon finden.« Sie erhob sich und sagte: »Sowie ich mit der Beurteilung fertig bin, werde ich mich wieder bei Ihnen melden.«

Miss Grant begleitete sie zur Tür. »Wäre schön, wenn Sie den einen oder anderen kleinen Schatz entdecken würden. Von dem Erlös könnte man endlich einen Teil der dringenden Baumaßnahmen unseres schönen Rathauses finanzieren.«

Als Kelly kurz darauf wieder auf der Straße stand, setzte Regen ein. Zwar galt Kents Klima als besonders mild, aber der Regen war kalt und schlug Kelly unangenehm ins Gesicht, während sie über die Straße zu ihrem Auto rannte.

Fluchend wischte sie sich mit einem Papiertaschentuch über das Gesicht, bevor sie den Motor anließ. Dann faltete sie den Zettel auseinander, um das Fahrziel in ihren Navigator eingeben zu können. Dummerweise konnte dieser eine Straße namens Blunt Road nicht finden, und noch einmal fluchte Kelly undamenhaft.

Gemächlich fuhr sie nach Sevenoaks, einem Bezirk mit vielen uralten Häusern zwischen Bäumen und Wiesen. Im Sommer schien es hier herrlich zu sein, eine richtige Ferienoase. Aber mit den kahlen, vor Nässe glänzenden Bäumen und Hecken wirkte die Gegend nicht sehr einladend.

Nach kurzer Suche hatte Kelly die Blunt Road gefunden, die sich als bescheidenes Gässchen entpuppte, an dessen Ende sich Mrs Ingles' Haus befand – übrigens dem einzigen Haus in der Blunt Road.

Neugierig reckte Kelly den Hals, um einen ersten Blick auf das hinter wilden Hecken verborgene Cottage werfen zu können. Viel mehr als durch das Buschwerk blitzendes Gemäuer war allerdings nicht zu erkennen, und so nahm Kelly den schweren Schlüsselbund und stieg aus dem Auto.

Von der Straße führte ein schmaler, unbefestigter Weg neben einer unbeschnittenen Buchsbaumhecke zum Haus. Man konnte dem Gemäuer sein Alter ansehen; die dunklen Ziegelsteine der Außenfassade waren teilweise zerbröckelt, die Fensterrahmen verzogen und die Haustür war wurmstichig; trotzdem hatte das unscheinbare Häuschen durchaus seinen Reiz mit den altmodischen Schornsteinen an beiden Giebelseiten.

Bevor Kelly den Schlüssel ins Türschloss steckte, fragte sie sich, wer wohl im Laufe der Jahrhunderte hier gewohnt haben mochte, und schaute sich interessiert um. Das Grundstück war nicht sehr groß und stieß am hinteren Ende an einen brachliegenden Acker. Der Garten war völlig verwildert – alles in allem sah es so aus, als habe hier schon ewig niemand mehr gelebt. Allerdings wusste Kelly nicht, wann die Hausbesitzerin gestorben war, denn das konnte schon vor Jahren gewesen sein.

Der Schlüssel klemmte, und erst nachdem Kelly es mehrmals probiert hatte, ließ er sich quietschend und mühevoll drehen. Vorsichtig schob Kelly die knarrende Tür auf und lugte ins Innere. Abgestandene Luft schlug Kelly entgegen, was sie jedoch nicht davon abhielt, über die abgenutzte Schwelle zu treten. Es war schummrig, sodass Kelly ihre Taschenlampe zu Hilfe nahm, um sich besser orientieren zu können.

Sie befand in einem kleinen Wohnraum mit altem Kamin, grünem Plüschsofa und diversen Möbeln sowie zwei Schubladenkommoden, einem klobigen Couchtisch und einer Glasvitrine.

Auf den ersten Blick erkannte Kelly, dass die Wohnzimmereinrichtung zwar alt war, aber keinen besonderen Wert mehr hatte. Die Möbel entstammten mehreren Epochen, waren schäbig und zerkratzt.

Erst jetzt entdeckte Kelly die dunklen Vorhänge vor den Fenstern und zog sie zurück, um etwas Helligkeit in den Raum zu bringen; trotz des zusätzlichen Lichtes sahen die Möbel jedoch nicht weniger unansehnlich aus.

Neben dem Kamin führte eine Tür in die angrenzende Küche – auch hier gab es nichts von besonderem Wert, wie Kelly auf den ersten Blick erkannte. Von der Küche führte eine weitere Tür in einen kleinen Flur, dessen steile Treppe fast den ganzen Raum ausfüllte.

Kelly leuchtete mit der Taschenlampe nach oben, dann nahm sie vorsichtig Stufe um Stufe – nur um festzustellen, dass es in den beiden winzigen Schlafkammern nichts zu holen gab.

Ernüchtert begab sich Kelly wieder in den vorderen Raum und nahm sich zunächst die Kommoden vor. Sie öffnete eine Schublade nach der anderen und stöberte im Nachlass von Mrs Ingles. In der obersten Schublade befanden sich ordentlich zusammengelegte Tischdecken aus Baumwolle und Leinen, die schon sehr lange dort liegen mussten, denn sie rochen muffig und sahen vergilbt aus.

Auch in den anderen Schubladen hatte die alte Dame nutzlose Gegenstände aufbewahrt: Stapel von zerknitterten Geschenkpapierbögen, Werbekugelschreiber, längst abgelaufene Wandkalender und dergleichen.

Resigniert wandte sich Kelly der Glasvitrine zu; dabei fiel ihr Blick auf das grüne Plüschsofa, dessen Bezugsstoff an den Nähten der Sitzfläche geplatzt war, sodass die Polsterung hervorquoll. Ob es sich lohnen würde, das alte Möbelstück aus den Zwanzigerjahren des vorigen Jahrhunderts neu polstern zu lassen?

Nein, entschied Kelly ohne Zögern. Ein neuer Bezug würde mehr kosten, als das ganze Sofa noch wert war. Mit kritischem Blick musterte sie durch die staubigen Glasscheiben das Innere der Vitrine. Doch auch hier schien sich kein kostbarer Gegenstand zu verstecken – nur Plunder, bestehend aus billigen Gläsern, kitschigen wertlosen Porzellanfiguren und einigen Reiseandenken, akkurat auf alle Stellflächen verteilt.

Doch etwas erregte schließlich Kellys Aufmerksamkeit – ganz hinten im untersten Regal stand neben einem geschmacklosen quietschbunten Papagei aus Keramik eine unscheinbare kleine Schatulle. Sie bestand aus Holz, hatte einen gewölbten Deckel und war über und über mit kleinen hellen Perlmuttmuscheln beklebt.

Neugierig griff Kelly nach dem Kästchen und betrachtete es kritisch von allen Seiten. Es schien schon sehr alt und von Hand gefertigt zu sein. Das kleine, zierliche Schloss war rostig und schief angebracht worden; einen passenden Schlüssel dazu gab es nicht.

Vorsichtig schüttelte Kelly die Schatulle; es klapperte. Also musste sich etwas im Inneren befinden. Und obwohl Kelly kaum glaubte, dass sie hier auf einen verborgenen Schatz stoßen würde, wollte sie doch mehr über den geheimnisvollen Inhalt erfahren.

Innerlich jubilierte sie, als sie feststellte, dass das Kästchen nicht verschlossen war und sich der Deckel mühelos öffnen ließ. Es befand sich nur ein einziger Gegenstand im Inneren, und bevor sie die Brosche herausnahm, betrachtete sie das Schmuckstück eingehend.

Auf den ersten Blick konnte Kelly nicht feststellen, welcher Epoche die Brosche entstammte. Sie war auffallend groß mit einer aufwendig geformten goldenen Einfassung und dicht besetzt mit grünen, gelben und blauen geschliffenen Edelsteinen. In der Mitte saß ein großer rubinroter Stein, und die Schließe auf der Rückseite bestand aus einer riesigen verbogenen Nadel.

Kelly war kein Juwelier, aber die Edelsteine konnten durchaus echt sein. Dem Aussehen nach schien die Brosche aus dem frühen Mittelalter zu stammen. Kelly lehnte sich an den Kaminsims, nahm das Schmuckstück an sich und versuchte, Näheres über sein Alter herauszufinden. Hier und da konnte man feine Kratzer im Metall und kaum sichtbare Absprengungen an den Steinen erkennen; dabei war nicht ersichtlich, ob es sich um Tand oder echte Saphire, Smaragde und Rubine handelte. Wenn die Brosche echt war und aus einem längst vergangenen Jahrhundert stammte, wäre sie sehr wertvoll. Aber das konnte nur ein Juwelier herausfinden.

Kelly war so sehr mit dem Schmuckstück beschäftigt, dass sie zunächst nicht merkte, wie es neben ihr warm wurde und die Luft sich veränderte. Erst als ein plötzlicher Windstoß durch den Raum fuhr, hob Kelly erschrocken den Blick.

Sie blinzelte mehrmals, als sie sah, dass sich die Einrichtung verändert hatte. Anstatt des Mobiliars von Mrs Ingles befanden sich plötzlich klobige hölzerne Sitzmöbel an jener Stelle, an der eben noch das hässliche grüne Sofa gestanden hatte.

Wie betäubt ließ Kelly die Brosche sinken und blickte sich weiter um. Der erkaltete Kamin hatte sich in eine aus groben Steinen gebaute primitive Feuerstelle verwandelt, in der muntere Flammen loderten, und vor den nun glaslosen Fenstern befanden sich hölzerne Läden.

Entsetzt wich Kelly zurück, als sie eine alte Frau, bekleidet mit einem grauen Leinenkittel, entdeckte, die auf einem Holzschemel nahe der Tür saß und ein Spinnrad vor sich stehen hatte.

Die alte Frau hatte schlohweißes langes Haar und ein gütiges Lächeln auf den Lippen. Unbeirrt drehte sich ihr Spinnrad, als hätte sie die Fremde noch nicht entdeckt. Doch dann hob sie den Kopf, blickte Kelly direkt in die Augen und sagte mit feiner Stimme: »Willkommen in meinem Haus, Jungfer Ceally.«

2

Im ersten Moment wollte Kelly lachen – doch als sie merkte, dass das Traumbild nicht weichen wollte, wurde sie von Panik erfasst. Achtlos warf sie Schatulle und Schmuck zu Boden und eilte zur Tür, doch die alte Frau fragte unvermittelt: »Wieso habt Ihr es denn so eilig?«

Zögernd blieb Kelly stehen. »Wer sind Sie, und was wird hier gespielt?«

Endlich hielt die geheimnisvolle Frau das Spinnrad an und erhob sich. Sie war sehr klein, und ihre Schultern waren vom Alter gebeugt, doch die hellen Augen in ihrem faltigen Gesicht sahen jung und gleichsam wissend aus.

Langsam trat sie vor Kelly und antwortete freundlich: »Mein Name ist Margaret … ich bin Eure Urahnin.«

Nun musste Kelly wirklich laut lachen. Noch wusste sie nicht, wer hinter diesem Streich steckte, aber die Situation war dennoch lustig.

»Soso, Sie sind meine Urahnin?«

Margaret deutete ein Nicken an, während sie ihre runzeligen Hände faltete. »Ich habe auf Euch gewartet, Jungfer Ceally.«

Kellys Selbstbewusstsein gewann allmählich wieder die Oberhand, und sie entschloss sich, das seltsame Spielchen mitzuspielen – zumindest für die nächsten Minuten.

»Aha, und wieso haben Sie … habt Ihr auf mich gewartet?«

»Um Euch auf den rechten Weg zu führen und Euch zu zeigen, dass man nie undankbar und unzufrieden mit seinem Leben sein sollte.«

Kelly erwiderte nichts und durchmaß den veränderten Wohnraum mit großen Schritten. Dabei fiel ihr auf, dass die Holzdielen auf dem Fußboden verschwunden waren und durch ungleichmäßig verlegte Ziegelsteine ersetzt worden waren. Kelly fragte sich, wie es den Verursachern dieses Streiches gelungen war, so schnell die Einrichtung zu verändern. Oder hatte man sie bewusstlos gemacht?

Ohne sich weiter um Margaret zu kümmern, trat Kelly zu der Feuerstelle und betrachtete die leere Wand links daneben, an der gerade noch Mrs Ingles' Vitrine gestanden hatte. Kellys Blick glitt zu Boden, dort lag noch immer die offene Schatulle; die Brosche dagegen war verschwunden.

Statt der Tür zur Küche gab es nun nur einen niedrigen Durchlass, hinter dem Kelly eine geflochtene Kiepe und an die gegenüberliegende Wand gestapelte Holzstücke erkennen konnte. Die Wand zum kleinen Flur gab es nicht mehr, jedoch eine nicht sehr sicher aussehende Leiter ins Obergeschoss.

Kelly hatte endgültig genug von diesem albernen Spiel. Sie blickte zu der Leiter, an deren Stelle zuvor eine stabile, wenn auch schmale Treppe gewesen war.

»Das ist doch unmöglich«, murmelte Kelly, als sie zurück in den Wohnraum ging. Es war eindeutig, dass sie sich im selben Haus befand, das sie vor kaum einer halben Stunde betreten hatte. Aber wieso war plötzlich alles verändert, und wer war die jetzige Hausbesitzerin wirklich?

Langsam ging Kelly auf die Frau zu, die nun wieder mit abwartender Miene auf dem Schemel saß.

»Bitte befreien Sie mich aus diesem Albtraum«, flehte Kelly. »Ich weiß nicht, wer mich bestrafen will mit diesem makabren Spiel, aber ich habe nichts verbrochen.«

»Natürlich habt Ihr nichts verbrochen, mein liebes Kind. Und dass Ihr hier gelandet seid, soll keine Strafe sein. Ich will Euch nur behilflich dabei sein, ein erfülltes Leben zu führen.«

Kelly schnaubte verächtlich. »Dann sagen Sie mir, was dieses Theater soll.« Hastig eilte sie zur Haustür, die nun aus rohen Holzlatten bestand und lediglich einen einfachen Riegel anstatt eines soliden Schlosses besaß. »Wenn Sie mir nicht auf der Stelle die Wahrheit sagen, gehe ich!«

Margaret schien die Drohung nicht zu beeindrucken. Sie zuckte mit den Achseln und erwiderte: »Versucht nur zu fliehen. Es ist zwecklos, denn es gibt kein Zurück.«

»Jetzt reicht es mir aber.« Zornig riss Kelly die Tür auf und stürzte ins Freie. Doch kaum stand sie draußen, als sie merkte, dass sich auch hier alles verändert hatte. Die Luft war klar und eisig, und es roch nach Schnee, obwohl es in Kent seit Ewigkeiten nicht mehr geschneit hatte.

Die vormals großen Buchsbaumhecken waren zu kleinen Büschen geschrumpft, und auf dem anliegenden brachgelegenen Feld waren Andeutungen von Erdfurchen zu erkennen. Den unbefestigten Weg zur Straße gab es noch, nicht jedoch die asphaltierte Blunt Road, an deren Rand Kelly ihren Wagen geparkt hatte. Es überraschte sie nicht, dass auch ihr Auto verschwunden war.

In ihrem Kopf überschlugen sich ihre Gedanken. An einen Streich glaubte Kelly inzwischen nicht mehr. Was also war geschehen? Grübelnd blieb sie an jener Stelle stehen, an der sie ihren Wagen abgestellt hatte und musterte die Umgebung. Die Blunt Road war nichts als ein schmaler, steiniger Pfad, zu dessen Seiten sich außer dem Cottage nichts als Felder und Bäume befanden.

Kelly drehte sich einmal um ihre eigene Achse. Nein, es war kein Albtraum, in dem sie sich befand – auch wenn ihr Verstand es noch nicht wahrhaben wollte … es schien tatsächlich so, als wäre sie in einem anderen Jahrhundert gelandet!

»Das ist unmöglich«, hauchte sie noch einmal und schüttelte ungläubig den Kopf. »Es *gibt* keine Zeitreisen.«

Unschlüssig blieb sie stehen und überlegte. Es musste mit dieser geheimnisvollen Brosche zusammenhängen, denn erst nachdem Kelly sie berührt hatte, waren die Veränderungen eingetreten.

Auch wenn sie nach wie vor davon überzeugt war, dass sie nicht in die Vergangenheit gereist sein konnte, ging Kelly zurück ins Haus, um nach der Brosche zu suchen. Falls es tatsächlich einen Weg in die Vergangenheit gab, musste es auch einen Weg zurück in die Gegenwart geben.

Margaret saß noch genauso da, wie Kelly sie verlassen hatte. Sie lächelte ihr milde entgegen und sagte: »Hab ich Euch nicht gesagt, dass eine Flucht zwecklos ist? Habt Ihr Hunger?« Sie erhob sich schwerfällig.

»Nein! Ich will nur nach der Brosche suchen.«

»Nach welcher Brosche?«, kam es ahnungslos zurück.

Ungeduldig wies Kelly zu der leeren Schatulle auf dem Boden. »Ich meine die Brosche, die sich in diesem Kästchen befunden hat. Sie ist schuld daran, dass ich jetzt hier bin.«

Margaret verschwand seelenruhig in dem Verschlag und kam nach wenigen Minuten mit einem bauchigen Kessel und einem Korb Gemüse wieder zurück. »Möglich, aber die Brosche ist nicht hier. Ihr werdet nach ihr suchen müssen, wenn Ihr wieder in Eure Zeit reisen wollt.«

»Na, prima«, gab Kelly mit sarkastischem Unterton zurück. »Und wo soll ich nach dieser verdammten Brosche suchen?«

»Nur Geduld, mein Kind. Die Zeit wird kommen, in der all Eure geheimen Wünsche erfüllt werden. Doch bis es so weit ist, Jungfer Ceally, werdet Ihr mein Gast sein.«

Weil Kelly dies die einzige Möglichkeit erschien, jemals wieder in ihre eigene Zeit zu gelangen, widersprach sie nicht, sondern erkundigte sich nur nach dem Jahr, in dem sie sich nunmehr befand.

»Es ist November, wir schreiben das Jahr des Herrn 1312.«

Kelly verschlug es die Sprache. Wenn sich dieser Spuk nicht doch noch als Albtraum entpuppte, befand sie sich nun exakt siebenhundert Jahre von ihrer eigenen Zeit entfernt!

Schweigend sah Kelly zu, wie die alte Frau einen Eintopf aus Gemüse und Kaninchenfleisch zubereitete, und als das Essen schließlich vor sich hin köchelte, trippelte Margaret zu einer Wandtruhe und entnahm ihr ein erdfarbenes Gewand mit langen weiten Ärmeln und braunen Schmucklitzen an den Säumen.

»Zieht das an, Jungfer Ceally.« Sie drückte es Kelly in die Hand. »Damit fallt Ihr hier nicht so auf.«

Widerstrebend hielt Kelly das ungewöhnliche Kleidungsstück hoch und betrachtete es genauer. Dann sah sie an sich herunter; der modische Hosenanzug schien tatsächlich nicht für eine Reise ins Mittelalter geeignet zu sein.

»Soll das heißen, dass es hier auch noch andere Menschen gibt?«

Erstaunt drehte sich Margaret, während sie im Kessel rührte, um. »Glaubt Ihr etwa, ich befände mich allein auf der Welt? Es gibt sehr wohl Menschen – junge und alte, arme und reiche, gute und böse. Vor den bösen Menschen will ich Euch warnen, mein Kind. Es sind nicht nur Trunkenbolde und Soldaten, sondern auch die Schergen von Sir Lennox, die plündern und brandschatzen.«

»Und wer ist dieser Sir Lennox?«

»Ein furchtbarer, machtbesessener Mann, der sich dieses ganze Gebiet hier ergaunert hat – und mit ihm die Festung Barningmore Castle vor den Toren der Stadt. Aber nun geht nach oben und zieht Euch um.«

Zögernd tat Kelly, wie ihr geheißen; vor der Leiter blieb sie skeptisch stehen.

»Keine Angst, sie wird Euch tragen!«, rief Margaret von der Feuerstelle her.

Vorsichtig stellte Kelly einen Fuß auf die unterste Sprosse, und nachdem sie festgestellt hatte, dass sie hielt, stieg sie langsam nach oben.

Den winzigen Flur und das primitive Bad gab es nicht mehr; stattdessen bestand das Dachgeschoss aus einem einzigen Raum, der in der Mitte durch bis zum Dach aufgeschichtete Strohballen geteilt war; auch der Fußbodenbelag bestand aus Stroh sowie einigen Fellen.

Kelly sank zu Boden und schüttelte abermals den Kopf. Es musste eine logische Erklärung dafür geben, dass sie sich im Mittelalter befand. Nachdenklich betrachtete sie das Gewand;

dann schälte sie sich aus ihrem auffälligen Hosenanzug und schlüpfte schnell in das Kleid, denn es war bitterkalt.

Zu schade, dass sie keinen Spiegel hatte, um sich zu betrachten, sagte sie sich mit einem Anflug von Galgenhumor, stand auf und stolperte prompt über den Kleidersaum.

Genauso vorsichtig wie beim Aufstieg kletterte Kelly wieder nach unten, wo sie bereits von Margaret erwartet wurde.

»Es steht Euch gut«, sagte sie und zog aus ihrer Kitteltasche ein Zierband hervor. »Ich werde Euch einen Zopf flechten, dann sieht niemand mehr, dass Ihr aus der Zukunft kommt. Wir wollen doch nicht, dass man Euch der Hexerei bezichtigt!«

Zunächst wollte Kelly protestierten, doch dann ließ sie es zu, dass die alte Frau ihr die aufgesteckten Haare löste und zu einem einfachen Zopf flocht.

»Wenn Ihr so klug seid, wie Ihr behauptet, müsstet Ihr doch wissen, wie es zu dieser Zeitreise kommen konnte«, sagte Kelly, während Margaret mit dem Frisieren beschäftigt war. »Es kann doch nicht nur an dieser dummen Brosche liegen.«

»Gewiss. Ihr habt einen Wunsch ausgesprochen.«

»Wo und wann?«

»Eurer Mutter gegenüber wünschtet Ihr Euch einen Ritter.«

Unfroh lachte Kelly auf. »Das war doch nur so dahergesagt. In Ordnung, ich nehme den Wunsch zurück.«

Margaret hielt einen Augenblick in ihrer Tätigkeit inne und erwiderte dann leicht amüsiert: »Dazu ist es zu spät, Jungfer Ceally.«

»Wenn ich doch nur diese Brosche wiederfinden könnte! Ihr müsst sie doch gesehen haben.« Und als keine Antwort kam, wies Kelly ungeduldig auf die muschelbesetzte Schatulle, die nun auf einem einfachen Regal neben der Feuerstelle stand. »In diesem Kästchen lag sie, ich erinnere mich genau. Woher stammt es?«

»Ich selbst habe sie angefertigt – als ich noch ein junges Mädchen war. Es sollte ein Geschenk für meine Mutter sein, doch noch bevor ich das Kästchen fertiggestellt hatte, verstarb sie. Deshalb behielt ich es für mich … aber ich habe nie etwas in ihr aufbewahrt.«

Sie war mit ihrer Arbeit fertig, stellte sich vor Kelly und begutachtete zufrieden ihr Werk. »Ich bringe Euch einen Spiegel, dann könnt Ihr Euch selbst betrachten.«

Während sie in der Truhe eifrig nach einem Spiegel suchte, betastete Kelly vorsichtig ihre neue Frisur – sie musste schrecklich aussehen!

Aber mit dem Spiegel vor ihrem Gesicht musste sie dann zugeben, dass sie besser aussah als befürchtet. So konnte sie sich wenigstens unter andere Menschen mischen, auch wenn Margaret sie vor Räubern und anderen Bösewichtern gewarnt hatte.

Unterdessen stellte Margaret zwei mit Suppe gefüllte Holzschüsseln auf den Tisch. »Das Essen ist fertig, es wird Euch munden.«

Daran zweifelte Kelly nicht, denn der Duft nach allerlei Gemüse, Kräutern und gekochtem Fleisch durchzog angenehm den Raum, und plötzlich verspürte sie Hunger.

»Wo ist der Löffel?«, fragte sie verwundert und nahm das Stück Brot entgegen, das Margaret ihr reichte.

»Ihr braucht keinen Löffel, mein Kind. Passt auf, wie man Suppe zu sich nimmt.« Margaret setzte den Schüsselrand an die Lippen und schlürfte geräuschvoll die Flüssigkeit, dann schob sie mit dem Brot Gemüse und Fleischstückchen in den Mund.

Mit Befremden sah Kelly ihr zu. Wurde ernsthaft von ihr erwartet, dass sie auf diese primitive Weise aß?

Mit dem letzten Brotrest wischte Margaret die Schüssel aus und stopfte ihn sich ungeniert in den fast zahnlosen Mund. Sie schien die entgeisterte Kelly dabei gar nicht wahrzunehmen; erst als sie fertig war, nickte sie ihr aufmunternd zu.

Weil Kelly keine andere Wahl blieb, setzte sie ihre Schüssel an die Lippen und hoffte, nicht so laut zu schlürfen wie Margaret. Das gelang ihr tatsächlich, allerdings bekleckerte sie dabei ihr Kleid. Margaret tat, als würde sie die Unbeholfenheit ihres Gastes übersehen, und schob ihre eigene Schüssel zur Seite.

Unterdessen versuchte Kelly, so manierlich wie möglich zu essen, doch dann siegte der Hunger, und sie schüttete die Mahlzeit in sich hinein. Tischmanieren schienen im 14. Jahrhundert nicht gefragt zu sein, und Kelly überlegte sich, ob auch die vornehmen Leute mit den Händen aßen.

Margaret holte mit einem Holzeimer erneut Wasser von draußen, um einen Kräutertee aufzubrühen, während Kelly mit ihrem Essen beschäftigt war. Aber dann plagte sie das schlechte Gewissen, denn die alte Frau war viel zu gebrechlich, um so schwer zu tragen.

»Woher holt Ihr das Wasser?«, fragte sie neugierig, als sie ihre Mahlzeit beendet hatte. »Ich habe keinen Bach in der Nähe entdecken können.«

»Ein Bach ist nicht nötig, hinter dem Haus steht ein Brunnen.«

Einen Brunnen hatte Kelly bei ihrem ersten Rundgang über das bescheidene Grundstück nicht entdeckt, aber dann fiel ihr siedend heiß ein, dass das siebenhundert Jahre später gewesen war.

»Ihr wisst doch, wie ich wieder in meine Zeit komme, oder?«, fragte Kelly vorsichtig. »Warum wollt Ihr es mir nicht verraten?«

Margaret verzog keine Miene, als sie den Kopf schüttelte.

Wütend sprang Kelly auf und stolperte prompt ein zweites Mal über den Kleidersaum. »Ihr wisst genau, dass es mit dieser dämlichen Brosche zusammenhängt! Wo ist sie?«

»Ich weiß es wirklich nicht, Ihr müsst nach ihr suchen. Alles, was ich weiß, ist Euer Wunsch, den Ihr ausgesprochen habt. Solange der nicht erfüllt ist, hilft Euch auch das Schmuckstück nicht.«

Verwirrt schwieg Kelly. Was meinte Margaret damit?

»Ihr solltet Euch bald zur Ruhe begeben, denn Ihr seht erschöpft aus.«

»Ich will nicht schlafen, sondern nach Hause, in meine gemütliche warme Wohnung mit einem richtigen Bett und Daunendecken!«

Margaret schüttete ungerührt eine Handvoll getrockneter roter Beeren in das inzwischen kochende Wasser und sagte: »Ihr werdet Euch schon an die Einfachheit meines Lebens gewöhnen. Wärme in den Schlafkammern und Federbetten können sich nur die Reichen leisten. Das einfache Volk muss mit dem zufrieden sein, was ihm zusteht.«

Kelly nahm die beiden Trinkbecher aus Steingut von der alten Frau entgegen. »Aber ich gehöre nicht zu diesem einfachen Volk.«

»Jetzt schon.«

Kelly schnappte nach Luft, doch sie unterließ eine schnippische Antwort, denn Margaret blieb gleichbleibend freundlich und schien sich an Kellys Gefühlsausbrüchen nicht weiter zu stören.

Der Tee schmeckte fruchtig, nicht nach den künstlichen Aromastoffen in den Aufgussbeuteln aus dem Supermarkt. Dennoch war Kelly weit davon entfernt, sich wohlzufühlen. Sie rutschte auf der harten Holzbank hin und her und fragte schließlich: »Was würde geschehen, wenn ich Euer Haus verlassen und mich auf eigene Faust auf die Suche nach der Brosche machen würde?«

Margaret war zu ihrem Spinnrad zurückgekehrt und setzte es in Bewegung. Der helle Wollfaden auf der Spindel lief so schnell durch ihre kleinen Hände, dass man ihn kaum erkennen konnte.

»Es steht Euch frei, mein Haus zu jeder Zeit zu verlassen, denn Ihr seid keine Gefangene. Aber wo wollt Ihr nach dem Kleinod suchen? Bedenkt, dass gefährliche Zeiten herrschen, seit Sir Lennox die Macht an sich gerissen hat. Niemand ist sicher vor ihm, und so manch einer landet unschuldig im Kerker von Barningmore Castle, um später geköpft zu werden.«

Innerlich erschauerte Kelly, doch äußerlich gab sie sich gelassen. »Ich bin eine Frau, mir werden die Schergen dieses Sirs nichts tun, falls sie mir begegnen, denn …« Sie hielt verdutzt inne, als Margaret laut zu lachen begann.

»Man merkt, dass Ihr einem anderen Jahrhundert entstammt«, sagte sie, nachdem sie sich wieder beruhigt hatte. »Wir kleinen Leute haben kaum Rechte – und solange wir von einem Barbaren wie Sir Geoffrey Lennox beherrscht werden, haben wir gar keine Rechte, versteht Ihr? Er macht seine eigenen Gesetze, und wer sie nicht befolgt, spielt mit seinem Leben. Man sagt, er sei grausam und kenne keine Gnade.«

In Kelly regte sich leises Interesse an diesem Mann, daher bat sie die alte Frau, mehr über ihn zu erzählen.

»Der frühere Landbesitzer, Sir Percy of Barningmore, war ein gütiger Herrscher. Er kümmerte sich um die Armen und schenkte ihnen Brot und süßes Bier. Seine Vorfahren erbauten vor über zweihundert Jahren Barningmore Castle. Die Festung wurde seit jeher streng bewacht, und niemand wagte es, Sir Percys Mannen anzugreifen, denn sie galten als stärkste Ritter des Landes. Doch vielen anderen mächtigen Männern war das reiche Land ein Dorn im Auge, denn es gibt mehrere Steinbrüche und viele Wälder und Bodenschätze.« Margaret legte ihre Arbeit nieder und faltete die Hände in den Schoß. Ihr sanfter Blick ruhte auf einem unsichtbaren Punkt an der getünchten gegenüberliegenden Zimmerwand.

»Drei Generationen der Barningmores konnten ihren Besitz halten, dann brach vor zwei Jahren ein Fieber in der Familie aus, das Sir Percy und den größten Teil seiner Familie dahinraffte. Sein jüngster Sohn überlebte, doch er besaß keine Erfahrung in der Kriegsführung. Das Unglück sprach sich schnell im ganzen Land herum; und dann tauchte Sir Lennox aus dem Westen mit seinen Truppen auf und griff Barningmore Castle an. Sir Percys Sohn vermochte seine Krieger nicht zu führen, sie starben alle, und so kam es, dass die Festung und mit ihm der gesamte Grundbesitz in Sir Lennox' Hände fiel. Man sagt, es bedarf nur noch der Einhaltung einer bestimmten Klausel, um ihn zum endgültigen Herrscher zu erheben.«

»Welche Klausel?«

»Genau weiß das niemand, doch man munkelt, dass es mit

einer Eheschließung zu tun hat. Als Sir Percys Vorfahr die Ländereien zum Dank für seine Treue vom König geschenkt bekam, wurde diese Klausel ausgehandelt. Mehr kann ich darüber nicht sagen.«

»Habt Ihr Sir Lennox schon einmal gesehen?« wollte Kelly wissen, doch Margaret verneinte.

»Noch nicht einmal seine Soldaten. Aber einige Leute in der Stadt sahen ihn. Er soll sehr groß und breitschultrig sein, einen zottigen Bart tragen und böse Augen haben. Er reitet ein riesiges schwarzes Schlachtross. Wer seinen Weg kreuzt und nicht schnell genug ausweichen kann, wird erbarmungslos von den Hufes seines Pferdes zermalmt.«

»Scheint ein übler Bursche zu sein«, bemerkte Kelly, obwohl sie der Meinung war, dass Margaret mit ihrer Beschreibung maßlos übertrieb.

»Das ist er in der Tat, und seine Krieger sind ebenso grausam. Wer es wagt, sich gegen sie zu erheben, hat praktisch schon sein Leben ausgehaucht. Aus diesem Grunde herrscht Angst unter den armen Bauern und Pächtern; nur wer sich unauffällig verhält und in seiner Hütte bleibt, hat das Glück, diesen gefühllosen Männern nicht begegnen zu müssen.«

In Kellys Ohren klang diese Beschreibung wie eine Legende aus dem Mittelalter, doch sie entgegnete nichts.

»Barningmore Castle soll eine prächtige Burg sein«, fuhr Margaret fort. »Sie besitzt Wehrtürme in alle Himmelsrichtungen, und die früheren Besitzer haben die Wohnräume prunkvoll ausgestattet.«

Kelly fiel die auffällige Burg ein, die sie auf der Fahrt nach Maidstone entdeckt hatte und fragte: »Habt Ihr das Castle schon einmal gesehen?«

»O nein, aber es gibt Zeichnungen davon. Ich bin eine alte Frau und besitze weder Pferd noch Wagen. Noch nie bin ich aus dieser Gegend herausgekommen.«

»Wovon lebt Ihr?«

»Als ich jung war, hatte ich einen Mann. Er war ein fleißiger und ehrlicher Mann, der dieses Haus für uns baute. Er arbeitete in der Stadt bei einer Schmiede, und wir waren sehr glücklich – arm, aber glücklich.« Margaret lächelte wehmütig. »Aber der Herrgott hat es nicht gewollt, und bevor mein Mann und ich eine Familie gründen konnten, wurde er beim Beschlagen eines Pferdes so unglücklich von dessen Huf am Kopf getroffen, dass er auf der Stelle starb. Ich habe nie wieder geheiratet, sondern begann Heilkräuter zu sammeln. Die Leute kommen zu mir, und ich versuche ihnen zu helfen, indem ich sie mit meinen Tinkturen, Tees und Salben versorge; dafür geben sie mir mal ein Ei, mal ein paar Rüben oder sogar ein Stück Fleisch, wenn sie gerade geschlachtet haben.«

»Und davon kann man leben?«

Margaret schmunzelte. »Ja, wenn man bescheiden zu leben gewohnt ist, kann man mit sehr wenigen Dingen auskommen. Und wenn ich gar keine Vorräte habe, gehe ich in den Wald und sammle Pilze oder wilde Zwiebeln von den Wegrändern. Es gibt einige Leute, die an Zauberei glauben; sie meiden meine Gesellschaft. Aber für die meisten gelte ich als Heilerin.«

Hatte Mrs Ingles nicht auch Kräuter gesammelt?, fuhr es Kelly durch den Kopf, und wieder kam die Hoffnung in ihr auf, dass sie doch nur träumte.

Margaret stand auf. »Es ist schon dunkel, Ihr solltet schlafen gehen.«

»Aber wo soll ich denn schlafen? Etwa da oben auf dem kalten Dachboden mit nichts als eine Lage Stroh unter dem Hintern?«

»Warum nicht? Ich schlafe seit Jahrzehnten dort und bin noch nicht erfroren.« Margaret pustete das Talglicht aus, und der Raum wurde nun lediglich schwach von dem verglimmenden Kaminfeuer erhellt.

Entmutigt trottete Kelly wenig später der alten Frau nach. In völliger Dunkelheit stiegen sie die Leiter hinauf, und oben wich Kelly von der eisigen Kälte zurück.

Unsicher tappte sie durch die Finsternis, und plötzlich wurde ihr etwas Pelziges in die Hand gedrückt. Sie schrie entsetzt auf, doch Margaret kicherte irgendwo neben ihr und erklärte: »Das ist ein Wolfsfell. Nimm es, es wird dich wärmen.«

»Und Ihr?«

»Ich habe dieses Fell nie gebraucht, mein Kind. Ich bekam es vor Jahren als Lohn für meine Dienste. Gute Nacht.«

Kelly hörte ein Rascheln hinter der Strohwand – Margaret bettete sich zur Ruhe. Weil ihr nichts Besseres einfiel, legte sich Kelly ebenfalls hin und zog das Fell bis zum Kinn hoch. Es roch streng, aber es wärmte tatsächlich.

Trotzdem konnte Kelly nicht sofort einschlafen. Normalerweise duschte sie, bevor sie zu Bett ging, putzte sich die Zähne und schlüpfte dann in ein bequemes Schlafshirt. Stattdessen lag sie in einem mittelalterlichen Gewand neben einer schnarchenden alten Frau, hatte für ihre Notdurft ein Loch im hinteren Garten benutzen und Suppe wie ein Neandertaler schlürfen müssen. Kaum vorstellbar, dass die Menschen früher wirklich so primitiv gelebt haben sollten.

Allmählich wurden auch Kellys Füße warm und sie spürte Müdigkeit in sich aufsteigen. Bevor ihr die Augen zufielen, wünschte sie sich sehnsüchtig, dass sich dieses Erlebnis beim Aufwachen doch als ein Traum herausstellen würde.

3

Doch noch bevor sie am anderen Morgen die Lider hob, wusste sie bereits, dass sich nichts verändert hatte. In ihrer Nase hing der strenge Geruch des Felles und des Strohs, auf dem ihr Kopf ruhte.

Vorsichtig öffnete sie die Augen; über ihr war die Innenseite des Daches zu erkennen. Ihr Blick glitt zu der Strohwand neben sich – die schrullige alte Margaret schien trotz der frühen Stunde schon auf den Beinen zu sein, denn das hartnäckige Schnarchen war verstummt.

Ruckartig setzte sich Kelly auf. Entweder war sie noch immer in diesem schrecklichen Traum gefangen oder das, was passiert war, war die brutale Realität.

Die morgendliche Kälte schlug Kelly entgegen, als sie das Fell zur Seite schob und sich erhob. Im selben Augenblick hörte sie von unten ein scharrendes Geräusch – Margaret schürte das Kaminfeuer.

Von plötzlicher Panik ergriffen schluchzte Kelly trocken auf. Ihr wurde schlagartig bewusst, dass sie in einer fremden Welt gefangen war, aus der es keinen Weg zurück gab, wenn sie diese verwunschene Brosche nicht fand.

Aber wo sollte Kelly nach ihr suchen? Margaret hatte am Vorabend ebenfalls angedeutet, dass das auffällige Schmuckstück mit der unerwünschten Zeitreise zu tun hatte.

Während sich Kelly Strohhalme aus den Haaren klaubte, nahm sie sich vor, das ganze Cottage von oben bis unten zu durchsuchen, obwohl Margaret versichert hatte, dass sie sich nicht im Besitz der geheimnisvollen Brosche befand.

Vorsichtig stieg Kelly die Leiter herunter; dabei achtete sie darauf, nicht wieder auf den Kleidersaum zu treten, denn wenn sie sich das Genick brach, würde sie nie in ihre Zeit zurückkommen.

Margaret schob ein Blech mit brötchenförmigen Gebilden über das Feuer und sagte, ohne aufzusehen: »Guten Morgen, Jungfer Ceally. Habt Ihr wohl geruht?«

»Äh … ja. Ich hoffte, beim Erwachen würde ich mich in meinem Pensionszimmer in der Stadt befinden.«

»Nicht so eilig, mein Kind. Ihr seid erst seit wenigen Stunden bei mir, und es bedarf viel Mühe Eurerseits, dass Euer Wunsch erfüllt wird. Also, seht den Dingen gelassen entgegen und lernt Geduld.«

Wütend löste Kelly ihren im Schlaf unordentlich gewordenen Rückenzopf. »Soll ich mich etwa hinsetzen und darauf warten, dass die Brosche wieder auftaucht?«

»Das wäre zu einfach, nicht wahr? Ihr müsst schon etwas dafür tun, damit Euch Euer Wunsch erfüllt wird … ich meine den Wunsch nach einem Ritter.« Margaret reichte Kelly einen einfachen Holzkamm mit groben Zinken, damit sie ihr langes üppiges Haar ordnen konnte.

Unbeholfen fuhr Kelly mit dem Kamm durch ihre Mähne. »Ich verzichte auf den Ritter, wenn ich nur wieder heim könnte.«

Margaret lächelte geheimnisvoll, goss etwas warmes Wasser aus dem Kessel in eine Schüssel und gab sie Kelly. »Damit könnt Ihr Euch waschen, dort in dem Verschlag neben dem Kamin. Nach dem Frühstück gehe ich hinaus in den Wald, um Feuerholz zu sammeln. Wenn Ihr mögt, dürft Ihr mich begleiten.«

»Wozu?« Kelly wies auf den Holzstapel in dem Verschlag. »Man sollte meinen, dass Ihr Holz für ein ganzes Jahr im Haus habt.«

Doch Margaret widersprach sanft. »Aber der Winter wird kalt und lang, Feuerholz kann man gar nicht genug haben.«

»So ein Unfug! In dieser Gegend wird es kaum jemals wirklich kalt.«

»Ach, dann habt Ihr Euch die nächtliche Kälte oben nur eingebildet?«, fragte Margaret mit listigem Blick. »Ihr müsst mich aber nicht begleiten, bleibt ruhig in der warmen Stube.«

Kelly entgegnete nichts, sondern begann zwei Seitenzöpfe zu flechten und sah der alten Frau bei ihrer Arbeit zu. Vielleicht war es gar keine so eine dumme Idee, etwas von der Umgebung zu sehen, dachte sie sich und nahm sich vor, weniger schnippisch zu sein, denn anscheinend konnte ihre angebliche Vorfahrin nichts für die Zeitreise, sondern war nur eine Art Gastgeberin.

Gemeinsam verließen sie nach dem Frühstück das Cottage. Beide Frauen trugen dunkle Umhänge, Margaret dazu einen langen Holzstab, der ihr beim Gehen behilflich war. Damit sah sie aus wie eine Hexe aus dem Märchenbuch.

Sie überquerten die spätere Bluntroad, schritten einen Weile schweigend hintereinander her und bogen dann in einen schmalen Feldweg ein, der zu einem in der Ferne liegenden Wäldchen führte.

Fieberhaft überlegte Kelly währenddessen, wie die Umgebung ausgesehen hatte, als sie auf dem Weg zu Mrs Ingles' Haus gewesen war. Doch sie konnte sich nicht erinnern – die Bäume, Sträucher, Felder und Wiesen sahen genauso aus wie im 21. Jahrhundert.

Ob sie wohl auf andere Menschen stoßen würden? Diese Frage stellte sich Kelly, bis Margaret kurz anhielt und sagte: »An dieser Stelle werden wir in den Wald gehen, da sind wir sicher.«

Gehetzt blickte sich Kelly um. »Gibt es hier etwa Bären oder Wölfe?«

»Bären findet man nur im Norden, und Wolfsrudel wurden in unseren Wäldern schon länger nicht mehr gesichtet. Hin und wieder trifft man auf einen einzelnen Wolf, aber sie sind scheu und harmlos, denn sie wissen, dass sie nur im Rudel stark genug sind, Menschen anzufallen.« Margaret schob die Kapuze ihres Umhangs etwas zurück. »Nein, ich spreche von Sir Lennox' Schergen.«

»Und was machen die in den Wäldern?«

»Die unfreiwilligen Untertanen von Sir Lennox schikanieren und ihnen das bisschen stehlen, was sie im Wald gesammelt haben.« Margaret wies mit dem langen Stock in den dunklen Wald hinein. »In dieser Richtung findet man am meisten Reisig zum Feuermachen. Also komm.«

Kelly raffte Rock und Umhang, denn sie hatte Mühe, Margarets schnellen Schritten zu folgen. Immer tiefer ging es ins Unterholz, es herrschte eine gespenstische Stille rings herum. Die kahlen Bäume verschluckten jedes Geräusch, sogar das Knacken der kleinen Zweige, auf die die beiden Frauen gelegentlich traten, waren nur gedämpft zu hören.

Als Margaret sich unvermittelt suchend bückte, tat Kelly es ihr gleich. Der Waldboden war übersät mit Holzfällerabfällen und unzähligen vertrockneten Zweigen.

»Ich hätte die Kiepe mitnehmen sollen«, bemerkte Margaret bedauernd. »Wenn ich doch nur gewusst hätte, dass die Waldarbeiter hier gewesen waren. Wie Ihr seht, gibt es dann immer schöne große Holzabfälle, für das Holzhacken fühle ich mich nämlich nicht mehr jung genug.« Sie griff in die Tasche ihres Umhangs und reichte Kelly einen Lederriemen. »Wenn Ihr genug Reisig gesammelt habt, bündelt es damit zusammen.«

Widerspruchslos ging Kelly in die Knie und sammelte jeden Ast ein, der ihr in die Quere kam, und stapelte das Reisig zu einem ordentlichen Haufen, um ihn später zu bündeln.

Margaret hingegen widmete sich den zahlreichen Holzspänen und -stücken und legte sie auf ein großes Leinentuch.

Kelly dachte zum ersten Mal daran, wie einfach es die Menschen ihrer Zeit hatten und wie beschwerlich dagegen doch das Leben im Mittelalter war.

Unauffällig blickte sie sich um. Es wäre ein Leichtes gewesen, von hier aus zu fliehen; Margaret würde es nicht wagen, sie aufzuhalten. Aber wohin sollte Kelly fliehen? Den Gedanken, dass einzig das Gebiet, auf dem sie sich befand, verwunschen war, verwarf Kelly zögernd.

Also tat sie nichts als das, was die alte Frau anordnete. Ungeschickt bündelte Kelly das Reisig und schwang es über die Schulter; unter dem ungewohnten Gewicht ächzte sie. Margaret hingegen schien das Bündel auf ihrem Rücken nichts auszumachen, denn sie trat leichtfüßig den Rückweg an, Kelly dicht hinter sich.

Bald näherten sie sich dem Waldsaum; plötzlich blieb Margaret stehen, streifte ihre Kapuze ab und hielt den Kopf schief.

»Was … was ist denn?«, fragte Kelly leise, doch dann hörte sie es auch – die donnernden Hufe mehrerer Pferde.

»Duckt Euch, sofort!« Margaret ging zu Boden und zupfte ungeduldig an Kellys Umhang. »Runter mit Euch, damit sie Euch nicht sehen!«

Gehorsam ging Kelly in die Knie und kauerte sich neben Margaret, die hinter einer Ansammlung von dürren Sträuchern Schutz gefunden hatte.

»Vor wem verstecken wir uns eigentlich?«, wisperte Kelly, zu Tode erschrocken, doch Margaret legte warnend ihren Zeigefinger auf den Mund und machte eine Kopfbewegung zum Waldsaum.

Zwischen den Baumstämmen waren inzwischen mehrere Reiter zu erkennen, die auf riesigen Schlachtrössern saßen. Die Männer sahen mit ihren langen und ungepflegten Haaren und Bärten gefährlich aus; sie trugen Kettenhemden und hohe Lederstiefel. Nach wenigen Sekunden war der Spuk vorbei, und Margaret erhob sich.

»Wer war diese wilde Bande?«, wollte Kelly wissen, wagte jedoch nicht, ihr Versteck zu verlassen, denn der Schreck saß ihr noch in den Knochen. Die Männer hatten ausgesehen wie wilde Wikinger in historischen Filmen. Allerdings hegte Kelly keinen Zweifel daran, dass die Reiter, die sie soeben gesehen hatte, keine Schauspieler waren.

»Ihr habt gerade die zweifelhafte Bekanntschaft von Sir Lennox' Schergen gemacht«, gab Margaret gleichmütig zurück. »Sie sehen nicht nur gefährlich aus, sie sind es auch.«

Kelly stand auf und fegte mit der Hand ein paar vertrocknete Blätter von ihrem Umhang. »Was haben sie vor? Es schien, als hätten sie es sehr eilig.«

»Das täuscht. Diese Männer – und Sir Lennox hat eine ganze Armee von solchen kräftigen Kerlen um sich – sollen angeblich für Ruhe im Land sorgen. Sie kommen immer in fliegendem Galopp daher, um sich Respekt zu verschaffen; wahrscheinlich sind sie unterwegs in die Stadt.«

Mit gemischten Gefühlen zog sich Kelly die heruntergerutschte Kapuze über den Kopf und folgte Margaret, die dem Waldrand entgegenstapfte. »Was würden diese Männer denn mit uns machen, wenn sie uns gesehen hätten? Wir haben doch nichts Verbotenes getan.«

»Euch würden sie vermutlich schänden, bevor sie Euch töten würden … mich würden sie auf der Stelle totschlagen, denn wir haben etwas Verbotenes getan, Jungfer Ceally.«

»Wir haben nichts anderes getan, als ein bisschen Feuerholz zu sammeln!«

»Aber damit haben wir Sir Lennox bestohlen, liebes Kind. Die Wälder und die Tiere darin gehören ausschließlich ihm. Wer sich an seinem Eigentum zu schaffen macht, gilt als Dieb. Die Leute tun es trotzdem, damit sie kochen und im Winter eine warme Stube haben, denn Geld, um sich Holz von Sir Lennox kaufen zu können, hat keiner von uns. Mit dem Wildern verhält es sich genauso; sogar verendete Rehe und Kaninchen dürfen nicht mitgenommen werden.«

»Wie grausam diese Zeit doch ist«, gab Kelly nachdenklich zurück. »War der frühere Grundbesitzer auch so streng?«

»Percy of Barningmore? Im Gegenteil, die Armen durften sich bedienen, so oft sie wollten und niemand musste hungern. Sir Lennox hingegen führt eine Schreckensherrschaft. Aber wohin sollen seine Untertanen gehen?«

In Gedanken versunken legte Kelly den weiten Weg bis zu Margarets Haus zurück. Wie konnte man das Volk von diesem Tyrannen befreien? Doch dann sagte sie sich, dass sie sich lieber damit beschäftigen sollte, wie sie an die mysteriöse Brosche gelangen konnte.

Margaret nickte nur ergeben, als Kelly ihr mitteilte, dass sie das ganze Haus nach dem Schmuckstück durchsuchen wolle. Sie öffnete Truhen und Kommoden, kroch auf den Knien durch die Schlafkammer und wendete buchstäblich jeden Strohhalm. Der Holzstapel im Verschlag wurde Stück für Stück auseinandergenommen, und schließlich nahm sich Kelly das bescheidene Geschirr vor, obwohl sie inzwischen bereits ahnte, dass ihre Mühe umsonst war und sich die Brosche nicht im Haus befand.

Unterdessen saß Margaret an ihrem Spinnrad und ließ das Auseinandernehmen ihres Haushaltes unbeeindruckt geschehen.

Erst am Abend gab Kelly auf. Sie aß den Hirsebrei mit den Fingern, wie ihr die alte Frau gezeigt hatte und trank von dem köstlichen Beerentee, doch mit ihren Gedanken war sie ganz woanders. »Bitte hört mir zu«, sagte sie energisch, als Margaret Anstalten machte, zu Bett zu gehen. »Ich weiß nicht, was hier gespielt wird, aber das Spiel gefällt mir nicht. Selbst wenn ich wirklich eine Zeitreise gemacht haben sollte, muss es auch einen Rückweg geben. Diese Brosche, die ich gestern in der Hand hielt, ist plötzlich spurlos verschwunden, dabei bin ich mir sicher, dass Ihr sie an Euch genommen habt. Und ich habe sogar einen Verdacht: Ihr wollt nicht, dass ich gehe und Ihr wieder einsam seid!«

Zu ihrem Erstaunen brach Margaret in ein schallendes Gelächter aus. »Ihr habt viel Fantasie, aber Ihr irrt Euch. Ich habe nach dem frühen Tode meines Gatten immer allein gelebt, und es gefiel mir.«

Mit einer verzweifelten Geste fragte Kelly: »Aber wieso bin ich dann hier?«

»Ihr wart zum richtigen Zeitpunkt am richtigen Ort, Jungfer Ceally.«

»Das ist doch Blödsinn! Und dann mein alberner Wunsch nach einem Ritter – es müsste nicht mit rechten Dingen zugehen, wenn man bei jedem dahingesagten Wunsch in die Vergangenheit versetzt werden würde.«

»Geht jetzt schlafen«, war Margarets einsilbige Antwort, was Kelly noch wütender machte.

»Und dann? Soll ich bis ans Ende aller Tage hier sitzen und darauf warten, bis diese Brosche vom Himmel direkt in meinen Schoß fällt?«

Margaret erwiderte nichts, sondern stieg die Leiter hoch, und weil Kelly wusste, dass sie aus der alten Frau nichts mehr herausbekommen würde, folgte sie ihr wortlos.

Doch in dieser Nacht konnte Kelly trotz des wärmenden Wolffelles nicht sofort einschlafen. Schließlich kam sie zu dem Entschluss, noch einen Tag abzuwarten; wenn dann nichts geschah, wollte sie fliehen – wohin auch immer.

Ihre Geduld wurde auf eine harte Probe gestellt. Vom Morgengrauen bis zur Dämmerung beobachtete Kelly die alte Frau argwöhnisch, achtete auf jede von Margarets Bewegungen. Flüchtig dachte Kelly daran, dass die Greisin wahnsinnig war und ihr nur ein Leben im 14. Jahrhundert vorgaukelte, doch dann erinnerte sie sich an die wilden Reiter am Waldrand und verwarf den Gedanken schnell wieder.

Den ganzen Tag über passierte nichts Außergewöhnliches. Kelly half beim Kochen, wickelte gesponnene Wolle zu Strängen, holte Wasser vom Brunnen, und mit keinem Wort erwähnte Margaret die Diskussion vom Vortag, bis Kelly vor Ungeduld beinahe platzte.

Ob Margaret wohl ahnte, was sie vorhatte? In dieser Nacht wollte sie gehen, um sich auf die Suche nach Anzeichen des 21. Jahrhundert zu machen und hoffte, irgendwo auf die verwunschene Brosche zu stoßen.

4

Ihr Herz klopfte vor Aufregung zum Zerspringen. Still lag sie unter ihrem Fell und achtete auf Margarets gleichmäßige Atemzüge, die nach wenigen Minuten in leise Schnarchtöne übergingen.

Nun war es so weit. Kelly spürte einen Anflug von schlechtem Gewissen, denn die alte Frau tat ihr plötzlich leid. Sie hatte es gut gemeint, hatte Kelly ohne Murren in ihrem Haus aufgenommen und sie verköstigt – während Kelly meistens gereizt gewesen war.

Lautlos schlüpfte sie unter dem Fell hervor und erhob sich, ohne ein Geräusch zu verursachen. Auf allen vieren kroch Kelly bis zur Leiter und betete im Stillen, in der Dunkelheit nicht zu stürzen. Sie schaffte es und tastete wie eine Blinde nach ihrem Umhang, der neben Margarets an einem Haken neben dem Holzstapel hing.

Vor Anspannung hielt Kelly den Atem an und schlich Schritt für Schritt zu der Stelle, an der sie die Haustür vermutete. Als sie das raue Holz schließlich ertastete, stieß sie vor Erleichterung hörbar die Luft aus, horchte noch einmal, dann entriegelte sie die Tür und stand im Freien.

Es war bitterkalt, und beinahe bedauerte Kelly, ihren warmen Schlafplatz verlassen zu haben. Sie kroch in den Umhang und ließ die Tür leise hinter sich zuschnappen. Ob Margaret sehr traurig sein würde, weil ihr Gast heimlich gegangen war?

Bevor sie es sich anders überlegen konnte, schritt sie drauflos, was nicht ganz einfach war in dieser mondlosen Finsternis. Erst als sie auf der späteren Blunt Road stand, hatten sich ihre Augen an die Dunkelheit gewöhnt, was allerdings nicht bedeutete, dass sie mehr als eine Handbreit vor sich sehen konnte.

Unschlüssig blieb Kelly stehen und fragte sich, welche Richtung sie einschlagen sollte. Zuerst kam ihr in den Sinn, die Stadt zu suchen, von der Margaret gesprochen hatte. Aber gab es im 14. Jahrhundert Maidstone schon oder handelte es sich um einen unbekannten Marktflecken, in dem es von Soldaten nur so wimmelte? Kelly hatte Angst, dort aufzufallen, auch wenn sie sich unauffällig zu geben versuchte. Sie hatte bisher nur Margarets Bekanntschaft gemacht, die zwar manchmal etwas seltsam sprach, sich aber äußerlich von Menschen des 21. Jahrhunderts kaum unterschied – abgesehen von der Kleidung natürlich.

Noch immer stand Kelly mitten auf dem Weg. Sie zitterte vor Kälte und wickelte sich noch enger in ihren Umhang, während sie nachdachte.

Endlich kam Bewegung in ihre Gestalt. Nach London! Ja, sie musste sich bis nach London durchschlagen. Vielleicht reichte der Zauber dieser Brosche nur bis zur Grenze von Kent.

Entschlossen nickte Kelly und sagte leise, um sich selbst Mut zuzusprechen: »In meiner Heimatstadt wird alles normal sein.« So normal, wie es gewesen war, als sie sich in ihr Auto gesetzt hatte, um in der Grafschaft Kent den Nachlass einer alten Dame zu inspizieren.

In welcher Richtung sich London genau befand, wusste Kelly nicht, doch sie erinnerte sich an den vergangenen Tag, als sich die Sonne kurz hatte blicken lassen. Demnach musste sich Kelly in westlicher Richtung halten.

Da die Sicht nach wie vor sehr schlecht war, entschloss sich Kelly, nichts zu übereilen. Vor ihr lagen fast sechzig Kilometer, die zu Fuß unmöglich in einer Nacht zu bewältigen waren – vor allem, wenn man die Hand vor Augen kaum sehen konnte und nicht wusste, wie die Gegend um einen herum aussah.

Der Weg mündete nach einem Fußmarsch von einer Stunde in eine kaum zu erkennende Gabelung, und Kelly konnte sich schwach entsinnen, dass die Blunt Road gleich hinter dem Cottage geendet hatte.

Ratlos blieb Kelly stehen. Es war gespenstisch still, nur ihr Atem war zu hören; außer ihr schien die ganze Welt in tiefem Schlaf zu liegen.

Wie spät mochte es wohl sein? Wenn der Morgen graute, wollte Kelly weit fort von Margaret und ihrem verwunschenen Häuschen sein, allerdings ebenso weit entfernt von einer Ansiedlung. Schließlich wählte Kelly den linken Weg, erkannte im Vorbeigehen undeutlich Äcker zu beiden Seiten. Bald schmerzten ihre Füße, denn sie trug noch immer ihre, aus weichem Nappaleder gearbeiteten, hochhackigen Stiefeletten. Unter ihrem langen Kleid waren sie zwar nicht zu sehen, aber zum Wandern waren die hohen Absätze überhaupt nicht geeignet.

Im Osten wurde es hell, als sich Kelly mit schmerzerfüllter Miene an den Wegrand setzte. Margaret würde bald aufwachen und feststellen, dass sie allein war. Würde sie Kellys Entscheidung akzeptieren können?

Kelly war versucht, sich die engen Stiefeletten auszuziehen, um ihren Füßen etwas Erholung zu gönnen, unterließ es jedoch, weil sie fürchtete, später nicht mehr hineinzukommen. Zum Barfußlaufen war es jedoch viel zu kalt.

Sie blickte sich in der langsam heller werdenden Gegend um. So weit das Auge reichte, befanden sich abgeerntete Rübenfelder, und der Weg dazwischen verlief fast schnurgerade.

Kelly geriet ins Wanken. Wo ein Weg war, gab es meistens irgendwo ein Dorf oder eine Stadt, zu dem er führte. Aber sie durfte niemandem begegnen und würde den Tag in einem Wald verbringen müssen. Sie erinnerte sich an die finsteren Reiter, die vermutlich jeden Tag ihr Unwesen trieben – vor allem denen musste Kelly aus dem Weg gehen. Diese Kerle würden nicht lange fragen, sondern sie vergewaltigen und dann töten – damit hatte Margaret sicherlich nicht übertrieben.

Leise schrie Kelly auf, als sie aufstand und ihre schmerzenden Füße wieder belastete. Es half alles nichts, sie musste baldmöglichst ein Waldstück finden, in dem sie sich bis zur nächsten Nacht verstecken konnte.

Irgendwann – mittlerweile war es vollends hell – erkannte Kelly weit hinten ein kleines Waldstück; ähnlich dem Wäldchen, in dem sie mit Margaret Reisig gesammelt hatte. So schnell ihre armen Füße sie trugen, hinkte Kelly weiter und flehte im Stillen, dass ihr niemand begegnen möge.

Der Wald schien vor ihr zurückzuweichen, je näher sie kam, doch schließlich erreichte sie die ersten Bäume. Vor Erleichterung schluchzte sie auf und vergaß für einen kurzen Moment die brennenden Blasen an ihren Füßen. Sie stolperte durch das Dickicht, bis sie sicher sein konnte, vom Weg her nicht mehr gesehen zu werden.

Seufzend ließ sie sich auf den modrig riechenden Laubteppich fallen und schlief erschöpft auf der Stelle ein, ohne die Kälte oder ihre Füße zu spüren.

Sie erwachte, weil sie erbärmlich fror; zudem machte sich ihr Magen durch lautes Knurren bemerkbar, denn seit dem Hirsebrei am Abend zuvor hatte sie nichts mehr gegessen.

Mit steifen Gliedern erhob sich Kelly und zuckte sogleich zusammen, als ihre Füße protestierten. Orientierungslos blickte sie sich um und fragte sich, wo genau sie sich wohl befinden mochte – vermutlich noch immer auf dem Gebiet des Schreckensherrschers Sir Geoffrey Lennox.

Kelly hatte nicht die geringste Ahnung, wie spät es war. Das Tageslicht schimmerte grau zwischen den kahlen Baumkronen hindurch und gab keinen Aufschluss auf die Uhrzeit. Aber das war zunächst das geringste Problem, denn viel wichtiger war, dass sie endlich etwas zu essen bekam. Der Gedanke, ein Stück Brot aus Margarets Haus mitzunehmen, war Kelly nie gekommen; sie hätte es ohnehin nicht übers Herz gebracht, die alte gütige Frau zu bestehlen. Sie hatte sie so freundlich aufgenommen, das wäre einfach unanständig gewesen.

Trotzdem wusste Kelly, dass sie nicht lange ohne Nahrung durchhalten würde. Noch lag eine lange abenteuerliche Wanderung vor ihr, bei der sie viel Kraft brauchen würde. Aber man konnte nur mit vollem Magen die weite Strecke bis nach London zurücklegen.

Blitzartig erinnerte sie sich an Margarets Worte; angeblich wuchsen an den Wegrändern wilde Zwiebeln. Trotz der Kälte zog Kelly ihre Stiefeletten aus, riss von ihrem Unterkleid einen breiten Stoffstreifen ab und umwickelte damit ihre Füße, bevor sie sich aus dem Wald heraus traute.

Tatsächlich erkannte sie am Waldsaum einige lange grüne Stängel, die sie vorsichtig ausrupfte; an deren Ende hingen kleine runde Gebilde, von denen Kelly hoffte, dass sie genießbar waren.

Dass es wirklich Zwiebeln waren, erkannte Kelly am scharfen Geschmack, der ihr Tränen in die Augen trieb. Glücklicherweise rebellierte ihr Magen nicht, und als sie zurück zum schützenden Wald schlich, fiel ihr Blick auf eine Reihe von Walnussbäumen am Waldrand. Ihre Füße waren mittlerweile eiskalt, die grausame Kälte drang ungehindert durch die dünnen Stoffstreifen, doch Kelly spürte sie nicht; ihr hungriger Blick war auf die Bäume gerichtet, an denen noch vereinzelte Walnüsse hingen.

Sie schrie leise auf, als sie auf etwas Hartes trat, und erkannte zu ihrem Entzücken, dass der Waldboden mit Nüssen bedeckt war. Schnell bückte sie sich und klaubte diejenigen auf, deren Schale noch nicht verfault waren.

Mit ihrer Ernte ging Kelly zurück in das schützende Dickicht und ließ sich auf einem Baumstumpf nieder, um ihren Schatz in näheren Augenschein zu nehmen. Doch sie musste schnell einsehen, dass sie die harten Nussschalen nicht ohne fremde Hilfe würde öffnen können und brach vor Wut in Tränen aus.

Die wenigen wilden Zwiebeln hatten kaum vermocht, Kellys Hunger zu stillen, und ihr Magen verlangte hartnäckig nach mehr Nahrung. Sie bettete ihren Kopf in die Hände und versuchte fieberhaft, eine Lösung für ihr Problem zu finden. Da fiel ihr ein kleiner Findling auf, der halb unter nassem Herbstlaub verborgen lag.

Kurz entschlossen hob sie den ungleichmäßigen Stein auf und begutachtete ihn. Dann nahm sie eine Walnuss, legte sie auf den Baumstumpf und schlug kräftig mit dem Stein darauf. Das laute Geräusch durchschnitt die Stille des Waldes, und irgendwo krächzte eine Krähe empört wegen der Ruhestörung und flatterte schimpfend davon.

Erschrocken hielt Kelly inne. Niemand durfte hören, dass sie hier war – vor allem nicht die Schergen von Sir Lennox!

Noch einmal hob sie den Stein und ließ ihn weniger heftig auf die Nuss fallen; das klopfende Geräusch klang nun dumpf, aber die Nussschale dachte gar nicht daran, sich zu öffnen. Im Minutentakt schlug Kelly weiter auf die widerborstige Schale ein, und schließlich nahm sie einen Zipfel ihres Kleides, um die Schlaggeräusche einzudämmen.

Nach einer halben Stunde schweißtreibender Arbeit, während der Kelly weder Kälte noch Müdigkeit verspürte, hatte sie es dann tatsächlich geschafft, das Innere der Nuss freizulegen. Mit bebenden Händen pulte Kelly die kleinen Nuss-Stücke aus der Schale und steckte sie gierig in den Mund. Mit geschlossenen Augen kaute Kelly auf der Delikatesse und dachte flüchtig an das bequeme Leben in ihrer Zeit – und zum ersten Mal bereute sie ihre ständige Unzufriedenheit.

Die nächste Nuss ließ sich schneller öffnen, und als es dunkelte, hatte sich Kelly satt gegessen. Sie war müde, doch zum Schlafen war es zu spät. Sie musste weiter und versuchen, nach London zu gelangen.

Als das letzte Tageslicht verschwunden war, wagte sie sich aus ihrem Versteck. Zur Orientierung diente ihr der Feldweg neben dem Waldstück. Erst als sie bereits mehrere Kilometer gegangen war, erinnerte sich Kelly an ihre Stiefeletten, die sie im Wald vergessen hatte. Die Stoffstreifen waren längst zerschlissen, sodass ihre nackten Füße den eisigen Boden berührten. Ihr blieb nichts anderes übrig, als einen weiteren breiten Streifen des Unterkleides abzureißen, und unangenehme Kälte kroch unter ihren Rock.

Kelly umwickelte ihre Füße sorgfältig; die Blasen waren inzwischen aufgegangen und brannten wie Feuer. Doch Kelly biss die Zähne zusammen und wanderte weiter – hinein die zweifelhafte Dunkelheit.

Während ihrer Nachtwanderung sah sie hin und wieder einige Lichtpunkte in der Ferne; es musste sich um einsam gelegene Gehöfte oder kleine Dörfer handeln, denen sie nicht zu nahe kommen wollte. Bald nagte wieder der Hunger in ihr und sie aß die letzten Nusskrümel, die sie in der Rocktasche ihres Gewandes aufbewahrt hatte.

Sie war so müde, dass sie fast im Stehen eingeschlafen wäre und bereute inzwischen bitter, dass sie Margarets Häuschen verlassen hatte. Aber dann sprach sie sich wieder Mut zu – bei der kauzigen alten Frau wäre es ihr zwar besser ergangen, aber dort hätte sie weder diese Brosche gefunden, noch würde sie jemals erfahren, ob sich ganz England im 14. Jahrhundert befand.

Da Jammern nichts nutzte, benutzte Kelly die Zeit, um über ihr Leben nachzudenken. Ihr Verstand hatte zwar begriffen, dass sie in einem anderen Jahrhundert gelandet war – dennoch gab es keine Zeitreisen, wenn man nüchtern darüber nachdachte. Und an Zauberei mochte Kelly nicht denken, auch wenn das geheimnisvolle Schmuckstück eine andere Sprache sprach.

Aber womöglich war es doch nur Zufall gewesen, dass sich der Wandel in dem Cottage vollzogen hatte, während Kelly die Brosche in die Hand genommen hatte. So oft sie sich über dieses Phänomen den Kopf zerbrach, so kam sie nicht weiter mit ihren Erklärungen.

Dann erreichte Kelly einen kleinen Tannenhain, und weil sie zu erschöpft war, sich ein Versteck zu suchen, sank sie neben dem Feldweg nieder und schlief auf der Stelle ein.

Sie träumte von donnernden Hufen, die sich bedrohlich näherten, hörte raue Männerstimmen, die sich irgendetwas zuriefen. Dann war das Geräusch der Hufe verschwunden; Kelly fühlte, wie sie unsanft hochgehoben und lieblos über einen Pferderücken geworfen wurde.

Instinktiv wehrte sie sich gegen die grobe Behandlung und begann, mit den Beinen zu strampeln; gleichzeitig spürte sie, dass sie gar nicht träumte.

Erschrocken riss sie die Augen auf und musste zu ihrem Entsetzen erkennen, dass es sich bei den mysteriösen Traumgestalten um die Schergen von Sir Lennox handelte, denen sie in die Hände geraten war.

Kelly stieß einen ängstlichen Schrei aus, doch der Mann, vor dessen Sattel sie lag, lachte wild auf und sagte: »Sei still, Weib! Du wirst noch genug Zeit haben zu schreien.«

Die anderen Kerle johlten vor Vergnügen – und als Kelly laut um Hilfe schrie, spürte sie einen Faustschlag in den Nacken, der sie ohnmächtig werden ließ.

5

Benommen versuchte Kelly den Blick zu heben, als sie wieder zu sich kam. Ihre Rippen schmerzten von der unbequemen Lage auf dem Widerrist des Pferdes, und ihr Kopf drohte zu zerspringen.

Ergebnislos probierte Kelly aufzuschauen, doch das war unmöglich mit dem Kopf nach unten. Vor sich sah sie das galoppierende muskulöse Vorderbein eines schwarzen Schlachtrosses, unter sich aufgewirbelte Erde.

Am liebsten wäre Kelly wieder ohnmächtig geworden, doch ihr Körper tat ihr den Gefallen nicht. Während des wilden Rittes versuchte sie sich zu überlegen, was die rauen Gesellen wohl mit ihr vorhaben könnten. Margaret hatte sie vor den brutalen Schergen eindringlich gewarnt, und Kelly ärgerte sich maßlos, dass sie zu müde gewesen war, um sich einen sicheren Schlafplatz zu suchen. Nun würde sie nie nach London kommen, geschweige jemals in ihre eigene Zeit zurückkehren.

Unvermittelt verfiel das Pferd in einen raschen Trab und schließlich in einen gemächlichen Schritt. Man schien am Ziel zu sein, vermutete Kelly, denn der Weg unter ihr wurde breiter und schließlich erkannte sie ungleichmäßiges Kopfsteinpflaster.

»Nur die Nerven bewahren«, redete sich Kelly ein, obwohl sie vor Angst zitterte. Die Reiter überquerten eine Brücke, so schien es; gleich darauf erreichten sie einen großen Hof und die Pferde blieben stehen.

»Ah, wie ich sehe, war die Jagd erfolgreich, John!«, rief eine männliche, amüsierte Stimme. »Lass sehen, was du unserem Herrn diesmal mitgebracht hast.«

Brutal zog John an Kellys langen Haaren, sodass ihr Kopf in die Höhe gerissen wurde. Sie unterdrückte einen Schrei, weil sie einen weiteren Faustschlag fürchtete, hatte jedoch kurz Gelegenheit, sich umzuschauen.

Sie befand sich einwandfrei auf einem Burghof, der rundum von Gebäuden umschlossen war. Es roch nach Schweinemist und Pferdeschweiß – und bevor Kelly wusste, wie ihr geschah, fühlte sie sich vom Pferd gezogen und auf die unsicheren Beine gestellt.

Zum ersten Mal konnte Kelly ihren Entführer sehen; John war riesig und eindeutig einer der Männer, die sie mit Margaret beim Reisigsammeln gesehen hatte.

Auch die anderen Reiter stiegen ab und überließen ihre Rösser einigen Pferdeknechten. Die Männer standen um Kelly herum und betrachteten sie lüstern, dann band ihr John die Hände auf dem Rücken zusammen.

»Lasst die Finger von ihr«, sagte er dabei seelenruhig. »Ihr könnt sie haben, wenn sie unserem Herrn nicht gefällt.«

Freudiges Johlen und zotige Bemerkungen waren die Antwort, dann stieß John Kelly vor sich her. Vor der Tür eines der Gebäude übergab er sie einem finster blickenden Mann und befahl: »Bring sie ins Turmzimmer und lass sie von den anderen Weibern für die Vorführung bei Sir Lennox zurechtmachen!«

Der Mann nickte, griff Kelly unsanft beim Oberarm und zerrte sie mit sich. Zum Denken war Kelly zu aufgeregt, doch sie ahnte, dass ihr Martyrium erst anfing.

Wenig später fand sie sich nach schier endlos erscheinenden Treppenstufen in einem kleinen Raum wieder, dessen Einrichtung lediglich aus einer einfachen Bettstelle bestand. Die Fesseln wurden gelöst, dann sagte der Mann: »Mach kein Theater, sonst ergeht es dir schlecht. Unser Herr macht kurzen Prozess mit widerspenstigen Weibsbildern.« Dabei lächelte er kalt durch seine verfaulten Zahnstummel, drehte sich um und warf die bogenförmige Tür laut hinter sich zu; Kelly stand zwar noch immer unter Schock, hörte jedoch, wie ein Schlüssel von außen im Schloss gedreht wurde.

Sie war gefangen! Kelly hatte vor Angst die letzten Minuten die Luft angehalten, und nun versuchte sie wieder gleichmäßig zu atmen, um einen klaren Gedanken fassen zu können.

Zwar wusste sie nicht genau, was man mit ihr vorhatte, doch sie ahnte, dass es nichts Gutes sein würde. Vorsichtig trat sie zu dem glaslosen Fenster, von dem sie direkt in den Burghof blicken konnte. Zweifellos befand sie sich auf Barningmore Castle, dem Wohnsitz des allgemein gehassten Sir Geoffrey Lennox; das hatte sie bereits Johns Befehl entnommen.

Kelly fielen zwei der viereckigen Wehrtürme auf – es schien sich tatsächlich um die Festung zu handeln, die ihr auf dem Weg nach Maidstone aufgefallen war!

Ratlos drehte sich Kelly um. Eine Flucht war aussichtslos, außer dem schmalen Fenster gab es keine Möglichkeit – und das lag so hoch, dass ihr Körper auf dem Burghof zerschmettern würde, wenn sie es wagen würde, zu springen.

Kelly wusste, dass sie nichts tun konnte, als zu warten. Doch die Ungewissheit, *worauf* sie warten sollte, ließ sie schluchzend auf das Bett fallen. Sie merkte kaum, dass ihr vor Erschöpfung die Augen zufielen und sie in einen gnädigen Schlaf versank.

Die drei Frauen, die Stunden später die Kammer betraten und die schlafende Entführte neugierig betrachteten, bemerkte Kelly nicht.

Die Frauen nickten sich vielsagend zu, stellten ein Tablett mit Brot, Käse und einem Krug Milch neben das Bett und schlichen sich wortlos wieder hinaus.

Vor der Tür sagte eine der Frauen leise zu den anderen: »Sie ist sehr schön, sie wird ihm gefallen.«

»Das sagst du von jeder, die die Männer herbringen, Anne«, bemerkte eine der anderen vorwurfsvoll. »Und am Schluss wird sie doch nur John und seinen Leuten überlassen und danach auf dem Burghof geköpft.«

Tuschelnd entfernten sich die Frauen, um den anderen Bediensteten von der neuen Errungenschaft ausführlich zu berichten.

Erschrocken fuhr Kelly hoch und blickte sich verwirrt um. Hatten nicht gerade ein paar Frauen an ihrem Bett gestanden und über sie geredet?

Der Geruch nach frisch gebackenem Brot stieg ihr in die Nase, und als sie sich hinunterbeugte, entdeckte sie die Köstlichkeiten auf dem steinernen Fußboden. Schnell nahm sie das Brot und biss herzhaft hinein, als hätte sie Angst, dass man ihr das Essen wieder wegnehmen könnte.

Die Milch stürzte Kelly in einem Zug hinunter; den Rest des Brotes verschlang sie zusammen mit dem Käse. Gesättigt, jedoch nicht beruhigt, stand Kelly auf – noch immer schmerzten ihre Rippen von dem unbequemen Ritt über Stock und Stein.

Inzwischen gelang es Kelly, wieder klarer zu denken und durchmaß das Turmzimmer mit langen Schritten. Die Worte, die sie im Burghof aufgeschnappt hatte, schienen zu bedeuten, dass man sie auf Befehl des Burgherrn gefangen genommen hatte und dass sie nur ein Zufallsopfer gewesen war. Eindeutig war Sir Lennox auf der Suche nach einer Frau. Aber zu welchem Zweck?

Der Gedanke, dem barbarischen Sir als Gespielin dienen zu sollen, ließ Übelkeit in ihr aufsteigen – und die Tatsache, dass es kein Entrinnen für sie gab, machte die Sache auch nicht besser.

Irgendwann hörte Kelly, dass die Tür aufgeschlossen wurde und wirbelte mit dem Entschluss herum, sich mit Händen und Füßen gegen jeden zu wehren, der gleich eintreten würde.

Doch es waren lediglich die drei Frauen mit einfachen weißen Hauben auf den Köpfen, die Kelly im Halbschlaf gesehen hatte.

»Hab keine Furcht«, sagte die älteste und stellte sich mit dem Namen Anne vor. »Wenn du nicht widerspenstig bist, wird dir nichts geschehen.« Sie deutete hinter sich, wo die beiden anderen Frauen standen. »Und das sind Mary und Bertha.«

Kelly stand noch immer in der Mitte des Turmzimmers. »Was wollt ihr von mir?« Sie sah, dass die Tür weit offen stand und spielte mit dem Gedanken, an den Frauen vorbei in die Freiheit zu schlüpfen.

Doch der Wärter, der die Tür bewachte, schien Kellys Gedanken lesen zu können, denn er schob sich gelangweilt in die Türöffnung.

»Wir haben den Auftrag, dich schön zu machen«, erklärte Anne und ging auf Kelly zu. »Gleich werden zwei Diener eine Wanne mit duftendem Wasser bringen, damit du gut riechst, wenn du zu unserem Herrn gebracht wirst.«

Kelly bewegte sich nicht von der Stelle, sondern fragte: »Was will euer Herr von mir?«

Anne lächelte nachsichtig. »Ist dir denn noch nicht zu Ohren gekommen, dass Sir Lennox auf Brautschau ist? Ihm wurden schon Dutzende von jungen schönen Frauen vorgestellt, doch sie waren so töricht und weigerten sich, die Braut unseres Herrn zu werden … für diese Weigerung bezahlten sie mit ihrem Leben«, setzte Anne beiläufig hinzu, doch Kelly erkannte, dass es sich um eine versteckte Warnung handelte.

Blitzschnell überlegte sie. Sollte sie sich ebenfalls weigern, konnte sie mit ihrem Leben abschließen, also blieb ihr nichts übrig, als gute Miene zum bösen Spiel zu machen. Flüchtig dachte sie an ihren Wunsch vom Ritter zu Weihnachten – so einen Raubritter wie Sir Lennox hatte sie sich aber nicht vorgestellt!

Bevor es sich Kelly versah, wurde sie von den Frauen umringt, die an ihrem Gewand nestelten.

»Finger weg!«, rief sie ungehalten und versuchte, sich aus den Klauen der eifrigen Dienstboten zu befreien. Aus den Augenwinkeln erkannte sie gleichzeitig, dass zwei Bedienstete einen hölzernen Bottich in das Zimmer schleppten und ihn vorsichtig absetzten, ohne den Frauen einen Blick zu schenken. So unverhofft, wie sie gekommen waren, verschwanden die Männer wieder, und gleich darauf fiel die Tür krachend ins Schloss.

Wieder fingerten die Frauen an Kellys Kleidung herum, und diesmal ließ sie es ergeben geschehen. Die Frauen stießen gleichzeitig verwunderte Laute aus, als sie Kellys Unterwäsche sahen, sagten jedoch nichts und zogen sie ihr vom Körper.

Nackt und zitternd stand Kelly da. Sie war nicht prüde, aber so schutzlos den drei Fremden ausgeliefert zu sein, gefiel ihr nicht. Doch die Bediensteten hatten keinen Blick für die nackte Schönheit, sondern führten sie zu dem Bottich, aus dem es nach exotischen Blumen duftete.

Zögernd stieg Kelly in den Bottich und setzte sich auf dessen Boden. Die angenehme Wärme durchströmte sogleich Kellys ausgekühlten Körper, und sie begann sich zu entspannen.

»Wie ist dein Name?«, wollte Anne wissen, während die beiden anderen Frauen Kellys Haar wuschen und die Kopfhaut massierten.

»Ceally.« Automatisch wählte sie die alte Aussprache ihres Namens, um sich nicht verdächtig zu machen. Zum Glück fragte Anne nicht nach ihrem Nachnamen, glaubte jedoch irgendwann einmal gehört zu haben, dass zur damaligen Zeit nur Reiche und Adelige einen Beinamen trugen.

Anne bat sie aufzustehen, und ohne Scheu nahm sie einen Schwamm und begann damit, Kellys Körper zu bearbeiten, selbst an den intimsten Stellen. Dann durfte sie sich wieder setzen, damit sich Mary und Bertha weiter mit ihrem langen Haar beschäftigen konnten, was sie ausgiebig taten.

Viel zu schnell kühlte das Wasser aus und Anne kam mit einem großen Handtuch, um Kelly abzutrocknen. Danach wurde sie in ein leichtes Unterkleid gesteckt, dessen Stoff so fein wie Spinnweben war, darüber kamen weitere Unterröcke. Hauchfeine Strümpfe wurden ihr übergestreift, die bis knapp über die Knie reichten. Zum Schluss hoben Anne und Mary ein aus türkisfarbenem Brokat gewirktes Kleid vom Bett auf und halfen Kelly beim Anziehen; das Gewand war erstaunlich schwer.

»Setz dich auf das Bett, damit Bertha und Mary dich frisieren können«, bat Anna, obwohl Kellys Haar noch tropfend nass vom Waschen war.

Die Frauen nahmen mehrere Handtücher und rieben Kellys Haare so lange damit ab, bis sie fast trocken waren, dann flochten sie es in viele schmale Zöpfe. Den Abschluss bildete ein türkisfarbenes Brokatband, das Mary geschickt auf Kellys Kopf drapierte.

Zufrieden betrachtete Anne das Werk. »So wirst du Sir Lennox gefallen.«

Kelly wunderte sich zwar, dass die Zofen vergessen hatten, ihr ein Höschen anzuziehen, behielt ihre Kritik jedoch für sich und blieb abwartend auf der Bettkante sitzen, während die Frauen geschäftig ihre Utensilien zusammensuchten.

»Wenn sich unser Herr für dich entscheidet, wird dein Körper in Zukunft nach dem Bad mit kostbaren Ölen eingerieben«, erklärte Anne lächelnd und klopfte kurz an die Tür, die sofort von außen geöffnet wurde.

Unruhig rutschte Kelly auf der Bettkante hin und her und rief: »Und was geschieht jetzt mit mir?«

»Hab Geduld. Um Mitternacht wird es ein großes Gelage geben, dann schickt unser Herr jemanden, der dich zu ihm bringt. Zeig dich von deiner besten Seite und lächele oft, das gefällt Sir Lennox.«

Anne nickte Kelly kurz zu, ging mit ihren beiden Helferinnen, und die Diener kamen zurück, um den Badebottich abzuholen. Dann war Kelly wieder allein mit ihren Ängsten und Zweifeln.

Es war stockfinster im Turmzimmer, und als plötzlich die Tür aufgerissen wurde und das Licht einer Fackel den kleinen Rum erleuchtete, hob Kelly geblendet ihre Hand vor die Augen.

»Mitkommen«, wurde sie grob von dem Wächter angefahren. »Sir Lennox wartet bereits im großen Speisesaal!«

Zögernd erhob sich Kelly von der harten Bettstatt und folgte dem Wächter mit zitternden Knien nach draußen. Es ging erst treppab, dann durch etliche Gänge, die lediglich durch spärliche Talglichter erhellt wurden.

Schon von Weitem konnte Kelly lautes Grölen und altertümliche Musik hören – ihr Verstand hatte längst aufgehört zu arbeiten.

Am Ende eines breiten Ganges wurde eine Doppeltür aufgestoßen und Kelly in einen hell erleuchteten Saal geschoben. Zu beiden Seiten standen lange Tische, die sich vor Speisen bogen. Alle Stühle waren besetzt von rauen Gesellen mit wilden Bärten und zotteligem Haar; an den groben Wänden hinter ihnen waren Pechfackeln angebracht, dazwischen verrostete Streitäxte und verbeulte Kriegsschilde.

Auf einem Podest am Ende des Mittelganges befanden sich Musiker, die bei Kellys Eintreffen ihre Instrumente sinken ließen. Auch die Gäste hörten auf zu grölen und betrachteten die schöne Frau im türkisen Gewand neugierig und lüstern.

»Da lang!« Kelly spürte die Hand des Wächters in ihrem Rücken und setzte sich mechanisch in Bewegung. Sie wurde den Mittelgang entlanggestoßen, bis sie vor dem letzten Mann angehalten wurde.

Dieser Mann sah besonders abstoßend aus. Er hatte einen kahlen Schädel, einen wilden Vollbart und einen gierigen Blick. Aus schmalen Augen betrachtete er Kelly eingehend, dann nickte er zufrieden und wies auf den leeren Stuhl neben sich.

»Setz dich zu mir«, sagte er heiser, und Kelly wusste, dass es keine Bitte war, sondern ein Befehl.

Der Wächter hatte sich inzwischen entfernt, und langsam ging Kelly um den Tisch herum, um Platz zu nehmen. Dabei spürte sie die begehrlichen Blicke der Männer unangenehm in ihrem Rücken.

Sir Lennox lächelte ihr zu, sobald sie saß – aber es war kein schmeichelndes Lächeln, sondern ein bösartiges aus einem fast zahnlosen Mund.

»Du bist sicher hungrig, mein Täubchen«, sagte er mit falscher Freundlichkeit. »Greif nur zu, es ist genug da.«

Er machte eine Geste, und sogleich näherten sich zwei Diener, die Wildschweinstücke, Fasanenkeulen, allerlei Pasteten und exotisch anmutendes Gemüse auf einen Silberteller häuften und vor Kelly hinstellten, dazu roter Wein in einem goldenen Kelch. Eine weitere Geste von Sir Lennox genügte, und die Musiker griffen zu ihren Instrumenten und spielten weiter; die anderen Männer hörten auf, Kelly anzustarren und unterhielten sich, hoben ihre Weinkelche und prosteten sich zu.

Obwohl Kelly vor Hunger geschwächt war, konnte sie sich nicht dazu entschließen, die Köstlichkeiten auf ihrem Teller anzurühren. Sie warf einen unauffälligen Blick zu Sir Lennox und erschauerte bei dem Gedanken, von ihm geheiratet zu werden. Er roch ungewaschen wie alle Männer, denen sie seit der Entführung begegnet war. Anscheinend hielten im 14. Jahrhundert nur die Frauen etwas von Wasser und Seife.

»Jetzt iss endlich!« Sir Lennox' große Hand klatschte schmerzhaft auf Kellys Schenkel. »Ich mag Frauen, die was auf den Rippen haben.«

Ungezügeltes Lachen erklang von allen Seiten, sodass Kelly nichts anderes übrig blieb, als Appetit vorzugaukeln und ein Stück von der Fasanenkeule abzubeißen. Das Fleisch war zart und erstaunlich gut gewürzt, und als Kelly merkte, dass sie nun kaum noch beachtet wurde, knabberte sie weiter an der Keule; gelegentlich nahm sie einen Schluck von dem schweren süßen Wein.

Sie wagte kaum den Kopf zu heben, aber wenn sie es tat, musterte sie aus gesenkten Lidern die Männer am gegenüberliegenden Tisch. Sie sahen alle so aus wie jene, die Kelly gefangen genommen hatten – bis auf einen. Dieser Mann war noch recht jung, trug die blonden Haare bis auf die Schulter und nur einen kurzen Bart, der gepflegt wirkte. Als Kelly einmal aufsah, blickte sie direkt in seine auffällig hellblauen Augen, und sie widmete sich rasch wieder ihrem Teller.

Dieser Mann passte so gar nicht zu der rauen Gesellschaft, in der er sich befand, denn er wirkte völlig fehl am Platze. Als Kelly wieder an ihrem Wein nippte, fing sie einen weiteren Blick von dem blonden Mann auf, der voller Freundlichkeit war, wie es schien.

Sie zuckte zusammen, als Sir Lennox plötzlich brutal nach ihren Brüsten tastete und dabei rief: »Genau nach meinen Geschmack!«

Wieder johlten die anderen, hoben ihre Kelche und stürzten den Wein in sich hinein, als wäre er Wasser. Nur der Blonde beteiligte sich nicht daran; er blieb ernst und tat, als hätte er das soeben Vorgefallene nicht bemerkt.

»Ich würde sie gern mal ausprobieren!«, rief jemand, und mehrere Männer trommelten mit den Fäusten begeistert auf die Tischplatte.

Sir Lennox lachte geschmeichelt und warf den Kopf in den Nacken. »Das könnte euch so passen, wie? Erst probiere ich sie aus, und wenn sie nichts taugt, dürft ihr sie haben!«

Bei der Vorstellung, das Dutzende von stinkenden Halunken über sie stiegen, ließ Kelly Übelkeit in sich aufsteigen – aber dem Schlimmsten von allen ihren Körper zur Verfügung stellen zu müssen, war für sie unvorstellbar. Kelly musste sich zwingen, weiterzuessen, um ihre Abscheu nicht zu deutlich zu zeigen.

Das Gelage zog sich bis zum Morgengrauen hin, ohne dass Kelly noch einmal von ihrem Bräutigam belästigt wurde. Im Laufe der Nacht wurden die Männer immer betrunkener, und einer nach dem anderen legte seinen Kopf schwer auf die Tischplatte und schlief ein; dabei schien es ihnen vollkommen egal zu sein, ob ihr Gesicht auf einem Teller mit Essensresten lag oder in ihrem eigenen Erbrochenen.

Um Kelly kümmerte sich niemand mehr, sodass sie mit geradem Rücken und in den Schoß gefalteten Händen stumm dasaß. Das laute Schnarchen neben sich erinnerte sie daran, dass auch Geoffrey eingeschlafen war. Hin und wieder rülpste er, ohne jedoch wach zu werden.

Der blonde Mann am anderen Tisch schien der Einzige zu sein, der nüchtern war und gutes Benehmen hatte. Irgendwann erhob er sich, nickte Kelly mit einer kaum merkbaren Verbeugung zu und verließ ohne zu schwanken den Saal.

Wer mochte dieser Mann wohl sein?, fragte sich Kelly. Wie einer von Sir Lennox' flegelhaften Schergen sah er jedenfalls nicht aus, dafür benahm er sich zu vornehm. Auch seine Kleidung unterschied sich von der der anderen Männer. Zwar trug auch der Blonde eine Art brauner Strumpfhosen, aber sein Hemd, Lederweste und -stiefel waren aus feineren Materialien angefertigt als die der Betrunkenen im Saal.

Die Musiker hatten längst aufgehört zu spielen; sie lagen da, wo sie gerade waren, auf dem Fußboden und schliefen ebenfalls, sodass das einzige Geräusch im Saal aus vielstimmigem Schnarchen bestand.

Vorsichtig blickte sich Kelly um, aber bevor sich der Gedanke an eine Flucht in ihrem Gedächtnis festsetzen konnte, betraten mehrere Diener den Saal und schleppten einen schlafenden Mann nach dem anderen hinaus; auch Kellys Wächter tauchte auf. Er wirkte übermüdet und machte Kelly mit einer Kopfbewegung klar, dass sie sich zu erheben hatte.

»Unser Herr scheint Gefallen an dir zu finden«, brummte er. »Darum bekommst du jetzt ein besseres Gemach.«

Kelly konnte den Mann nur undeutlich erkennen, denn die Fackeln an den Wänden waren fast heruntergebrannt. Mechanisch erhob sie sich und folgte dem Wächter. Sie war zum Umfallen müde und gespannt, wohin man sie diesmal verfrachten würde.

Wieder ging es durch kühle, kaum beleuchtete Gänge; doch diesmal befanden sich dort zahlreiche Türen, die in irgendwelche Gemächer zu führen schienen. Auch waren die Flure etwas wohnlicher als jene, die zum Turmzimmer führten, denn an den Wänden hingen einige Gemälde, und die Halter der Talglichter an den verputzten Wänden waren aus feinem Glas.

Unvermittelt blieb Kellys Wächter vor einer Tür stehen und sagte: »Hier wirst du nun wohnen. Besucht dich unser Herr, dann sei nicht zimperlich, sondern lass ihn gewähren.«

Erschöpft nickte sie, obwohl sie nicht eine Sekunde lang vorhatte, den widerlichen Lennox gewähren zu lassen – wobei auch immer.

Erfreut riss Kelly die Augen auf, als sie ihr neues Zuhause sah. Ein riesiges Himmelbett thronte in der Mitte des großen Raumes auf einem Podest – das Federbett war so dick, dass sich Kelly am liebsten sofort darunter gelegt hätte, denn ihre Füße in den leichten Leinenschuhen waren vor Kälte längst gefühllos geworden.

Hinter sich hörte Kelly, wie die Tür abgeschlossen wurde. Bevor sie auf das hohe Bett kroch, blickte sie sich genauer um – es bestand kein Zweifel, dass dies ein Schlafgemach für ein Edelfräulein war. Die Wände waren weiß getüncht und mit kostbaren Teppichen behangen; auch auf dem Fußboden lagen dicke persische Brücken, die die Kälte des steinernen Bodens abhalten sollten.

Die weitere Einrichtung bestand aus zahlreichen, mit Edelsteinen verzierten Truhen, einem Ruhediwan mit Gobelinpolsterung, dazu Tischchen und Sessel in allen Ecken. Es gab sogar einen reich verzierten Frisiertisch mit einem großen Spiegel darüber, dessen Rahmen mit Blattgold belegt war.

Kellys geschulter Blick erkannte sofort die Echtheit des Mobiliars – dies waren keine nachgemachten Gegenstände, sondern entstammten der Hand eines Künstlers; im 21. Jahrhundert würde allein die Einrichtung dieses Zimmers ein Vermögen wert sein.

Doch darüber brauchte sich Kelly nicht den Kopf zerbrechen. Viel wichtiger war es, aus der Burg zu entwischen – und vor allem einen Weg in ihre eigene Zeit zu finden.

Sie setzte sich an den Frisiertisch und erschrak über die fremde Frau im Spiegel. Nichts erinnerte mehr an die erfolgreiche Antiquitätenhändlerin aus London; stattdessen starrte Kelly in das blasse übermüdete Gesicht einer jungen Dame von Stand. Geistesabwesend entfernte Kelly das Haarband und löste die Flechten; als ihr geöffnetes Haar dann wellig auf ihren Schultern lag, musste sie zugeben, dass es ihr Gesicht weiblicher und sanfter erschienen ließ als bei ihrer gewohnten Frisur.

Dann entledigte sie sich ihrer Kleidung, schälte sich aus einer Lage zur nächsten. Nur das spinnennetzfeine Unterkleid auf ihrer bloßen Haut behielt sie, obwohl sie in ihrer Zeit am liebsten nackt schlief. Aber sie fürchtete, dass Sir Lennox jederzeit in ihr Schlafgemach eindringen könnte, um sein zweifelhaftes Recht einzufordern. Dann war wenigstens das zarte Unterkleid zwischen ihm und seinem Opfer.

Bevor Kelly sich ins Bett legte, ging sie zu den dicken blauen Vorhängen an der Längsseite des Raumes. Wie nicht anders zu erwarten, befand sich dahinter eine Reihe von Rundbogenfenstern, deren Läden jedoch gegen Kälte und Lärm geschlossen waren. Trotzdem konnte Kelly hören, dass dort unten auf dem Burghof der neue Tag begann. Es waren Pferdehufe, Stimmen und das Geräusch von Eimern, die in den Brunnen heruntergelassen wurden, zu erkennen. Während die Festgesellschaft ihren Rausch ausschlief, war das Gesinde schon längst wieder auf den Beinen.

Fröstelnd koch Kelly endlich ins Bett. Als ihre Füße auf etwas Hartes, Warmes stießen, unterdrückte sie einen Schrei. Doch als sie nachsah, entpuppte sich der mysteriöse Gegenstand am Fußende des Bettes als ein heißer Backstein, den jemand fürsorglich auf die Matratze gelegt hatte.

Wohlig reckte sich Kelly und genoss die Wärme, die sie umfing. Seit ihrer Zeitreise war es das erste Mal, dass sie so komfortabel schlafen durfte. Doch sie machte sich nichts vor; wenn sie Sir Lennox nicht gewähren lassen würde, wäre der Luxus schnell vorbei. Sie musste schlucken, als sie den blutigen Holzblock mit dem darunter stehenden runden Korb vor ihrem inneren Auge sah, der ihr bei ihrer Ankunft auf der Burg aufgefallen war. Und sie wollte gar nicht wissen, wie viele Köpfe schon in diesen Korb gekullert waren – und schon gar nicht, wie viele junge Frauen in diesem traumhaften Himmelbett genächtigt hatten, bevor sie hingerichtet worden waren.

6

Kelly glaubte, nicht länger als zehn Minuten geschlafen zu haben, als sie sich sanft an der Schulter berührt fühlte. Sie blinzelte und sah Annes rundes Gesicht dicht vor sich.

»Es ist Zeit zum Aufstehen, Ceally«, sagte Anne mit mildem Lächeln, ging schnellen Schrittes zu den Vorhängen, riss sie auf und öffnete Fenster und Läden. Graues Licht fiel in das Zimmer, trotzdem kniff Kelly wegen der Helligkeit die Augen zusammen.

»Wie spät ist es?«, wollte sie wissen. »Ich bin gerade erst eingeschlafen.«

»Es geht auf Mittag zu«, erwiderte Anne. »Ich bin jetzt deine Zofe, denn ich hörte, dass unser Herr Gefallen an dir findet und du dich nicht widerspenstig benommen hast.«

Erst jetzt erkannte Kelly den Badebottich neben dem Frisiertisch, den die Diener gebracht haben mussten, während sie noch geschlafen hatte.

Von Privatsphäre schien man im 14. Jahrhundert nicht viel zu halten, ging es Kelly durch den Kopf.

Abwartend stand Anne neben dem Bottich, doch Kelly sagte: »Ich kann mich alleine waschen. Du kannst ruhig gehen.«

Amüsiert lachte die Zofe auf. »Sir Lennox hat Anweisungen gegeben, dir jeden Handgriff abzunehmen. Aber über die Sitten der hohen Herren kann ein einfaches Mädchen aus dem Volk natürlich nichts wissen.«

»Und er will mich wirklich heiraten?«

Anne nickte schweigend, während sie aus einem Fläschchen einige Tropfen rötliches Öl ins Badewasser gleiten ließ.

»Hat ein so hoher Herr es denn nötig, sich eine Braut zu stehlen?« Kelly zog ihr Hemd über den Kopf und stieg vorsichtig in den Bottich. »Man sollte doch meinen, ihm lägen die Frauen zu Füßen.«

»Nun, das mag sein, aber die Zeit drängt, Ceally.« Anne ließ den Badeschwamm voll Wasser saugen, doch bevor sie damit Kelly zu nahe rücken konnte, nahm diese ihr den Schwamm aus der Hand und sagte: »Einfaches Mädchen oder nicht ... ich mag es nicht, wenn jemand anderes als ich selbst mich wäscht.«

Die Zofe öffnete den Mund zu einem Protest, schloss ihn jedoch sofort wieder, als sie merkte, dass die Braut des Herrn alles andere als unterwürfig war. Tatenlos stand Anne neben dem Bottich und spähte immer wieder zur Tür hin.

»Wovor hast du Angst?«, wollte Kelly wissen, die sich ausgesprochen wohl in dem warmen, duftenden Wasser fühlte und sich mit dem Naturschwamm die Arme wusch.

»Es darf niemand wissen, dass ich dir nicht helfen soll«, wisperte Anne und nestelte nervös an einem Zipfel ihrer weißen bodenlangen Schürze. »Mir wurde befohlen, dir jeden Handgriff abzunehmen.«

»Ich werde dich schon nicht verraten«, versprach Kelly und war froh darüber, so etwas wie eine Verbündete gefunden zu haben. »Wieso drängt die Zeit mit Sir Lennox' Hochzeit?«

»Das weiß ich nicht, doch es ist bekannt, dass unser Herr bis zum diesjährigen Weihnachtstag vermählt sein muss ... mit wem, scheint dabei keine Rolle zu spielen.«

Das klang wie ein Abkommen, fand Kelly, und die arme Anne schien wirklich völlig ahnungslos zu sein. Als die Zofe fragte, ob sie Kelly wenigstens das Haar waschen dürfe, nickte diese gnädig und lehnte den Kopf zurück.

Nach dem Bad begann wieder das Ritual des Ankleidens. Über etliche Unterröcke verschiedenen Materials wurde ein ähnliches Gewand wie das gestrige geworfen – an diesem Morgen jedoch aus einem einfacheren rötlichen Glanzstoff.

»Will mich der Herr heute etwa schon wieder sehen?«, erkundigte sich Kelly ängstlich und fühlte sich unangenehm an die vergangene Nacht erinnert.

Doch Anna verneinte. »Niemand weiß, wann er sich in deinem Gemach sehen lässt. Aber wenn er erscheint, musst du gut duften und schön angezogen sein. So etwas mögen die Männer.«

Kelly verkniff sich die Bemerkung, dass Frauen ebenfalls gepflegte Männer vorzogen, aber dergleichen Wünsche schienen im Mittelalter eine untergeordnete Rolle zu spielen.

Anne zog sich nach dem Frisieren zurück, und Kelly bekam ein spätes Frühstück auf ihr Zimmer serviert. Beim Anblick der vielen, vor Fett triefenden Speisen drehte sich ihr Magen um, deshalb knabberte sie lediglich an einer Scheibe hellen Brotes und trank die warme Milch.

Und dann begann die Zeit des Wartens und Grübelns. Natürlich war Kelly wieder eingeschlossen worden, und leichte Panik überkam sie. Was sollte sie tun, wenn man sie in ihrer Kemenate vergaß? Aber noch mehr Angst hatte Kelly davor, dass Sir Lennox nicht vergaß, seine Gefangene des Nachts aufzusuchen, um sich an ihr zu vergehen. Kelly mochte sich die Szene gar nicht vorstellen, und sie flehte zum Himmel, dass dieser Kelch an ihr vorübergehen möge.

Aber immerhin hatte sie erfahren, dass Geoffrey gezwungen war, noch in diesem Jahr zu heiraten. Doch damit hatte Kelly ihn keineswegs in der Hand; sollte sie sich ihm widersetzen, würde man sie sofort hinrichten.

Immer wieder spähte Kelly durch eines der Fenster hinunter in den Hof. Es herrschte seit dem frühen Morgen reges Treiben dort unten, und in der Küche, die sich in einem Unterstand neben einem der Wehrtürme befand, wurde anscheinend den ganzen lieben langen Tag über gekocht und gebrutzelt.

Das Burgtor blieb den Tag über weit geöffnet, wurde jedoch von schwer bewaffneten Männern bewacht, die jeden, der Einlass begehrte, aufmerksam musterten, bevor er das Tor passieren durfte. Kelly konnte heimkehrende Ritter mit ihren Knappen erkennen, Jäger mit frisch erlegtem Wild, fahrende Händler und Kuriere, die in Sir Lennox' Auftrag Botschaften übergaben oder zu überbringen hatten.

Alles wirkte wie eine Szene aus einem mittelalterlichen Film – mit dem Unterschied, dass dies kein Film war und Kelly kein Burgfräulein.

Irgendwann brachte ihr ein Diener orientalischen Tee und hauchzartes Gebäck, und allmählich fühlte sich Kelly wie ein Opferlamm, das darauf wartete, zum Schlachtblock geführt zu werden.

Schließlich legte sie sich auf den Diwan und sann über die vergangenen Tage nach.

Inzwischen musste man doch bemerkt haben, dass sie verschwunden war; ihr Auto stand noch immer vor dem Cottage in Sevenoaks. Die Rathausangestellte hatte sicherlich längst Alarm geschlagen, weil der Schlüssel zu Mrs Ingles Haus nicht wieder abgegeben worden war. Doch niemand konnte ahnen, dass Kelly in einem früheren Jahrhundert festsaß und keine Ahnung hatte, wie sie es anstellen sollte, jemals wieder in ihre Zeit zu gelangen.

Gequält schloss Kelly die Augen. Sollte sie nie wieder ihre Eltern und Geschwister sehen können? Nun tat es ihr leid, weil ihr vor Weihnachten mit der Familie gegraut hatte. Liebend gern würde sie ihr Gefängnis mit dem gemütlichen Reihenhaus ihrer Eltern tauschen, das sie bisher als spießig und verstaubt empfunden hatte.

Es musste doch eine Möglichkeit geben, zurück ins 21. Jahrhundert zu gelangen – auch ohne diese verflixte Brosche, die wahrscheinlich für immer unauffindbar bleiben würde.

Kelly war ein nüchtern denkender Mensch, doch dass die Berührung eines Schmuckstückes jemanden in ein anderes Zeitalter versetzen konnte, blieb ein Rätsel. Und Kelly ahnte bereits, dass sie dieses Rätsel niemals entschlüsseln würde.

Es dämmerte bereits, und ein Diener kam und machte Licht. Er schien durch Kelly hindurchzusehen; aber kaum war er verschwunden, als die Tür erneut aufgerissen wurde. Breitbeinig stand Sir Lennox einen Augenblick da, dann schritt er zu dem

Diwan, auf dem Kelly noch immer lag und sich nun ängstlich gegen das Polster presste.

»In drei Wochen werden wir Mann und Frau sein«, sagte er ohne jede Gefühlsregung. »Du bist eine Zufallswahl, die vorigen Weiber liefen mir davon … oder versuchten es zumindest.« Er grinste frech. »Das Gesetz schreibt vor, dass ich mich noch vor Ablauf diesen Jahres vermählen und einen Erben zeugen muss, ansonsten verliere und Land und Festung.«

Nun wusste Kelly mehr, doch das machte die Situation für sie nicht leichter.

Drohend hob Geoffrey den Zeigefinger in ihre Richtung. »Mach keine Schwierigkeiten, Mädchen. Nach der Abendtafel werde ich dich aufsuchen und dir ein Kind machen.« Er lachte dröhnend, als er Kellys entsetzte Miene sah. »Vielleicht gefällt es dir ja. Und wenn nicht, ist es auch egal.«

Er machte kehrt und stampfte mit schweren Schritten aus dem Gemach, wobei er eine übel riechende Wolke hinterließ. Verwirrt blieb Kelly zurück. Wenn sie es recht verstanden hatte, sollte sie gezwungen werden, ein Kind von diesem Widerling zu bekommen – lieber wollte sie freiwillig ihren Kopf unter das Beil legen.

Aber schließlich siegte ihr Lebenswille. Sie musste einen Fluchtweg finden, doch dafür brauchte sie Hilfe – von jemandem, der sich in der Burg bestens auskannte. Da blieb nur Anne; doch die durfte Kelly unter keinen Umständen in Gefahr bringen. Wie wenig ein Menschenleben wert war, hatte Kelly schließlich längst herausgefunden.

Als die Zofe später kam und ein spitzenbesetztes Nachtgewand brachte, erwähnte Kelly ihre Fluchtpläne mit keinem Wort. Ob Anne aus Ergebenheit oder Angst vor Sir Lennox ihre Meinung über ihren Herrn verschwieg, konnte Kelly nicht beurteilen, und so beließ sie es dabei, sich ergeben mit orientalischen Ölen einreiben zu lassen, bevor sie in das kostbare Nachtgewand schlüpfte.

»Der Herr hat dich Bauernmädchen ausgewählt, seinen Erben zu tragen, darauf kannst du stolz sein«, sagte Anne, bevor sie die Braut wider Willen verließ. »Morgen wird es ein großes Fest geben, denn Sir Lennox gibt die Verlobung bekannt.«

»Wie aufmerksam«, murmelte Kelly so leise, dass ihre Zofe sie nicht verstehen konnte.

»Und am Weihnachtstag wird Hochzeit gefeiert«, fuhr Anne ungerührt fort. »Freust du dich denn gar nicht, Lady Lennox zu werden?«

Kellys Freude hielt sich in Grenzen, doch sie lächelte dünn und sagte: »Eigentlich hatte ich mir vorgenommen, nur aus Liebe zu heiraten …«

»Aus Liebe?«, fragte Anne erstaunt, als sei es anstößig, nur aus diesem Grund in den Ehestand zu treten. »Niemand verlangt von dir, Sir Lennox dein Herz zu schenken. Bring seinen Sohn zur Welt, dann wirst du es gut bei ihm haben. Heute Abend wirst du hier essen, wurde mir gesagt. Trink den Wein, den man dir dazu kredenzt, er wird die kommende Nacht für dich erträglicher machen.«

Anne wünschte mit abgewandtem Gesicht eine gute Nacht und ließ den Diener ein, der ein reich beladenes Tablett hereintrug, dann war Kelly erneut allein.

Sie aß ein wenig, ließ jedoch den Wein stehen, denn wahrscheinlich war ihm ein Pülverchen beigemischt, der Kelly sexuelle Lust geben oder sie schläfrig machen sollte.

Während sie auf Geoffrey wartete, dachte Kelly fieberhaft darüber nach, wie sie seinen gierigen Klauen entfliehen konnte. Sie könnte sich schlafend stellen, aber das würde ihn nicht davon abhalten, sein Opfer zu besteigen. Eine Möglichkeit, sich irgendwo im Zimmer zu verstecken, gab es nicht. Und unter dem Bett würde man sie zuerst suchen, da dies das einzige Versteck im Gemach war.

Den Wein hatte Kelly bereits in mehrere Blumentöpfe entsorgt und hoffte, dass die armen Pflanzen davon nicht eingingen.

Kurz vor Mitternacht hörte Kelly den Schlüssel im Schloss und zog sich die Bettdecke bis zur Nasenspitze hoch. Doch es war nur ein Diener, der Feuerholz im Kamin nachlegte, ohne auf die ängstliche Frau in dem riesigen Bett zu sehen.

Erleichtert atmete Kelly auf, als sie wieder allein war, obwohl ihr bewusst war, dass sie früher oder später nicht um das Unvermeidliche herumkommen würde – wenn sie nicht schon vorher vor Abscheu und Widerwillen starb. Sie schloss die Augen und versuchte, etwas zu schlafen, obgleich sie hellwach war.

Dennoch nickte sie ein. Das Geräusch einer hart ins Schloss geworfenen Tür ließ sie jedoch sofort in die Höhe schnellen. Dicht vor dem Bett stand Sir Lennox und grinste Kelly lüstern an.

»Lass mich in dein Bett, Täubchen«, lallte er, und Kelly erkannte, dass er betrunken war. »Du tätest gut daran, nicht zu spröde zu sein – solche Weiber sind mir nämlich zuwider.«

Kelly war wie gelähmt und machte keine Anstalten, sich zu bewegen. Sie schrie leise auf, als er grob die Daunendecke zu Boden warf und sich schwer neben Kelly warf.

Sie blieb stocksteif liegen, als er sich an ihrem Nachthemd zu schaffen machte, es unbeherrscht zerriss, um schneller an den schönen nackten Körper zu gelangen.

Kelly hielt die Luft an, als ihr sein widerlicher, nach Alkohol und Zwiebeln stinkender Atem entgegenschlug. Sie hielt die Augen fest geschlossen, denn den Anblick ihres Peinigers konnte sie nicht ertragen. Sie merkte, dass er an seiner Kleidung nestelte; gleichzeitig knetete er mit der freien Hand schmerzhaft Kellys Brüste.

Sie unterdrückte ein Wimmern und warf den Kopf zur Seite, bevor Sir Lennox sie auf den Mund küssen konnte. Im nächsten Moment warf er sich mit seinem ganzen Gewicht auf sie, sein Knie drängte ihre Beine auseinander, und sie konnte seine Erregung spüren.

In Erwartung des Unausweichlichen kniff Kelly die Augen

fest zusammen und hoffte, ohnmächtig zu werden. Doch dann geschah etwas völlig Unerwartetes – noch bevor Geoffrey den Akt vollbringen konnte, wurde sein schwerer Körper schlaff – er war auf Kelly eingeschlafen!

Einige Minuten lang verharrte sie bewegungslos, um den Mann nicht aufzuwecken; doch als er laut zu schnarchen begann, befreite sie sich von dem scheußlichen Ballast, indem sie sich unter ihm hervorschob.

Sie sprang aus dem Bett und trat einen Schritt zurück. Sir Lennox lag mit heruntergelassenen Hosen auf dem Bauch und präsentierte Kelly sein pickeliges und behaartes breites Hinterteil.

Angeekelt wandte sich Kelly ab, ging zum Frisiertisch und rieb sich mit Rosenöl ein, denn ihr Körper hatte bereits Geoffreys strengen Geruch angenommen.

Unentschlossen blickte sie zum Bett. Es blieb ihr nichts anderes übrig, als die restliche Nacht auf dem Diwan zu verbringen, und so schlich sie sich zu der Ruheliege und kauerte sich dort zusammen in der Hoffnung, dass Sir Lennox nicht vor dem Morgengrauen aufwachen möge.

Als sie aufwachte, war er verschwunden. Nur das durchwühlte Bett war Zeuge dieser fürchterlichen Nacht – in Kellys Zeit würde man das, was ihr geschehen war, mit »versuchter Vergewaltigung« betiteln.

Sie wusste nicht, wie spät es war, und erhob sich. Die Fetzen des Spitzennachthemdes hingen an ihr herunter, und noch bevor sie bedauern konnte, dass der feine Stoff Sir Lennox' widerlichen Fingern zum Opfer gefallen war, kam Anne herein.

Sie warf einen flüchtigen Blick auf das Bett, dann musterte sie Kelly lächelnd.

»Nun, wie ich sehe, hast du die Nacht gut überstanden. Die Dienstboten tuscheln, sie hätten gehört, wie unser Herr zu einem seiner Männer sagte, dass er sich kaum an die vergangene Nacht erinnern kann. Aber er ist fest davon überzeugt, dass er dir beigewohnt hat.«

Kelly verzog keine Miene, obwohl sie innerlich jubelte. Niemand konnte beweisen, dass Sir Lennox vorher eingeschlafen war, und sie würde sich hüten, die Wahrheit zu sagen.

»Ja, aber danach schlief er auf der Stelle ein«, sagte sie und machte eine unbeteiligte Miene. »Weil er sich so breitmachte, floh ich für den Rest der Nacht auf den Diwan«, fügte sie rasch hinzu, weil Anne inzwischen die Decken auf dem Diwan entdeckt hatte.

»Dann kann unser Herr sicherlich bald die frohe Botschaft verkünden, in Bälde einen Sohn zu bekommen«, frohlockte die Zofe und begann die Spuren der Nacht zu beseitigen, indem sie die Daunendecke schüttelte und die vielen zerdrückten Kissen ordnete.

Am liebsten wäre es Kelly gewesen, wenn das Bett frisch bezogen würde, aber darum wagte sie nicht zu bitten, sondern wartete geduldig, bis der Badebottich gebracht wurde.

»Heute Abend musst du besonders hübsch aussehen«, bemerkte Anne. »Du musst dich in deinem besten Licht zeigen, denn Sir Lennox stellt dich den Gästen als seine Verlobte vor.«

»Wer sind denn diese Gäste?«

»Oh, es werden nur einige Bekannte des Herrn erwartet; die meisten von ihnen leben ohnehin die meiste Zeit des Jahres auf Barningmore Castle.«

Kelly horchte auf, denn ihr fiel der blonde Hüne ein, dem sie bereits an der Tafel begegnet war. Vielleicht sah sie ihn abends wieder, denn seine Anwesenheit war eine Wohltat zwischen all den rauen Kerlen, die sich ebenso wenig zu benehmen wussten wie ihr Herr.

»Wie lange bist du schon hier?«, wechselte Kelly das Thema, denn sie wollte mehr über die stets geduldige Anne wissen. »Hast du schon dem vorigen Herrn gedient?«

Annes Gesicht verdunkelte sich. »Darüber darf ich nicht reden, also frage bitte nie wieder.«

»Entschuldigung.« Kelly nahm sich vor, die Zofe nicht mehr zu bedrängen, spürte jedoch, dass sie schon lange Bedienstete in der Burg war. Möglicherweise war sie schon die Zofe der früheren Herrin gewesen und hatte deren Tod noch nicht verschmerzt.

»Aber seit wann Sir Lennox der Herrscher des Landes ist, kannst du mir doch verraten, oder?«

Anne sah skeptisch drein, als sie antwortete: »Wo hast du denn die letzten Jahre gelebt, Mädchen? Jedermann weiß, dass er seit etwa einem Jahr regiert.« Sie drehte sich zum Frisiertisch um und gab vor, die Fläschchen und Döschen darauf zu ordnen.

»Dort, wo ich herkomme, sprach man nicht darüber.« Kelly betrachtete bedauernd die Reste des Nachthemdes auf dem Boden, bevor sie sich bei der Morgentoilette helfen ließ.

Erst jetzt sah sie, dass Schenkel und Brüste von blauen Flecken übersät waren, und sie musste an sich halten, um nicht über Sir Geoffreys brutale Behandlung zu schimpfen; während Anne so tat, als sähe sie die Blessuren nicht.

Ein weiterer langweiliger Tag lag vor Kelly, an dem sie mit ihrem Schicksal haderte und bedauerte, jemals den idiotischen Wunsch nach einem Ritter ausgestoßen zu haben.

Sie lachte unfroh auf, weil sich nun dieser Wunsch bis ins kleinste Detail erfüllen würde, denn ausgerechnet am Weihnachtstag würde sie einen Ritter zum Ehemann bekommen – es sei denn, sie fand vorher die verhängnisvolle Brosche.

Kelly hob den Kopf. Vielleicht befand sich das Kleinod sogar in ihrem Schlafgemach und wartete nur darauf, von ihr gefunden zu werden.

Wie elektrisiert sprang sie auf und eilte zum Frisiertisch, untersuchte jede Schachtel, Schatulle und Dose, von denen es jede Menge gab. Zwar fand sie einiges Geschmeide: in Edelsteine gefasste Colliers, Armbänder, Ohrgehänge und Broschen – jene aber, nach der Kelly suchte, war nicht darunter.

Resigniert begab sie sich wieder ans Fenster, um das Treiben auf dem Hof zu verfolgen. Es war erst früher Nachmittag, und Kelly wusste nicht, wie sie die Zeit bis zum Abendessen überbrücken sollte. Ihr graute bereits vor der nächsten Nacht – aber vielleicht war Sir Lennox wieder zu betrunken, um mit seiner Braut schlafen zu können.

»Von mir aus kann er für seine Schandtaten mit lebenslanger Impotenz bestraft werden«, schimpfte sie leise und befühlte vorsichtig ihre noch immer schmerzenden Brüste. Kein Wunder, dass die Frauen vor ihr den Tod vorgezogen hatten, anstatt diesem Fiesling zu Willen zu sein.

Gerade als Kelly sich vom Fenster abwenden wollte, sah sie ihn – den blonden Hünen, der auf sie bereits Eindruck gemacht hatte.

Er kam mit seinem Knappen durch das Burgtor geritten und wurde von den Anwesenden höflich begrüßt. Damit schien es Kelly klar zu sein, dass er nicht zu den Burgbewohnern gehörte; aber dafür würde er einer der Gäste sein, die der Verlobung beiwohnen sollten.

Der Mann sprang vom Pferd und zog sich seine Handschuhe aus; dabei blickte er zu Kellys Fenster hinauf. Rasch wich sie zurück, bevor er sie entdecken konnte. War es Zufall, dass er hoch geschaut hatte, oder wusste er, in welchem Zimmer sich Sir Lennox' Braut befand?

Als sich Kelly wenige Minuten später wieder ans Fenster wagte, war der Blonde aus ihrem Sichtfeld verschwunden und sein Schlachtross auf dem Weg zum Stall; enttäuscht verließ sie ihren Posten und legte sich auf den Diwan, dabei ertappte sie sich bei der Vorstellung, dass an der Seite eines solchen Mannes die Zeitreise wesentlich erträglicher sein würde.

Endlich ließ sich Anne wieder blicken, und in ihrem Schlepptau befanden sich ihre Helferinnen Bertha und Mary. Sie trugen ein schweres samtenes, purpurrotes Gewand, einen hauchfeinen Schleier, feine Seidenschuhe und allerlei Geschmeide. Geduldig ließ Kelly das aufwendige Ankleiden geschehen; dabei schweiften ihre Gedanken immer wieder zu dem Abend, der vor ihr lag.

Sir Lennox würde wieder literweise Wein in sich hineinschütten, das stand fest. Und wenn Kelly Glück hatte, schlief er an der Tafel ein und sie musste keine Angst mehr vor der Nacht haben. Ihr lief eine Gänsehaut über den Rücken, als sie sich an den schmierigen Finger erinnerte, der sich in sie hineingebohrt hatte.

»Vielleicht bist du schon guter Hoffnung«, sagte Anne, als sie einen Blick auf Kellys blaue Verfärbungen an den Schenkeln warf. »Dann hast du neun Monate lang Ruhe.«

Diese leicht dahingesagten Worte brachten Kelly auf die Idee, ab sofort die kränkelte Braut zu spielen, die geschont werden musste. Im 14. Jahrhundert wussten die Menschen nicht viel über Empfängnis und Geburt, und vielleicht war Sir Lennox so gnädig, seine Gelüste in den Hintergrund zu stellen.

Das kostbare Gewand bestand aus zwei Teilen – einem weitem Kleid aus roter Seide und dem eigentlichen Kleid, das wie ein Mantel geschnitten und vorne offen war. Es hatte Trompetenärmel, die so lang waren, dass die unteren Zipfel bis zu den Oberschenkeln reichten, und alle Säume waren mit einer Goldborte verbrämt. Über der Brust wurde das samtene Kleid mit einer Gewandbrosche geschlossen, die jener ähnelte, nach der Kelly so verzweifelt suchte.

Nachdem Mary und Bertha Kellys Haar gebürstet hatten, kam Anne feierlich mit einer goldenen Tiara daher, die mit Rubinen geschmückt war und schwer auf Kellys Kopf drückte.

Die ganze Prozedur hatte über eine Stunde gedauert, und als sich Kelly nun im Spiegel betrachtete, erkannte sie sich kaum wieder.

Anne schien zufrieden mit ihrer Arbeit zu sein, schickte ihre Helferinnen hinaus und trug ihnen auf, Geoffrey benachrichtigen zu lassen, dass das Fest beginnen konnte.

7

Alle Blicke wandten sich Kelly zu, als sie den Saal betrat – diesmal selbstsicherer und weniger ängstlich als beim ersten Mal.

Die Sitzordnung hatte sich etwas geändert; diesmal waren die Tische hufeisenförmig aufgestellt worden. Das Podest mit den Musikanten befand sich nun hinter dem Tisch zur Rechten, und dem Eingang gegenüber war ein weiterer Tisch, der die anderen miteinander verband. Hinter diesem standen lediglich zwei Stühle mit hohen Lehnen – und noch, bevor Kelly ihren ungeliebten Verlobten entdeckte, ahnte sie bereits, dass diese Sitzplätze für sie und Sir Lennox bestimmt waren.

Zu den Gästen gehörten diesmal auch einige Damen in edlen Gewändern und mit Schmuck beladen. Sir Lennox tauchte aus dem Nichts auf und trat neben Kelly.

Diesmal schien er – noch – nüchtern zu sein. Er trug zu den obligatorischen dunklen Strumpfhosen ein kunstvoll besticktes Wams und um die breite Taille einen ebenso aufwendig gearbeiteten Ledergürtel, an seinem Finger glänzte ein auffälliger Siegelring. Und er roch nicht ganz so streng wie bei den ersten Begegnungen, stellte Kelly erleichtert fest.

Ehe sie es sich versah, griff er nach ihrer rechten Hand und hauchte unbeholfen einen Kuss darauf. Kelly zwang sich zu einem Lächeln, obwohl sie sich ans andere Ende der Welt wünschte.

Ohne ihre Hand loszulassen, schritt Geoffrey hoheitsvoll den Gang bis zu ihrer Tafel hinauf, und die Musik spielte dazu eine flotte Weise.

Aus den Augenwinkeln sah Kelly, dass sich der Blonde unter den Gästen befand, doch sie blickte mit so viel Würde geradeaus, wie es ihr möglich war. Zwei Diener rückten den Tisch des Verlobungspaares etwas an, damit Sir Lennox und Kelly zu ihren Sitzen gelangen konnten.

Er wartete nicht etwa, bis sie Platz genommen hatte, sondern ließ sich schwer auf seinen Stuhl fallen, während Kelly noch die Falten ihres Kleides ordnete.

Kaum dass sie sich endlich hingesetzt hatte, hielt Geoffrey seinen Kelch hoch, damit ein Bediensteter Wein einschenken konnte. Dann stemmte er sich wieder in die Höhe und sagte mit dröhnender Stimme: »Ich habe die Ehre, meine Verlobung mit der liebreizenden ...« Er schien Schwierigkeiten zu haben, sich an Kellys Namen zu erinnern, doch dann erhellte sich sein Gesicht, »... mit der liebreizenden Jungfer Ceally, einem Mädchen aus dem Volk, bekannt zu geben. Sie wird noch vor Ablauf diesen Jahres mein Eheweib; mit ihr werde ich viele Nachkommen haben.«

Kellys Lächeln wirkte eingefroren, als sie huldvoll nach beiden Seiten nickte, während die Gäste applaudierten und ihre Weinkelche hoben. Nur der Blonde machte keine Anstalten, auf die Verlobung zu trinken; bewegungslos saß er da, die Arme unter der mächtigen Brust verschränkt, und mit gerunzelter Stirn.

»Ihr da!«, rief Geoffrey drei Männern in Reitkleidung zu, die abwartend vorne an der Tür standen. »Geht hinaus und verbreitet die Botschaft über das ganze Land!«

Die Kuriere salutierten und gingen hinaus, obwohl ihnen anzusehen war, dass sie lieber mitgefeiert hätten. Gleich darauf wurden voll beladene Fleischplatten, Schüsseln, Terrinen und Obstschalen hereingetragen und gleichmäßig auf den langen Tischen verteilt – der offizielle Teil der Verlobung war somit abgeschlossen.

Kelly wagte kaum den Blick zu heben, denn sie fühlte sich beobachtet ... vor allem von den Damen, die offensichtlich über sie tuschelten; einige Wortfetzen konnte Kelly sogar aufschnappen.

»Sie ist viel zu alt …«

»Sir Lennox hätte sich eine Fünfzehnjährige nehmen sollen, wenn er gesunde Kinder haben will …«

»Und viel zu dünn ist sie auch. Seht nur, sie isst wie ein kleiner Spatz …«

Kelly wünschte sich, dass Geoffrey ebenso denken würde, doch dem schien es nur darauf anzukommen, eine Braut und einen Erben nachweisen zu können.

Der langte kräftig zu, biss herzhaft in eine Rehkeule, und das Fett sickerte in seinen Bart. Beinahe musste sich Kelly bei diesem unappetitlichen Anblick übergeben und schaute zur anderen Seite – direkt in die Augen des blonden Recken. Diesmal jedoch wich er Kellys Blick nicht aus, sondern hob seinen Kelch und nickte ihr unauffällig zu.

Sie nickte ebenso diskret zurück und sah dann wieder auf ihren Teller. Und trotz ihrer unwirklichen Situation spürte sie, dass sich ihr Pulsschlag erhöhte. Wer mochte dieser geheimnisvolle Ritter wohl sein? Ob Geoffrey ihn seiner Braut gelegentlich vorstellen würde?

Als Kelly erneut aufblickte, war der Mann verschwunden; vor Enttäuschung darüber vermochte sie keinen Bissen mehr zu sich zu nehmen. Im Laufe des Abends schielte sie immer wieder zu seinem Platz hinüber, doch der blieb leider leer.

Es dauerte nicht lange, und die ersten Tafelnden waren betrunken – allen voran Sir Lennox, der ungeniert rülpste und furzte. Vorsichtig sah sich Kelly um, aber inzwischen schien sie niemand mehr zu beachten. Dennoch wagte sie nicht aufzustehen, obwohl Rücken und Hintern vom Sitzen auf dem harten Stuhl zu schmerzen begannen.

Die ersten Paare fanden sich im Mittelgang ein, um zu tanzen. Andere wiederum küssten sich wild und hemmungslos auf ihren Plätzen; die Frauen ließen es zu, von den Männern begrapscht zu werden, sie stöhnten wollüstig und legten ungeniert ihre Brüste frei.

Auch die tanzenden Paare benahmen sich inzwischen nicht

anders. Eine Frau hob ihr Gewand bis zur Taille hoch und presste den vor ihr knienden Mann gegen ihre unbedeckte Scham; eine andere befriedigte einen von Sir Lennox' Schergen ungeniert oral. Unter den Tischen wälzten sich kopulierende Pärchen, und bald wusste Kelly nicht mehr, wohin sie schauen sollte.

Himmel! Hoffentlich fiel es Geoffrey nicht ein, es mit ihr ebenfalls hier im Festsaal zu treiben! Doch der machte keine Anstalten, schüttete Bier und Wein in sich hinein und beobachtete mit wenig Interesse aus glasigen Augen das Treiben vor sich. Kelly versuchte sich so klein wie möglich zu machen, aber ihr Verlobter schenkte ihr – glücklicherweise – keinen Blick. Es schien, als wäre sie für ihn unsichtbar geworden.

Noch immer spielte die Musik und übertönte das Stöhnen und Seufzen der Orgie, als plötzlich ein junger Bursche den Saal betrat, von dem Kelly glaubte, ihn schon einmal gesehen zu haben; er trug die Kleidung eines Dieners.

Selbstsicher kam er an den Tisch des Verlobungspaares, ohne sich um die nackten, ineinander verknoteten Leiber um ihn herum zu kümmern. Vor Sir Lennox blieb er stehen und verneigte sich demütig.

»Sir, gestattet Ihr mir, Eure Braut zu ihrem Gemach zu begleiten?«

»Hä?« Geoffrey blinzelte, als müsse er sich überlegen, wer seine Braut eigentlich war.

Der Diener wiederholte geduldig seine Frage, und diesmal drehte Sir Lennox träge seinen Kopf in Kellys Richtung.

»Ja ja«, murmelte er. »Bring sie fort, damit sie sich ausruhen kann, bevor ich später ihr Bett aufsuche.« Ein kurzes lüsternes Grinsen erschien auf seinem Gesicht, dann winkte er einem der anderen Diener und forderte ihn auf, eine neue Weinkaraffe heranzuschaffen, und seine Braut war für ihn vergessen.

Erleichtert erhob sich Kelly; am liebsten wäre sie dem Jüngling um den Hals gefallen. Keine Stunde länger hätte sie es unter diesen schamlosen Menschen ausgehalten; die abgestandene Luft roch nach Alkohol und Braten, vermischt mit dem nach Schweiß und Sex.

»Bitte folgt mir«, sagte der Bursche, was Kelly mit größtem Vergnügen tat. Ihr Gewand verfing sich mit einem nackten Männerbein auf dem Boden, gleich drauf stolperte sie über ein vor Ekstase zuckendem Paar. Kelly erschien das Ganze wie ein abstrakter Slalom und lief die letzten Schritte bis zur rettenden Tür.

Tief holte sie Luft, als sie den Saal verlassen hatte. Der Diener ging weiter, ohne sich umzudrehen, doch schon nach wenigen Minuten erkannte sie, dass er sie nicht zu ihrem Gemach führte, denn der Gang, in dem sie sich befanden, war ihr unbekannt.

»Wohin bringst du mich?«, fragte sie mit gesenkter Stimme. »Das ist die falsche Richtung.«

Ohne sich umzudrehen, erwiderte der junge Diener: »Fragt nicht, sondern folgt mir nur.«

Zögernd nickte Kelly, denn sie spürte, dass etwas nicht mit rechten Dingen zuging. Angst verspürte sie nicht, denn noch überwog die Neugierde.

Es ging weiter durch düstere Gänge, gefährlich schmale Treppen abwärts, und Kelly ahnte, dass sie sich in einem Gewölbe unter der Burg befand, denn die kalte Luft roch modrig.

Im Schein der unruhig flackernden Pechfackel, die der Diener entzündet hatte, konnte Kelly schließlich erkennen, dass sie sich in einem Gang befand, der so schmal war, dass sie und der Diener seitwärts gehen mussten.

Am Ende dieses Ganges blieb der Jüngling stehen und klopfte dreimal gegen die Wand, die sich wie durch Zauberhand einen Spaltbreit öffnete.

»Ich bin es, Herr«, sagte der Diener leise. »Und ich habe meinen Auftrag ausgeführt.«

Die raue Wand öffnete sich weiter, und der Diener winkte Kelly zu sich heran. »Geht dort hinein, es wird Euch nichts geschehen.«

»Was … befindet sich dahinter?«, fragte sie argwöhnisch, ohne sich von der Stelle zu bewegen.

»Ein sicheres Versteck.«

Vor wem oder was sollte sie versteckt werden? Vielleicht handelte es sich um eine Falle; möglicherweise wollte Sir Lennox sie nun doch unauffällig loswerden und in diesem Verlies verhungern lassen – doch das ergab keinen Sinn.

Geduldig wartete der Diener, bis sich Kelly endlich in Bewegung setzte; vor dem Eingang blieb sie jedoch noch einmal stehen und versuchte, ins Innere zu spähen, doch außer dem Fackelschein war nichts zu erkennen.

Fragend sah Kelly den jungen Diener an, und als er aufmunternd nickte, schlängelte sie sich durch den Spalt. Schlimmer konnte ja wohl kaum werden, sagte sie sich dabei.

Sie befand sich in einer fensterlosen Kammer mit spartanischer Einrichtung und begriff, dass es sich um eine Art Kerker handelte. Schockiert wollte sie kehrtmachen, doch dann erkannte sie eine Gestalt in der Ecke.

Der Mann war sehr groß und breitschultrig und trug eine vollständige Rüstung. Der Helm bedeckte den ganzen Kopf des Mannes, der Sehschlitz war so schmal, dass Kelly die Augen des Ritters nicht erkennen konnte. An der rechten Hüftseite trug er ein gefährlich aussehendes langes Schwert.

Langsam trat er aus dem Schatten, dabei klirrte die Rüstung leise, und Kelly wich entsetzt einen Schritt zurück, denn die Bewegungen des Mannes erinnerten sie an einen ferngesteuerten Roboter.

Der Ritter hob seine mit einem Kettenhandschuh bekleidete Hand und sagte: »Habt keine Angst, Ihr seid in Sicherheit.« Seine Stimme klang weich, sodass sich Kelly wieder etwas beruhigte. Mit angehaltenem Atem beobachtete sie, wie der Mann seinen Helm abnahm. Es war der Blonde!

Kelly war zu überrascht, um etwas sagen zu können.

»Verzeiht den Mummenschanz«, sagte der Ritter. »Er ließ sich leider nicht vermeiden; jemand hätte mich erkennen können.« Er machte eine einladende Handbewegung zu einem bequem aussehenden Stuhl neben dem Bett.

»Nehmt Platz, dann erfahrt Ihr mehr.« Er bewegte einen lockeren Stein in der Wand, und der Eingang schloss sich geräuschlos.

Erstaunt verfolgte Kelly diesen raffinierten Mechanismus, und endlich fand sie ihre Sprache wieder. »Wer seid Ihr, und wieso habt Ihr mich hierher bringen lassen?«

»Das ist eine lange Geschichte. Seid Ihr munter genug, um sie zu hören?«

Kelly nickte so wild, dass die Tiara auf ihrem Kopf verrutschte, was den geheimnisvollen Mann zu einem Schmunzeln hinreißen ließ.

»Nun, mein Name ist Ronald of Bragham.« Er setzte sich umständlich auf den zweiten Stuhl; die schwere Rüstung hinderte ihn bei jeder Bewegung. »Vor einigen Jahren wurde ich aufgrund meiner Herkunft und Ausbildung in den Ritterstand erhoben. Als ich im letzten Jahr von einem Kreuzzug nach England zurückkam, musste ich erfahren, dass mein Onkel Sir Percy of Barningmore und seine Familie tot waren und seitdem die Burg sowie die Ländereien in die Hände dieses Raubritters Lennox gefallen waren. Nach einem uralten Gesetz kann jedoch nur jemand endgültiger Herrscher werden, der sich bis zu einem bestimmten Datum vermählt und im Jahr darauf einen Sohn nachweisen kann.«

Kelly nickte. »Ich hörte bereits davon.«

»Sir Lennox erfuhr erst kürzlich von diesem Gesetz, daher die Eile.« Ronald musterte sie aufmerksam. »Ich gehe davon aus, dass Ihr ihm nicht ganz freiwillig zum Traualtar folgt.«

»Niemals werde ich seine Frau werden!«, stieß Kelly empört hervor. »Habt Ihr mich aus diesem Grund von diesem jungen Diener herschaffen lassen?«

»Das war kein richtiger Diener, sondern mein Knappe William. Er ist der einzige Eingeweihte und mir treu ergeben. Ich habe Euch entführen lassen, weil ich unter allen Umständen verhindern will, dass der Besitz meines Onkels unwiederbringlich in Sir Lennox' Hände fällt. Gibt es keine Hochzeit, weil die Braut verschwunden ist, hat er das Recht verwirkt, das Land zu beherrschen.«

Er sah Kellys enttäuschte Miene und fügte mit einem angedeuteten Lächeln hinzu: »Natürlich will ich nicht, dass Ihr ein Leben an der Seite dieses Barbaren ertragen müsst. Ich habe Euch im Festsaal beobachtet – Ihr wirktet nicht gerade wie eine glückliche Braut.«

Sie schnaufte. »Seine Schergen entführten mich. Aus freiem Willen bin ich ganz gewiss nicht hier!«

Er nickte zustimmend. »Man erzählt sich, dass Sir Lennox Euch bereits in Eurem Schlafgemach aufgesucht hat. Es tut mir aufrichtig leid, dass er Eure Ehre beschmutzt hat.«

Ein feines Lächeln spielte um ihren Mund, als sie Ronald erklärte, dass Geoffrey schon vorher eingeschlafen war.

»Zumindest *das* ist Euch erspart geblieben«, gab er zufrieden zurück.

»Wie konntet Ihr Euch unter Sir Lennox' Männer mischen, ohne dass es auffiel, dass Ihr mit dem früheren Burgbesitzer verwandt seid«, wollte Kelly wissen, die sich in Ronalds Gesellschaft immer wohler fühlte.

»Das ist leicht erklärt. Ich bot ihm meine Dienste an, und da ich einen anderen Namen trage, merkte er nichts. Aber ich möchte betonen, dass ich nicht zu den rauen Kerlen gehöre, die in Geoffreys Auftrag das ganze Land in Angst und Schrecken versetzen.«

»Ich verstehe. Und was werdet Ihr tun, wenn Ihr es schafft, die Hochzeit zu verhindern?«

Er lächelte geheimnisvoll. »Vielleicht werde ich es Euch verraten, Jungfer Ceally.« Im Licht der Fackel waren Ronalds Augen so hell wie ein sommerlicher Himmel, und instinktiv spürte Kelly, dass von ihm keine Gefahr ausging.

Sie ordnete die Falten ihres Gewandes und fragte in beiläufigem Unterton: »Was habt Ihr jetzt mit mir vor?«

»Keine Angst, dieser Geheimraum soll nicht Euer dauerhaftes Heim sein. Sowie sich eine Gelegenheit ergibt, schmuggele ich Euch aus der Burg und bringe Euch nach Hause, wenn Ihr möchtet.«

Um ein Haar hätte Kelly laut aufgelacht. Ihr Zuhause lag in einem fernen Jahrhundert, und noch nicht einmal der starke und zweifellos kluge Ritter Ronald of Bragham würde es vollbringen können, sie in ihre eigene Zeit zurückzuversetzen.

»Warum erheitert Euch mein Plan, sodass Ihr schmunzeln müsst? Traut Ihr mir etwa nicht zu, dass ich zu meinem Wort stehe?«

Sofort wurde sie wieder ernst und machte eine aufmerksame Miene. »Oh doch, ich zweifele nicht an Eurem Wort. Aber ich frage mich, woher Ihr dieses Versteck kennt und einen Weg finden wollt, mich aus diesem Wirrwarr von Treppen und finsteren Gängen aus der gut bewachten Burg zu schummeln.«

»Ah, es ist alles geplant«, gab er zurück und schenkte ihr ein sanftes Lächeln, das sie erröten ließ. »Ich kenne Barningmore Castle wie meine Westentasche, als Kind war ich oft zu Gast bei meinem Onkel. Zusammen mit meinem Vetter erforschte ich das riesige Kellergewölbe, und dabei entdeckten wir so manchen Geheimgang, von dem Sir Lennox und seine Männer nichts wissen können. Natürlich wird es nicht einfach werden, Euch zu befreien, aber in den Wäldern verstecken sich meine Anhänger, die mir jederzeit zu Hilfe eilen können, falls man Eure Flucht vorzeitig entdecken sollte.«

»Und so lange darf ich dieses Zimmer nicht mehr verlassen?«

»Ihr seid nicht meine Gefangene, Ceally.« Er neigte sich, so weit es sein sperriger Harnisch zuließ, nach vorn. »Wenn es Euch beliebt, bringe ich Euch auf der Stelle zurück in Euer Schlafgemach, aber dann müsst Ihr damit rechnen, dass Ihr öfter Besuch von Eurem Verlobten bekommt.«

»Nein!« Erschrocken sprang Kelly auf. »Lieber verharre ich wochenlang hier unten bei Wasser und Brot, als mit Sir Lennox das Bett teilen zu müssen!«

Ronald erhob sich. »Schon gut. William wird Euch mit Nahrung und Getränken versorgen – für mich selbst wäre das zu gefährlich, weil ich nicht weiß, ob Geoffrey mir vertraut oder mich heimlich beobachten lässt. Aber ich verspreche, Euch einmal täglich zu besuchen und mich nach Eurem Wohlbefinden zu erkundigen.«

Er machte eine höfliche Verbeugung, dann wies er auf den lockeren Stein in der Wand. »Diese Tür lässt sich nur von innen öffnen, also achtet auf das dreimalige Klopfzeichen. Öffnet nicht, wenn Ihr Zweifel habt, dass ich oder mein Knappe Einlass begehren.«

Stumm nickte Kelly, und beinahe vergaß sie, Ronald zu danken.

Er bewegte den Stein und die Wand schob sich auf. »Ihr müsst mir nicht danken, denn mit meiner Entführung ist uns schließlich beiden geholfen, nicht wahr?«

»Ja,«

Sie lächelte ihm schüchtern zu, und als er gegangen war, bewegte sie den losen Stein – und die Wand schloss sich wieder.

Kelly staunte über diesen Mechanismus, der in einer Zeit erfunden worden war, in der es weder Elektrizität noch fließendes Wasser gegeben hatte. Dann schaute sich Kelly den Geheimraum näher an und stellte erfreut fest, dass sich hinter einem Paravent eine Art Plumpsklo sowie ein Bottich mit Wasser befand – für einfache Hygiene war also gesorgt.

Auf einem runden Tisch zwischen den beiden Sesseln stand eine Kupferschale mit Obst, und die Fackeln an den Wänden spendeten etwas Wärme in dem kaminlosen Verlies.

Gedankenverloren setzte sich Kelly, nahm ein paar Weintrauben aus der Schale und steckte eine nach der anderen in den Mund.

Konnte man Ronald of Bragham wirklich ohne Weiteres vertrauen? Womöglich hatte er Böses im Sinn und wollte Sir Lennox mit der Entführung der Braut lediglich erpressen. Aber das, was er gesagt hatte, klang durchaus plausibel – und dass

Geoffrey sie nur heiraten wollte, weil es ein uraltes Gesetz vorschrieb, wusste sogar Kelly.

Ob man ihr Verschwinden schon bemerkt hatte? Der Bräutigam wohl kaum, denn er war schon seit Stunden zu betrunken, um geradeaus sehen zu können, aber jemandem von den Bediensteten konnte inzwischen aufgefallen sein, dass sich die Braut nicht in ihrem Schlafgemach befand.

Ronald hatte versichert, dass niemand von Sir Lennox' Leuten das geheime Zimmer kannte. Zwar würde jeder auf der Burg fieberhaft nach Kelly suchen, nachdem ihre Flucht bekannt geworden war, doch niemand würde sie finden – und Sir Lennox würde vor Wut platzen. Sicher, er konnte auf die Schnelle die nächste junge Frau gefangen nehmen und sie zur Ehe zwingen, doch er hatte bereits im Lande verkünden lassen, wer seine Gemahlin werden sollte.

Kelly reckte sich wohlig, und plötzliche Müdigkeit überkam sie. Sehnsüchtig spähte sie zu dem Bett hinüber, auf dem mehrere Decken aufeinandergehäuft lagen. Sie legte Schicht um Schicht ihres aufwendigen Verlobungsgewandes ab; den Schmuck ließ sie auf dem Tisch liegen, denn sie wollte sich nicht daran bereichern, obwohl sie davon überzeugt war, dass Sir Lennox die wertvollen Schmuckstücke selbst gestohlen hatte.

Kaum hatte Kellys Kopf das Kissen berührt, fielen ihr die Augen zu. Zum ersten Mal, seit sie sich auf der Burg befand, fühlte sie sich sicher und behütet.

8

Sie erwachte von einem Klopfen und fuhr erschrocken in die Höhe. Um sie herum war es stockfinster, denn die Fackeln waren niedergebrannt.

Als es erneut gegen die Wand klopfte, erinnerte sich Kelly wieder daran, wo sie sich befand, stieg langsam aus dem Bett und tastete sich zu der Stelle, wo sie den losen Stein vermutete. Sie fand ihn, hielt dann jedoch inne. Hatte es wirklich dreimal kurz hintereinander geklopft?

Doch dann erinnerte sie sich an Ronalds Worte und bewegte den Stein. Die Wand schob sich auf, und ein greller Schein ließ Kelly blinzeln.

»Guten Morgen, Jungfer Ceally«, sagte William fröhlich und schob sich in den Raum. In einer Hand hielt er einen Kerzenleuchter, in der anderen einen Korb – über dem Arm trug er ein einfaches Kleid und Handtücher. »Ich bringe Euch einige nützliche Dinge.«

Da Kelly sich in ihrem dünnen Hemd fast nackt fühlte, sprang sie wieder ins Bett und zog die Decken bis zum Hals hoch. »Das ist nett von dir, William. Am dringendsten brauche ich Licht.«

Der Jüngling stellte den mehrarmigen Kerzenständer auf den Tisch. »Entschuldigung, daran hatte mein Herr vergangene Nacht wohl nicht gedacht. Im Korb befinden sich weitere Kerzen, sodass Ihr nicht mehr im Dunkeln hausen müsst.«

Kelly warf einen wohlwollenden Blick zur Lichtquelle und sog tief den Duft der echten Bienenwachskerzen ein, die wesentlich besser rochen als die einfachen Talglichter mit ihrem ranzigen Geruch.

Sorgfältig legte William das Kleid aus dunkelgrüner Wolle

und die Handtücher über die Stuhllehne, dann leerte er den Korb und stellte ein üppiges Frühstück auf den Tisch.

»Woher hast du all die Sachen?«, staunte Kelly vom Bett aus.

»Gestohlen«, gab William grinsend zurück.

»Um Himmels willen! Wenn man dich dabei erwischt!«

Er schüttelte energisch den Kopf. »Wohl kaum, denn ich trage die Kleidung eines Dieners.«

»Aber jemand könnte erkennen, dass du ein Knappe bist!«

William winkte unbekümmert ab. »Bei der großen Dienerschaft fällt einer mehr oder weniger nicht auf – und zu den Knappenunterkünften haben die ohnehin keinen Zugang.«

Richtig beruhigt war Kelly trotzdem nicht; es war für William gefährlich, sich als Diener zu verkleiden, um sie mit allem zu versorgen, was sie zum Leben benötigte.

Der Knappe hatte ausgepackt und nickte zum Paravent: »Mein Herr ist untröstlich, dass es hier unten keine Möglichkeit gibt, Euch zu wärmen und für heißes Wasser zum Waschen zu sorgen.«

»Keine Ursache. Ich bin schon froh, dass ich keine Angst mehr vor Sir Lennox haben muss. Wurde mein Verschwinden schon entdeckt?«

Wieder grinste William spitzbübisch. »Ja, bereits im Morgengrauen. Die Zofe kam völlig aufgelöst angerannt und verkündete, dass Ihr fort seid. Sir Lennox wurde eiligst geweckt, er soll vor Zorn toben, hörte ich.«

Auch Kelly konnte sich ein Schmunzeln nicht verkneifen. »Und was tut Euer Herr gerade?«

»Er ist auf der Jagd.«

»Auf der Jagd?«

»Ganz recht, auf der Jagd nach Euch! Sir Lennox befahl, jeden Winkel der Festung nach Euch abzusuchen, und als gehorsamer Ritter blieb ihm nichts anderes übrig, als sich an der Suche zu beteiligen.«

»Aber niemand wird mich finden, nicht wahr?«

»Nein, Jungfer Ceally. Ihr habt mein Wort darauf.« Er wandte sich zum Gehen. »Vergesst nicht, hinter mir den Eingang wieder zu versperren, aber den Weg hierher findet außer meinem Herrn und mir ohnehin niemand.«

Kelly genoss ihr ruhiges Frühstück bei Kerzenschein, dann wusch sie sich mit der gut riechenden Seife, die William mitgebracht hatte und kleidete sich an. Das Wollkleid war ähnlich geschnitten wie die Kleider, die sie bisher nach ihrer Zeitreise getragen hatte, und allmählich gewöhnte sich Kelly an die bodenlangen, von der Taille abwärts weiten Gewänder und an das Fehlen von Büstenhalter und Höschen. Sie wusste, dass diese intimen Bekleidungsgegenstände erst viel später gebräuchlich werden sollten. Zumindest kniff und zwickte nun nichts mehr, was nicht zu verachten war.

Sie bürstete ihr Haar lange und ausgiebig und redete sich ein, sonst nichts zu tun zu haben. In Wahrheit jedoch wollte sie für Ronald of Bragham schön sein, obwohl er offensichtlich kein Interesse an Kellys Person zu haben schien, was ihre Freude auf das Wiedersehen etwas dämpfte.

Als es nichts mehr zu tun gab, setzte sich Kelly hin und zog das dicke Buch zu sich herüber, das William ebenfalls dagelassen hatte; vermutlich, damit sich sie sich mit Lesen die Zeit vertreiben konnte. Doch sie schlug es sogleich wieder zu, denn es war von Hand geschrieben. Die Tinte war verblasst und die Buchstaben so sehr verschnörkelt, dass die Worte kaum leserlich waren. Es schien sich außerdem um Gedichte zu handeln, und Kelly hatte Gedichte noch nie gemocht.

Seufzend sah sie sich um, aber es gab nichts, was ihr die Wartezeit erträglicher machen konnte, und so saß sie da, eine Decke gegen die Kälte um ihre Beine geschlungen, und ließ die vergangenen Tage noch einmal vor ihrem inneren Auge vorüberziehen.

War es nicht doch Zufall gewesen mit ihrer Zeitreise? War es nicht wahrscheinlicher, dass sie zur falschen Zeit am falschen Ort gewesen war? Konnte die schrullige Margaret wirklich Kellys eigene Urahnin sein? Und woher konnte die alte Frau wissen, dass sie sich einen Ritter zu Weihnachten gewünscht hatte?

Was wäre wohl geschehen, wenn Kelly die Schatulle mit dieser auffälligen Brosche – von der sie inzwischen wusste, dass es sich aufgrund der Größe um eine Gewandbrosche handeln musste – übersehen hätte und unverrichteter Dinge zurück nach London gefahren wäre?

Und auch an Margarets merkwürdiges Verhalten erinnerte sie sich wieder: Einerseits hatte sie gewarnt, ihr Haus zu verlassen, andererseits jedoch behauptet, dass sich die Brosche nicht dort befand, sodass Kelly gezwungen gewesen war, sich auf die Suche nach ihr zu machen.

Fragen über Fragen, auf die sie keine Antwort wusste – nur eines stand bisher fest – sie hatte eine Zeitreise ins Jahr 1312 gemacht, genau siebenhundert Jahre von ihrer eigenen Zeit entfernt.

Stunden um Stunden grübelte Kelly über dieses Phänomen nach, und als sie wieder aufblickte, war die Kerze fast heruntergebrannt, und sie steckte schnell eine neue damit an. Siedend heiß fiel ihr dabei ein, dass das Feuer nicht erlöschen durfte, denn sonst saß sie im Dunkeln. Wie man Feuer machte, wusste sie nicht, nur, dass es weder Streichhölzer noch Feuerzeuge gab.

Mittags brachte William einen Imbiss und berichtete amüsiert, dass Sir Lennox' Leute bereits von Zauberei sprachen, denn sie hatten mittlerweile die gesamte Burg durchsucht und noch immer keine Spur von der Braut gefunden.

»Was sagt Sir Lennox dazu?«, wollte Kelly wissen. »Hat er sich damit abgefunden?«

William lachte herzhaft. »Damit wird er sich niemals abfinden, denn er wird nicht zugeben, dass sein zukünftiges Eheweib vor ihm Reißaus genommen hat. Er fürchtet Schadenfreude und Spott, deshalb ließ er die vorigen Heiratskandidatinnen hinrichten, bevor sie aller Welt erzählen konnten, unter welchen Umständen sie hierher gebracht worden waren.«

Als Ronalds Knappe Anstalten machte, den Raum zu verlassen, hielt Kelly ihn zurück. »Warte noch einen Augenblick. Es ist schwer für mich, stundenlang keine Menschenseele zu sehen, und ich würde mich gerne noch etwas mit dir unterhalten.«

Er zögerte. »Ich darf nicht zu lange fortbleiben, Jungfer Ceally.«

»Schon gut«, erwiderte sie enttäuscht, obwohl ihr bewusst war, dass sie den jungen Mann in Gefahr bringen konnte, wenn sie ihn zu lange aufhielt.

»Habt Ihr noch einen Wunsch?«

Um ein Haar hätte Kelly gesagt: »Ein Fernseher wäre nett, aber ein iPod täte es auch.« Doch sie schüttelte nur den Kopf und machte sich auf weitere Stunden der Einsamkeit gefasst.

Als es das nächste Mal klopfte, kam Ronald persönlich und brachte das Abendessen. Kelly war so überrascht über den unverhofften Anblick, dass sie ihn nur wortlos anstarrte.

Ronald stellte den Korb auf den Tisch, bevor er Kelly begrüßte. »Guten Abend. Wie habt Ihr den ersten Tag in Eurem Versteck zugebracht?«

Nervös zupfte Kelly an ihrem Haar und gestand, dass sie sich noch nie in ihrem Leben so sehr gelangweilt hatte.

»Ich bin untröstlich, Jungfer Ceally, aber dieser bedauerliche Zustand ist leider nicht zu vermeiden. Sowie ich eine Möglichkeit zur Flucht gefunden habe, hole ich Euch. Ich gebe mein Wort darauf.« Er zeigte mit dem Kinn auf das dicke, in braunes Leder gebundene Buch auf dem Tisch. »Da ich ahnte, dass Ihr Zerstreuung nötig haben würdet, wies ich William an, Euch dieses Buch zu bringen. Warum lest Ihr nicht darin?«

Und als sie vage die Schultern hob, fuhr er erklärend fort: »Es sind Liebesgedichte, sehr gefühlvolle sogar. Ich dachte, jede Frau würde so etwas gerne lesen.«

Als sie keine Antwort gab, erhellte sich plötzlich sein Gesicht. »Oh, ich verstehe. Ich vergaß, dass Ihr ein einfaches Mädchen aus dem Volk seid und weder schreiben noch lesen könnt.«

Endlich kam Bewegung in Kelly. Mit empörter Miene erwiderte sie heftig: »Was erlaubt Ihr Euch? Ich kann sehr wohl lesen und schreiben, habe es bereits als Kind gelernt!«

Verlegen entschuldigte sich Ronald, aber dann wollte er wissen, wo Kelly es gelernt hatte. Sie überlegte fieberhaft. Jetzt nur nichts Falsches sagen! Öffentliche Schulen gab es noch nicht, und als armes Mädchen hätte sie sich keinen Hauslehrer leisten können.

»Nun …«, begann sie zögernd. »Ich wuchs bei meiner Tante Margaret auf, weil meine Eltern schon früh verstarben. Sie hatte es als junges Mädchen in einem Kloster gelernt und brachte es mir später bei.«

»Margaret? Meint Ihr etwa die kauzige alte Frau, die auch Kräuterweiblein genannt wird?«

Kelly wusste nicht, ob sie sich darüber freuen oder besser ängstigen sollte, weil Ronald Margaret offensichtlich kannte, dennoch nickte sie. »Wo habt Ihr die Bekanntschaft meiner Tante gemacht?«

»Das ist schon Jahre her«, gab er bereitwillig zurück. »Ich war zu Besuch bei meinem Onkel, und eines Tages ritten mein Vetter und ich zur Stadt. Dort auf dem Markt trafen wir Margaret, denn sie war wegen ihrer Heilkräuter recht bekannt. Wir sollten auf Geheiß meiner Tante etwas gegen ihre Blutarmut besorgen, und die Mixtur, die Margaret uns gab, bewirkte, dass die Beschwerden meiner Tante verschwanden, denn fortan war sie nicht mehr ständig müde und leichenblass. Sagt, braut Eure Tante noch immer ihre geheimnisvolle Medizin?«

»Nur noch gelegentlich. Die Angst vor Sir Lennox' Schergen ist zu groß; einmal, als wir im Wald Reisig sammelten, wären wir beinahe auf einige dieser ungehobelten Kerle gestoßen.«

Ronald nickte nachdenklich. »Versteht Ihr nun, dass Sir Lennox niemals die Herrschaft über dieses Land bekommen darf?«

»Ja, aus diesem Grunde habt Ihr mich schließlich entführt.«

Einen Augenblick sah er sie eindringlich an, dann sagte er: »Dies ist nur *einer* der Gründe.« Er hielt kurz inne. »Wie kommt es, dass Ihr so weit von Margarets Haus gefangen genommen wurdet?«

»Woher wisst Ihr denn, wo meine Tante wohnt?«

»Wenn sie inzwischen nicht umgezogen ist, lebt sie vor der Stadt. Ich habe sie nämlich noch einige weitere Male aufgesucht – immer dann, wenn sich jemand von Onkel Percys Familie krank fühlte. Was hattet Ihr so weit entfernt von Eurem Heim zu suchen?«

Kelly ärgerte sich, dass sie sich keine passende Antwort parat gelegt hatte. Sie hätte doch wissen müssen, dass Ronald – oder ihr Retter, wie sie ihn inzwischen heimlich nannte – Fragen stellen würde. Genügend Zeit, sich eine plausible Erklärung auszudenken, hatte sie schließlich gehabt.

»Möchtet Ihr mir meine Frage nicht beantworten? Entschuldigt, dass ich so indiskret war.«

Sie wehrte lächelnd ab. »Das ist kein Geheimnis. Die Wahrheit ist … nun ja, es ist mir etwas unangenehm, darüber zu reden, zumal Ihr meine Tante persönlich kennt.« In Windeseile sortierte Kelly in ihrem Kopf die Worte, die sie verwenden wollte. »Tante Margaret ist etwas kauzig und zudem sehr streng mit mir. So verbot sie mir, nicht ohne sie das Haus zu verlassen. Sagt selbst: Ist es daher verwunderlich, dass ich noch nicht verheiratet bin?«

Ronald setzte sich; diesmal trug er keine Rüstung, und Kelly konnte die Muskeln unter seinem Leinenhemd spielen sehen. Er nickte leicht, dann sagte er: »Ich fragte mich bereits, wieso eine Frau in Eurem Alter – verzeiht, das war nicht verletzend gemeint – noch nicht unter der Haube ist … und dazu so eine schöne Frau.«

Vor Freude über dieses Kompliment errötete Kelly, denn sie wusste, dass es ernst gemeint war.

»Ja, wie hätte ich denn einen Mann finden sollen, wenn mich meine Tante überallhin begleitete?«

»Verständlich«, gab er ihr recht. »Ich sah Euch bereits zweimal im Saal, und Ihr wirktet, als hättet Ihr wenig Erfahrung mit Festen und Gelagen. Vorher habt Ihr nie an so einem Fest teilgenommen. Habe ich recht?«

»So ist es«, erwiderte Kelly erleichtert, weil dies sogar der Wahrheit entsprach. »Und diese Orgie gestern Abend …«

»Soll ich Euch ein Geheimnis anvertrauen? Ich mag diese Art von Festlichkeiten auch nicht, finde es einfach widerwärtig, wenn sich die Leute, trunken von Wein und Bier, so zügellos benehmen und kann es Euch nicht verübeln, daran nicht teilhaben zu wollen.« Ronald lehnte sich zurück. »Aber erzählt weiter.«

Kelly holte tief Luft. »Ich fühlte mich bei Tante Margaret wie in einem Käfig und wollte endlich auch am Leben teilhaben. Also schlich ich mich eines Nachts aus dem Haus; mein Ziel war London. Auf halbem Weg wurde ich von Geoffreys Schergen gefunden, weil ich so erschöpft war, dass ich am Wegrand einschlief.«

»Das war sehr töricht von Euch.«

»Ich weiß, ich ärgere mich immer noch darüber, nicht im Wald Schutz gesucht zu haben«, gab sie kleinlaut zurück.

Ronalds Hemd hatte sich ein wenig hochgeschoben, sodass sein in einer engen Strumpfhose steckender Unterköper sichtbar wurde. Im Schritt war sie ziemlich ausgebeult, und Kelly sah schnell weg, bevor er ihren interessierten Blick bemerken konnte.

»Was wolltet Ihr als alleinstehende Frau in London?« Abrupt riss Ronald sie aus ihren Träumen. »Hattet Ihr denn keine Angst vor der großen Stadt?«

»Ich wollte mir Arbeit suchen.«

Seine blonden Augenbrauen fuhren erstaunt in die Höhe. »Ihr scheint wirklich sehr weltfremd zu sein, Jungfer Ceally. In London ist schon so manches unbescholtene Mädchen unter die Räder gekommen. Für hübsche Frauen gibt es dort nur Arbeit in billigen Schankstuben und Freudenhäusern. Habt Ihr das denn nicht gewusst?« Die Frage klang vorwurfsvoll. »Ihr wärt gnadenlos untergegangen.«

»Ihr meint, als Sir Lennox' Gemahlin wäre es mir besser gegangen?«, fragte sie keck. Nun, nachdem sie ihre ausgedachte Geschichte zum Besten gegeben hatte, fühlte sie sich wohler.

Er schmunzelte. »Nicht unbedingt. Wer hat Geoffrey eigentlich mitgeteilt, dass Ihr nicht verheiratet seid? Er mag zwar ein Trunkenbold und Raubein sein, aber er würde niemals mit einer Frau vor den Traualtar treten, die vor Gott längst mit einem anderen Mann verheiratet wäre.«

Unentschlossen zuckte sie mit den Achseln. »Keine Ahnung. Die erste Person, die mich nach meiner Entführung ansprach, war die Zofe Anne. Sie sprach mich mit ›Jungfer Ceally‹ an, und ich widersprach nicht.«

»Da haben wir es!«, rief Ronald aus. »Hättet Ihr protestiert und behauptet, dass Ihr bereits einen Mann hättet, würde sich Sir Lennox nicht mit Euch vermählen wollen und können.«

Sie machte eine ratlose Geste. »Darauf bin ich nicht gekommen. Ich bebte vor Angst und Kälte und dachte an Flucht. Was wäre mit mir geschehen, wenn ich bereits verheiratet wäre?«

Diesmal zeigte sich Ronald ratlos. »Ich weiß es nicht. Freigelassen hätte man Euch jedenfalls nicht, aber ich vermute, Geoffrey hätte Euch seinen Männern überlassen. Danach würde man wahrscheinlich Eure Leiche unauffällig verschwinden lassen.«

Empört schnaufte Kelly. »Das ist Bigotterie! In der Bibel steht nicht nur, dass man die Frau eines anderen Mannes achten, sondern auch, dass man nicht töten soll … oder so ähnlich.«

Zu ihrer Enttäuschung erhob sich Ronald. »Ihr seid nicht besonders gläubig?«

»Hm … nein, eigentlich nicht. Seid Ihr es denn?«

»Nicht mehr. Nachdem ich von König Jacob II. zum Ritter geschlagen worden war, nahm ich an mehreren Kreuzzügen teil. Auf Befehl der Kirche zogen wir ins Morgenland, um die Muselmanen zum Christentum zu zwingen. Wer sich weigerte, wurde getötet. Seitdem kann ich nicht mehr an einen Gott glauben.« Er deutete eine leichte Verbeugung an. »Verzeiht, dass ich unsere Plauderei beenden muss, aber die Pflicht ruft. Ich bin gespannt, ob Geoffreys Wut über Euer Verschwinden verraucht ist und er zum Abendessen erscheint. In den nächsten Tagen wird er uns vermutlich weiter durch die Festung hetzen, denn er ist nach wie vor davon überzeugt, dass Ihr noch hier seid. Es gibt nur eine Möglichkeit, Barningmore Castle zu verlassen – und zwar durch das Burgtor, welches Tag und Nacht streng bewacht wird.«

»Und wie wollt Ihr mich dann herausbringen?«, fragte Kelly in plötzlicher Panik. »Wir werden beide sterben, wenn man uns erwischt.«

»Beruhigt Euch. Ich weiß von einem geheimen Ausgang, der allerdings direkt in den Burggraben führt. Noch weiß ich nicht genau, wo sich dieser Ausgang befindet; mein Vetter erzählte mir einmal davon. Aber ich werde ihn finden, ich gebe Euch mein Wort darauf.«

Noch lange saß Kelly am Tisch, obwohl sie ihr Abendessen längst verzehrt hatte. Wenn es stimmte, was Ronalds Vetter behauptet hatte, konnte es Wochen, wenn nicht sogar Monate dauern, bis der Ausgang gefunden worden war! Wie sollte sie es so lange in diesem düsteren Zimmer aushalten – allein und voller Ängste?

Doch dann entspannte sich Kelly wieder. Ronald of Bragham war ein Mann, auf den man sich verlassen konnte. Hoffentlich kam er nicht auf die Idee, sie hier unten verhungern zu lassen, wenn sie ihm zu lästig wurde. Immerhin war die Braut spurlos verschwunden und die Vermählung konnte daher nicht stattfinden. Das Ziel, Sir Lennox daran zu hindern, endgültiger Herrscher über Sir Percys Ländereien zu sein, war für Ronald bereits erreicht.

Aber dann besann sie sich darauf, dass er ihr sein Ehrenwort gegeben hatte, und sie glaubte ihm, weil sie ihm glauben *wollte.*

William hatte am Morgen einen größeren Kerzenvorrat gebracht, und bevor Kelly zu Bett ging, entzündete sie eine neue Kerze. Sie musste unbedingt lernen, selber Feuer zu machen – aber wenn sie Ronald oder seinen Knappen darum bat, es ihr beizubringen, würde sie sich verdächtig machen – denn im 14. Jahrhundert schien Groß und Klein zu wissen, wie man ein Feuer entfachte.

Kelly legte sich seufzend ins Bett. Es war so schwierig, sich unauffällig in dieser fremden Zeit zu verhalten. Kelly mochte sich gar nicht ausmalen, was geschähe, wenn Ronald herausfände, dass sie eine Zeitreisende war. Dann war es mit dem Vertrauen und seiner Hilfe vorbei. Denn er würde glauben, dass sie eine Hexe war. Und mit Hexen – das wusste Kelly – ging man im Mittelalter nicht zimperlich um.

Bevor sie schließlich einschlief, erinnerte sie sich wieder an den aufreizenden Anblick, den Ronald ihr ungewollt beim Sitzen gegönnt hatte, und drehte sich ärgerlich auf die andere Seite. Es war nicht die rechte Zeit, um an Sex zu denken – auch nicht, wenn es sich um einen attraktiven Ritter des 14. Jahrhunderts handelte.

Am nächsten Tag berichtete Ronald, dass sich die Aufregung wegen Kellys Verschwinden noch immer nicht gelegt hatte und Sir Lennox weiterhin forderte, jeden Winkel von Barningmore Castle zu durchsuchen – zum Leidwesen der Dienstboten, deren Schlafkammern wieder und wieder kontrolliert und die Leute verhört wurden.

»Geoffrey glaubt an eine Intrige«, sagte Ronald, und diesmal trank er sogar etwas Wein mit Kelly. »Aber er ist auf einer völlig falschen Fährte, denn er denkt, jemand vom Gesinde steckt dahinter.«

»Ich hoffe, wegen mir kommt niemand in Schwierigkeiten. Ich will nicht, dass die armen Leute deswegen vielleicht gefoltert werden.«

Doch Ronald versicherte ihr, dass es so weit nicht kommen

würde. »So dumm ist er nicht, seine Dienstboten auf diese Weise zu vergraulen, denn schließlich weiß selbst dieser Dummkopf, dass er auf die Arbeit seiner Dienerschaft nicht verzichten kann. Eine so große Festung wie Barningmore Castle kann man ohne sie nicht bewirtschaften.«

Unauffällig beobachtete Kelly ihr Gegenüber, und mit jeder Minute gefiel ihr Ronald of Bragham besser – zu schade, dass er sie nicht seinetwegen entführt hatte.

»Warum starrt Ihr mich so eigenartig an?«, wollte er da auch schon wissen, und sie schreckte aus ihren Gedanken.

Sie räusperte sich. »Ich fragte mich soeben, was Geoffrey getrieben hat, bevor er Burgherr wurde.« Wie gut, dass ihr diese Ausrede eingefallen war. Es wäre zu peinlich gewesen, wenn Ronald wüsste, woran sie gerade gedacht hatte.

Bereitwillig gab er Auskunft. »Als ich vom letzten Kreuzzug zurückkam, wusste ich nicht mehr über ihn, als dass ihm wegen eines unfairen Kampfes der Besitz meines Onkels in den Schoß gefallen war. Es dauerte eine Weile, bis ich über diesen Schurken mehr herausfinden konnte.«

»Und was fandet Ihr heraus? Sicherlich nichts Angenehmes.«

»Richtig! Geoffrey und seine Männer waren im ganzen Land gefürchtet, denn sie raubten und töteten, wohin sie auch kamen. Irgendwie muss er erfahren haben, dass die Armee meines Onkels geschwächt war und schlug dann zu. Er hat einmal behauptet, dass er vor Kurzem von Königin Anna geadelt worden sei, aber am Hof weiß man nichts davon.«

Kelly stützte ihren Ellenbogen auf die Sessellehne und lehnte den Kopf nachdenklich gegen ihre Hand. »Dann wäre ich also gar keine echte Lady, wenn er mich heiraten würde.«

»Nein, aber das Gegenteil zu beweisen wäre schwierig. Könnt ihr Euch vorstellen, wie hart es ist, ein Ritter zu werden?« Und als Kelly den Kopf schüttelte, sagte er: »Nun, man muss aus gutem Hause stammen, das halte ich bei Geoffreys schlechten Manieren allerdings für ausgeschlossen. Schon als Jüngling muss man sich als Knappe eines erfahrenen Ritters verdingen.«

»So wie William bei Euch?«

Er nickte zustimmend. »Er ist sozusagen mein Lehrling, und ich bin davon überzeugt, dass er einmal ein großartiger Kämpfer wird; übrigens ist er der Sohn eines Earls.«

Interessiert lauschte Kelly, denn ohne es zu merken, war sie erpicht darauf, mehr über das Rittertum zu erfahren.

»Wenn man seine Lehrzeit erfolgreich absolviert hat, braucht man eine stabile Rüstung, mehrere gute Schwerter und Schilde sowie ein gutes Schlachtross; das alles kostet viel Geld, Jungfer Ceally. Man muss allerdings etliche Schlachten siegreich hinter sich bringen, um Aufmerksamkeit beim König zu erringen – denn nur das Landesoberhaupt ist berechtigt, einen Mann zum Ritter zu schlagen.«

»Mit anderen Worten: Nur ein begüterter Edelmann kommt in den Genuss, zum Ritter geschlagen zu werden.«

Er lächelte ironisch. »Ich freue mich, Eure Erkenntnisse vertieft zu haben. Mit Verlaub, aber Ihr scheint recht wenig zu wissen.«

Zuerst wollte Kelly aufbrausen, doch dann besann sie sich schnell. Ronald hatte ja recht, sie als dummes Gänschen zu sehen, denn vom 14. Jahrhundert wusste sie wirklich nicht viel.

»Es lag mir fern, Euch zu beleidigen«, sagte er schnell, als er ihre finstere Miene bemerkte. »Und als Frau muss man schließlich nicht schlau sein.«

Inzwischen hatte sich Kelly wieder gefasst. »Ihr habt recht. Durch das abgeschirmte Leben bei meiner Tante ist mir vieles entgangen. Aber ich lerne schnell und werde alles nachholen. Im Übrigen bin ich davon überzeugt, dass es nichts schaden kann, auch als Frau über eine gute Allgemeinbildung zu verfügen.«

Er lächelte wieder, diesmal erheitert. »Und dabei braucht eine Frau doch nur Kinder zu gebären, für ein gemütliches Heim zu sorgen und ihren Mann zufriedenzustellen. Findet Ihr es nicht merkwürdig, dass Eure Tante nicht dafür gesorgt hat, einen Ehemann für Euch zu besorgen?«

»In meiner Zeit suchen sich die Frauen selbst ihre Männer«,

dachte sie. Laut sagte sie: »Mag sein, aber ich habe sie nie deswegen bedrängt. Wahrscheinlich wollte sie mich nicht verlieren.« Sie trank ihren Wein aus und wollte den Kelch zurück auf die Tischplatte setzen; doch er glitt ihr aus den Händen und fiel scheppernd zu Boden.

Noch bevor sich Kelly bücken konnte, beugte sich Ronald hinunter; dabei streifte sein langes Haar für den Bruchteil einer Sekunde Kellys Hand. Es war weich wie das Haar eines Kindes, und Kelly ertappte sich bei dem Gedanken, dass sie es gern gestreichelt hätte. Doch der geeignete Moment war vorbei, und Ronald setzte sich ihr wieder gegenüber.

»Wie ungeschickt von mir«, hauchte sie. »In Zukunft werde ich besser aufpassen.«

Er lachte. »Keine Ursache. Es macht mir Freude, einer schönen Frau behilflich zu sein.«

Am liebsten hätte sie ihn gefragt, wie vielen Frauen er schon seine Gunst erwiesen hatte, konnte sich aber rechtzeitig zurückhalten. Leider schien er für die weiblichen Reize seiner Gefangenen nicht empfänglich zu sein, und dabei würde sie diesem Mann sofort zu Willen zu sein.

Sie lächelte Ronald gewinnend zu. »Ihr seid sicher ein Kavalier und nicht so ein Raubein wie Sir Lennox.«

»Ich würde mich schämen, wenn ich so schlechte Manieren hätte wie er.« Leider stand Ronald nun auf. »Ich muss Euch jetzt verlassen, Jungfer Ceally. Sobald Geoffrey die Suche aufgegeben hat, mache ich mich daran, nach dem geheimen Ausgang zu suchen, und Eure Tage im Kerker sind gezählt.«

Auch Kelly erhob sich, und für wenige Augenblicke standen sie sich gegenüber. Sie konnte seinen Geruch wahrnehmen, doch es war nicht der ungewaschene, den ihre Nase bei den anderen Männern erdulden musste, sondern ein angenehmer männlicher Duft nach Tabak, Leder und Pferdeschweiß.

Nun, da Kelly direkt vor ihm stand, erkannte sie, dass er über einen Kopf größer war als sie selbst und seine Schultern so breit waren, dass sie sich winzig vorkam.

Unverhofft nahm Ronald ihre Hand und hauchte einen leichten Kuss auf den Handrücken. Sie unterdrückte ein sehnsüchtiges Seufzen – seine Lippen waren so weich wie sein Haar.

»Ich sehe morgen wieder nach Euch«, versprach er, bereits im Begriff zu gehen. »Im Kerzenlicht seht Ihr etwas blässlich aus; Ihr braucht dringend frische Luft.«

Automatisch fuhr sich Kelly über ihre Wange. »Da ein Fenster fehlt, wird es mit der frischen Luft wohl noch etwas dauern.«

»Ich werde mich beeilen. Schlaft gut.« Er schlüpfte durch den Wandspalt, und Kelly schloss ihn danach gehorsam.

Sie meinte, dass Ronalds Geruch noch immer in der Luft hing und hatte das Gefühl, dass sie noch immer seinen Kuss auf ihrem Handrücken spürte. Ja, das war ein Mann, bei dem man schwach werden konnte, und sie lächelte verzaubert in sich hinein.

Aber dann stutzte sie. Warum versuchte Ronald nicht, sich ihr zu nähern – und wenn es nur für ein Abenteuer war? Doch rasch hatte sie den vermeintlichen Grund gefunden: Sie war ihm zu alt! In einem Jahrhundert, in dem bereits halbe Kinder verheiratet wurden und die meisten Frauen nicht viel älter als dreißig wurden, musste Kelly als steinalt gelten!

Ernüchtert kroch sie ins Bett und versuchte, nicht mehr an Ronalds Vorzüge zu denken, denn er schien unerreichbar für sie zu sein.

9

Während des folgenden Tages konnte Kelly an nichts anderes als an Ronald denken, und dabei pochte ihr Herz unvernünftig schnell, worüber sie sich maßlos ärgerte. Sicher war es normal, seine Gedanken schweifen zu lassen, wenn man keine Zerstreuung hatte, aber ausgerechnet *dieser* Mann musste tabu für sie bleiben. Zum einen, weil ihr Interesse nicht auf Gegenseitigkeit stieß, und zum anderen, weil sie noch immer hoffte, dass ihre Reise in die Vergangenheit nur eine kurze Episode sein würde – auch wenn es bisher keinesfalls so aussah.

Trotz allem konnte Kelly nicht verhindern, dass sie Ronald als Mann sah und weniger als ihren Retter. Stunden um Stunden verbrachte sie mit der Überlegung, wie sie ihn für sich interessanter machen könnte, doch ihr fiel nichts Passendes ein.

Als er dann Einlass begehrte, fühlte sich Kelly unsicher wie ein junges Mädchen und hoffte, er würde nicht bemerken, wie ihr zumute war.

Doch ihre Befürchtung war unbegründet, denn Ronald blieb keine zehn Minuten, in denen er Kelly über den neuesten Stand der Dinge unterrichtete.

»Allmählich gibt Geoffrey auf«, sagte er. »William und ich müssen in Zukunft gut aufpassen, damit uns niemand heimlich folgt. Noch haben wir den geheimen Ausgang nicht gefunden, aber wir geben nicht auf. Er muss sich irgendwo hier unten befinden, da bin ich mir sicher.«

Für Kellys Reize hatte er keinen Blick, obwohl sie den Ausschnitt ihres Kleides etwas geöffnet hatte.

»Müsst Ihr schon wieder fort?«, fragte sie niedergeschlagen. »Ich dachte, wir könnten wie gestern noch etwas plaudern.«

»Das holen wir morgen nach, Jungfer Ceally«, versprach er.

»Sir Lennox hat seinen Leuten befohlen, sich zu einer Besprechung in einer halben Stunde einzufinden, und ich darf nicht zu spät kommen.«

»Was will er denn besprechen?«

Er hob die Schultern, während er bereits an der geöffneten Wand stand. »Wahrscheinlich geht es um Euer Verschwinden. Noch weiß außerhalb der Burg niemand davon, und er wird uns einen Plan unterbreiten, damit es auch so bleibt.«

Kelly nickte und legte unauffällig eine Hand auf den Kleiderausschnitt, um ihre Blöße – die ohnehin nicht beachtet wurde – zu bedecken. »Welches Datum haben wir heute? Seitdem ich mich auf Barningmore Castle befinde, habe ich jegliches Zeitgefühl verloren.«

»Das ist durchaus verständlich«, sagte Ronald. »Heute schreiben wir den 2. Dezember.«

Sie wurde bleich. »Schon der 2. Dezember, dann rückt der Hochzeitstermin in Windeseile näher.«

»So ist es. Daher meine Vermutung, dass Geoffrey sich etwas hat einfallen lassen, um das Verschwinden seiner Braut zu vertuschen.« Ronald hob die Hand zum Gruß und war fort, bevor Kelly noch etwas sagen konnte. Gleich darauf schob sich Knappe William in den Raum, um das Abendessen zu bringen. Wie üblich waren es ausgewählte Köstlichkeiten, von denen die allgemeine Bevölkerung nur träumen konnte.

Dennoch war Kelly unzufrieden und wortkarg, sodass William stutzte. »Habt Ihr noch einen Wunsch?«

»Ja, ich möchte endlich wieder frei sein«, gab sie mit düsterer Miene zurück. »Wenn ich noch länger in diesem Verlies bleiben muss, verliere ich den Verstand.«

William gab sich verständnisvoll. »Mein Herr glaubt, dass wir den geheimen Ausgang bald gefunden haben werden. Also habt bitte noch etwas Geduld.«

Unwillig nickte Kelly und schickte den Jüngling fort, obwohl sie die Einsamkeit fürchtete. Sie aß ohne Appetit, und das zarte Taubenfleisch erschien Kelly wie geschmackloses Gummi.

Um die Zeit bis zum Schlafengehen zu überbrücken, griff sie nach dem Essen zu dem unleserlichen Buch und versuchte darin zu lesen. Doch rasch gab sie wieder auf, denn zu der unleserlichen Schrift kam noch hinzu, dass ihre Gedanken zu Ronald of Bragham abdrifteten. Sie versuchte sich vorzustellen, wie er als Liebhaber sein könnte; doch als sie merkte, wie eine heiße Welle der Erregung durch ihren Körper schoss, gab sie das Entziffern der Buchstaben auf und warf das Buch wütend auf den Tisch.

Sie musste sich eingestehen, dass sie noch nie in ihrem Leben von einem Mann so fasziniert war wie von Ronald, der ihr jedoch die kalte Schulter zeigte. Ja, Kelly vermutete sogar, dass sie sich in ihn verliebt hatte – ausgerechnet in einen Mann, der in ihrer Zeit schon längst tot war!

Nach einer ruhelosen Nacht erschien der Mann ihrer Träume bereits am frühen Morgen und brachte das Frühstück. Glücklicherweise war Kelly bereits angezogen und frisiert.

»Schon so früh auf den Beinen?«, fragte sie betont munter. »Fühlt sich Euer Knappe heute nicht wohl, sodass Ihr mir mein Frühstück bringt?«

Lachend stellte Ronald den Korb ab. »Ihm geht es prächtig, in seiner Dienerkluft schummelte er wie jeden Tag Eure Mahlzeiten aus der Küche, doch diesmal übernahm ich es, Euch zu bewirten, denn ich habe Neuigkeiten für Euch.«

Sofort war Kelly hellwach. »Hoffentlich etwas Angenehmes.«

»Nun ja.« Wie selbstverständlich stellte Ronald Geschirr, Brot, Kuchen, exotische Früchte und eine Kanne Milch auf den Tisch. »Sir Lennox hat mich und die anderen Männer davon unterrichtet, dass die Vermählung trotzdem stattfinden wird.«

»Ohne mich?«

»Nein, nicht ganz.«

Mit fragender Miene setzte sich Kelly und bemerkte freudig, dass Ronald für zwei Personen gedeckt hatte. »Ich verstehe nicht.«

Er grinste. »Euer Bräutigam hat eingesehen, dass Ihr ihm entwischt seid. Nun hat er in seinem wirren Kopf eine Idee entwickelt, wie er trotzdem Herr von Barningmore Castle bleiben kann. Er will eine andere Frau vor den Traualtar zerren; sie wird verschleiert sein und soll als Euch ausgegeben werden.«

»Aber das ist doch Betrug!«

»Einen Menschen wie Geoffrey interessiert das nicht. Da er aber sehr gottesfürchtig ist, wird kein richtiger Priester die Trauung übernehmen. Es geht ihm nur darum, dass die endgültigen Besitzurkunden unterzeichnet werden. Danach wird man Geoffreys Gemahlin nie wieder zu Gesicht bekommen, und in einigen Monaten will er bekannt geben, dass seine geschätzte Gattin bei der Geburt seines Sohnes verstorben ist – das vermeintliche Kind ebenfalls.«

»Wie raffiniert! Aber hat er keine Angst, dass jemand von seinen Männern plaudern könnte?«

»Sie sind ihm treu ergeben und werden schweigen wie ein Grab … außer mir natürlich.« Ronald nahm ein Stück Kuchen und biss genussvoll hinein.

»Was habt Ihr vor?«

»Ich werde rechtzeitig mit meinen Anhängern dafür sorgen, dass es niemals zu dieser Hochzeit kommt.« Kauend wies er auf ihren Teller. »Habt Ihr keinen Hunger?«

Zögernd nahm Kelly das noch warme Brot und brach ein Stück davon ab. »Bis dahin bin ich hoffentlich frei, oder?«

»Selbstverständlich. Wir müssen nur aufpassen, dass wir unerkannt entkommen können, denn sonst müsst Ihr Sir Lennox' Gemahlin werden – und ich werde hingerichtet.«

»Keine erfreuliche Vorstellung.« Kelly biss in das Brot und fand, dass es köstlich schmeckte. »Damit wäre uns beiden nicht gedient, nicht wahr?«

»Gewiss nicht. Deshalb müssen wir bei der Flucht besonders vorsichtig sein.«

»Was werdet Ihr tun, wenn alles klappt? Wollt Ihr Geoffrey auch weiterhin dienen?«

Energisch schüttelte Ronald den Kopf, nahm einen großen Schluck aus seinem Milchbecher und erwiderte: »Nachdem ich verhindert habe, diesem Schurken das Handwerk zu legen, werde ich dafür sorgen, dass die Ländereien meines Onkels in die richtigen Hände kommen.«

»Bedeutet das, Ihr selbst wollt Herrscher werden?«

Nachsichtig lächelnd verneinte er. »Ich will kein Herrscher sein, denn es zieht mich hinaus in die Welt. Vielleicht werde ich der Königin dienen, doch das steht noch nicht fest.«

Mit schwerem Herzen dachte Kelly daran, dass sie ihren edlen Ritter aus den Augen verlieren würde, nachdem er sie befreit hatte.

»Und Ihr?«, erkundigte er sich unvermittelt. »Werdet Ihr in das Haus eurer Tante zurückkehren, oder gelüstet es Euch immer noch, nach London zu gehen?«

Sie schüttelte den Kopf, denn die Lust auf alleiniges Reisen in diesem Jahrhundert war ihr längst vergangen. Dann warf sie ihm einen koketten Blick zu und sagte: »Wer weiß, vielleicht sehe ich mich endlich nach einem Ehemann um.« Sie hoffte, dass er eifersüchtig reagieren würde, doch zu ihrem Ärger redete er ihr auch noch zu.

»Das ist ein guter Gedanke, Jungfer Ceally. Wenn Ihr Kinder haben wollt, müsst Ihr Euch beeilen.«

»Ich kann mir sehr gut ein Leben ohne Kinder vorstellen«, gab sie gereizt zurück und schlug die Beine so übereinander, dass ihre Fesseln in den zierlichen Schuhen zu sehen waren. »In erster Linie will ich endlich Tante Margarets Kontrolle entkommen.«

Das Lügen kam ihr mittlerweile leicht von den Lippen, doch sie erstarrte, als Ronald sagte: »Die arme Tante! Sie muss vor Sorge um Euch fast umkommen. Ich möchte sie gerne von den Ereignissen, die Euch widerfahren sind, in Kenntnis setzen, wenn Ihr es erlaubt.«

Nur das nicht! Vielleicht verriet ihm die alte Frau, wer Kelly in Wirklichkeit war, und das musste vermieden werden, denn so würde sie ihre Glaubwürdigkeit verlieren und er sich enttäuscht von ihr abwenden.

Betont gleichgültig winkte Kelly ab. »Das halte ich für keine gute Idee. Tante Margaret wird sich erst recht Sorgen machen, wenn sie erfährt, dass ich mich auf Barningmore Castle aufhalte und keine Ahnung habe, wie ich fliehen kann. Dass ich sie verlassen will, um nach London zu gehen, habe ich ihr oft genug angedroht, sie sollte in diesem Glauben bleiben.«

»Ich muss Euch recht geben«, antwortete Ronald nachdenklich. »Vor Schreck über die Wahrheit könnte ihr altes Herz stehen bleiben.« Er hatte sein Frühstück beendet und lehnte sich nun entspannt zurück.

»Hübsche Schuhe tragt Ihr«, bemerkte er, doch Kelly befürchtete, dass diese Worte nichts als eine Höflichkeitsfloskel waren, trotzdem bedankte sie sich artig.

»Sie sind ein Geschenk von Sir Lennox«, erklärte sie, froh darüber, die Konversation aufrecht halten zu können. »Die Zofe zog sie mir an, nachdem sie mir mein Verlobungsgewand übergestreift hatte. Die Schuhe sind wirklich sehr hübsch«, fügte sie rasch hinzu. »Mir ist klar, dass solches Schuhwerk nur von edlen Damen getragen wird – das ist für mich allerdings kein Grund, Geoffrey zu heiraten!«

Wieder lachte Ronald sein erfrischend heiteres Lachen. »Das glaube ich Euch aufs Wort. Aber nicht jeder Frau würden diese Schuhe stehen – nur Frauen mit kleinen zierlichen Füßen und schlanken Fesseln, so wie Ihr.«

Argwöhnisch beäugte Kelly den Mann. Machte er sich etwa über sie lustig oder war er jemand von der Sorte, die sich zu Füßen hingezogen fühlten; im 21. Jahrhundert gab es schließlich auch noch sogenannte Fußfetischisten. Doch Kelly wollte nicht wegen ihrer Füße begehrt werden, sondern um ihretwillen!

»Bitte nehmt mir meine neugierigen Blicke nicht übel«, entschuldigte sich Ronald, wieder ernst geworden. »Leider habe ich nicht oft das Vergnügen, mehr von einer Frau zu sehen als ihr Antlitz.«

Nun war es an Kelly, amüsiert zu lachen. »Das nehme ich Euch nicht ab. Wenn ich an die Orgie bei der Verlobungsfeier denke, dann müsst Ihr in Eurem Leben mehr von einer Frau gesehen haben, als schicklich ist.«

»An Festlichkeiten dieser Art nehme ich grundsätzlich nicht teil«, beteuerte er, und es klang ehrlich. »Weder als Zuschauer noch als Akteur, denn ich verabscheue das lüsterne Treiben dieser Pärchen, die sich oftmals gar nicht näher kennen. Ich bin der Meinung, dass Liebe und zärtliche Zuneigung etwas ist, das man im Verborgenen treiben sollte. Oder seid Ihr anderer Meinung?«

»Im Gegenteil, ich teile Eure Meinung«, versicherte Kelly und dachte flüchtig daran, dass sich die Menschen in ihrer Zeit wesentlich züchtiger verhielten – zumindest die meisten.

Da sie gerade beim Thema waren, fragte Kelly mit Unschuldsmiene: »Wie ist es bei Euch? Seid Ihr der Frau Eurer Träume bereits begegnet?«

Er schien verwundert zu sein, doch er beantwortete ihre Frage, ohne mit der Wimper zu zucken. »Oh, es gab in meinem Leben schon etliche Frauen, von denen ich glaubte, ich würde mein Herz an sie verlieren. Doch schon nach kurzer Zeit merkte ich jedes Mal, dass ich mich geirrt hatte.«

»Dann seid Ihr also noch auf der Suche?«, fragte Kelly eine Spur zu schnell und eine Spur zu freudig, doch seine prompte Antwort dämpfte ihr Frohlocken.

»Nein, ich suche nicht, denn ich vermisse in meinem aufregenden Leben keine Frau. Und wenn das Blut mal in die Lenden schießt, dann finden sich immer einige läufige Gefährtinnen. Ist damit Eure Frage beantwortet?«

So genau hatte es Kelly gar nicht wissen wollen. Viel lieber wäre ihr gewesen, er hätte sie mit schmachtendem Blick angesehen und ihr verlegen gestanden, dass er sich für die richtige Frau aufsparen wollte.

»Danke für Eure Offenheit«, gab Kelly ernüchtert zurück.

»Ihr seid schließlich auch offen zu mir.« Ronald stand auf,

und es war ihm anzusehen, wie schwer es ihm fiel, das intime Gespräch zu beenden. »Heute werde ich keine Zeit mehr haben, Euch einen weiteren Besuch abzustatten. Nachdem sich Geoffreys Männer zur Abendtafel eingefunden haben, nehme ich das Forschen nach dem Ausgang wieder auf.«

Kelly begleitete ihn zum Wandspalt, warf einen kurzen Blick in die Dunkelheit dahinter und fragte: »Wohin führt dieser Gang? Als mich William hierherbrachte, verlor ich schnell die Orientierung.«

»Von hier kommt man auf Umwegen zum Kerker. Aber die anderen geheimen Gänge verlaufen quer unter der Burg, und ich habe noch viel zu tun, bis ich alle erforscht habe.« Zu Kellys Überraschung nahm er ihre Hand. Seine Hand war groß und hart, seine Händedruck jedoch so sanft, als wäre Kelly eine zerbrechliche Ware.

»Versucht, an etwas Schönes zu denken, Jungfer Ceally«, riet er ihr. »Ich weiß, wie entsetzlich es sein muss, eingesperrt zu sein, aber eine andere Möglichkeit, Euch unauffällig in der Burg unterzubringen, gibt es leider nicht.«

Sie nickte tapfer, dabei bemerkte sie, dass er noch immer ihre Hand hielt. Verzaubert blickte Kelly seinem breiten Rücken nach, bis er in der Finsternis verschwunden war.

Auch William hatte an diesem Tag etwas Zeit, um sich mit Kelly zu unterhalten. Tatsächlich schien sich der allgemeine Aufruhr gelegt zu haben, seitdem Sir Lennox den Leuten seinen »genialen« Plan unterbreitet hatte. Zwar suchten noch einige Männer nach der verschwundenen Braut, doch eher nachlässig, da es wenig Sinn machte, jede bereits durchsuchte Nische wieder und wieder zu durchstöbern.

»Bist du eigentlich mit deinem Herrn zufrieden?«, wollte Kelly wissen.

Der junge Mann stutzte. »Ihr fragt, ob ich mit ihm zufrieden bin? Als Knappe steht es mir kaum zu, ein Urteil über meinen Herrn zu fällen … aber im Vertrauen gesagt – er ist ein vorbildlicher Ritter; streng, aber gerecht. Bei ihm kann ich sehr viel lernen, Jungfer Ceally.« Sie wünschte, man würde sie nicht immer mit Jungfer betiteln.

»Und sicher ist er mit dir auch sehr zufrieden, William. Danke für das schöne Gewand.« Sie hielt das violette Samtkleid in die Höhe, das der Knappe ihr mitgebracht hatte.

»Mein Herr meinte, dass Ihr Euch freuen würdet, wenn Ihr etwas Abwechslung bei Eurer Kleidung habt.«

»Das war sehr zuvorkommend von ihm.« Sie hielt sich das Kleid an. »Es ist sehr hübsch. Woher hast du es?«

»Aus Eurem Gemach gestohlen – wie auch die anderen Dinge, die ich Euch schon brachte.«

Erschrocken blickte Kelly auf. »Aber wenn dich jemand erwischt hätte!«

»Ach was. Seitdem Ihr fort seid, wird der Gang vor Eurem Gemach nicht mehr bewacht. Soll ich Euch jetzt Euer Essen servieren.«

»Danke, das mache später selber«, erwiderte sie, denn mittags gab es stets kaltes Fleisch oder Pasteten, die nicht auskühlen konnten. »Ich möchte lieber noch ein wenig mit dir plaudern.«

Verlegen grinste William, blieb jedoch stehen, als Kelly ihm einen Platz anbot. »Mein Herr hat mir aufgetragen, all Eure Fragen zu beantworten und Euch stets in Kenntnis zu setzen, wenn sich etwas ereignet.«

»Und? Hat sich seit heute Morgen etwas ereignet?«

»Ja, mein Herr ist davon überzeugt, dass er den Ausgang bald gefunden hat.«

Sie seufzte leise. »Das hat er mir schon selbst mitgeteilt. Bitte sag ihm, dass er vorsichtig sein soll, denn wenn man ihn im Kellergewölbe erwischt, wird man ihn foltern, bis er verrät, dass er mich versteckt hält. Auch du musst vorsichtig sein, William.«

Er nickte eifrig. »Das bin ich. Jedes Mal, wenn ich meine Dienerkluft trage, sehe ich mich vorsichtig nach allen Seiten um. Sowie mich jemand länger als eine Sekunde ansieht, räume ich irgendwas auf oder gehe den Küchenhilfen zur Hand und hole erst Eure Mahlzeiten, wenn die Luft wieder rein ist. Und ich passe auf, ob mir jemand folgt, wenn ich in den Keller gehe. Aber hier achtet niemand auf die anderen, weil Sir Lennox die Dienstboten den ganzen Tag durch die Gegend scheucht. Er und seine Gefolgsleute haben ständig irgendwelche Wünsche.«

»Das habe ich auch schon bemerkt. Trotzdem schadet es nicht, Augen und Ohren offen zu halten.«

William verneigte sich vor ihr. »Ihr könnt Euch auf meinen Herrn und mich verlassen.«

»Gut, dann kannst du jetzt gehen.« Sie schloss den Wandspalt, sowie der Knappe ihn passiert hatte, dann probierte sie das neue Kleid an. Es war geschnitten wie die anderen Gewänder und der Stoff fiel in weichen Wellen zu Boden. Der spitze Ausschnitt wurde mit einem über Kreuz gebundenen Samtband am Hals geschlossen. Kelly nahm sich vor, den Ausschnitt sehr weit offen zu tragen, wenn Ronald das nächste Mal erschien.

Tatsächlich schien ihm das, was er sah, zu gefallen, denn er konnte seinen Blick kaum von Kelly abwenden. Sie tat unschuldig und verwickelte ihn in ein Gespräch über die Aussicht, demnächst ihr Gefängnis verlassen zu dürfen.

»Ihr müsst Geduld haben«, erwiderte Ronald ernst. »Ich weiß, dass ich die Verantwortung für Euch trage, aber gebt mir noch etwas Zeit. Es ist schwierig, in diesem Kellerlabyrinth einen Gang zu finden, der vor vielen Jahren angelegt wurde und von dem niemand etwas weiß.« Er sah unglücklich aus, denn er war sich seines Versprechens bewusst.

»Bald ist Weihnachten.« Versonnen blickte Kelly ins Kerzenlicht. Ihr Herz zog sich schmerzhaft zusammen bei dem Gedanken, dass sie vielleicht auch diesen Tag allein im Verlies verbringen musste – ihren eigentlichen Hochzeitstag.

»Seid nicht traurig.« Ronalds Stimme klang weich. »Ich verspreche Euch, dass Ihr diesen Tag bei Eurer Tante begehen werdet.« Sie warf ihm einen schrägen Blick zu. Noch lieber würde sie an diesem Tag mit ihm zusammen sein, aber das behielt sie für sich. »Schon gut.« Sie setzte ein aufmunterndes Lächeln auf. »Ich vertraue Euch und werde ergeben warten, bis Ihr den Ausgang gefunden habt.«

Ronald erwiderte ihr Lächeln, und ihr schien es, als wäre es ein sehr zärtliches Lächeln. So saßen sie sich minutenlang gegenüber, bis er sagte: »Ihr solltet Euch etwas mehr bedecken, sonst erkältet Ihr Euch womöglich noch.«

Sie folgte seinem Blick zu dem weit geöffneten Halsausschnitt. »Mir ist nicht kalt. Stört Euch dieser Anblick so sehr?«

»Im Gegenteil. Das, was ich sehe, gefällt mir ausnehmend gut.« Er zögerte. »Ihr seid sehr schön, Jungfer Ceally.«

Innerlich jubelte sie über dieses schmeichelhafte Kompliment, doch äußerlich blieb sie kühl und fragte spitz: »Obwohl ich schon so alt bin?«

»Für mich seid Ihr überhaupt nicht alt.« Seine Augen waren nun auf Kellys Gesicht gerichtet, und sie glaubte, einen Anflug von Begehren darin zu entdecken. »Ihr habt sogar genau das richtige Alter für mich.«

»Hm, ich bin aber schon neunundzwanzig.«

»Und ich werde sechsunddreißig«, erwiderte er prompt. »Aber ich denke, im Augenblick gibt es Wichtigeres, als über unser Alter zu plaudern. Ich weiß nicht, wann ich Euch wieder besuchen kann, in der Zwischenzeit wird mein Knappe für Euch sorgen.«

Schade, Kelly hätte sich gern noch länger mit Ronald unterhalten – gerade jetzt, da sie sich etwas nähergekommen waren. Dennoch hielt sie ihn nicht auf, denn es stand sehr viel auf dem Spiel … für beide.

Abends kam William. Er brachte außer dem Abendessen saubere Handtücher, einige Haarbänder und neue Kerzen.

Doch am nächsten Morgen wartete Kelly vergebens. Weder Ronald noch William ließen sich sehen, um das Frühstück zu bringen.

10

Kelly wartete den ganzen Tag vergebens, und als die Stunden verrannen, wurde sie zu einem reinen Nervenbündel. Sie hatte noch etwas Brot und Käse vom Vortag übrig, sodass sie wenigstens nicht hungern musste, doch ihre Unruhe stieg von Stunde zu Stunde. Hatte man sie etwa vergessen, im Stich gelassen?

Schließlich kam sie zu der Vermutung, dass Sir Lennox Ronald und seinem Knappen auf die Schliche gekommen war und sie gefangen genommen hatte. Der Gedanke daran schnürte Kelly die Kehle zu, sodass sie kaum zu atmen vermochte.

Schließlich hielt sie es nicht mehr aus und öffnete den Wandspalt. Vorsichtig spähte sie in die Dunkelheit, die Feuchtigkeit und Modergeruch in den Raum strömen ließ. Sicher, Kelly konnte jederzeit ihr Versteck verlassen, aber sie würde sich in den unterirdischen Gängen hoffnungslos verlaufen, oder was noch schlimmer war, einem von Geoffreys Männern über den Weg laufen.

Wenn sie dann Glück hatte, würde sie Weihnachten Lady Lennox werden – hatte sie Pech, würde sie auf dem Schafott landen.

Und so schloss sie die Wand wieder und nahm die Wanderung durch den Raum erneut auf. Sie konnte kaum einen klaren Gedanken fassen; jegliche romantische und verliebte Gedanken waren verschwunden und hatten einer Panik Platz gemacht.

Vielleicht hatte man Ronald längst hingerichtet und seinen Knappen ebenfalls! Bei der Erinnerung an den blutgetränkten Holzklotz auf dem Burghof stiegen Kelly Tränen in die Augen.

Obwohl sie noch hellwach war, legte sie sich schließlich auf ihr Bett, doch ihre Nerven waren so sehr überreizt, dass sie keine Ruhe fand. Einen letzten Rest Brot hatte sie noch für den folgenden Tag und etwas Wasser zum Waschen. Daran, was danach kommen würde, mochte Kelly nicht denken.

Irgendwann fielen ihr doch die Augen zu. Sie träumte, dass Geoffreys Leute sie gefunden hatten und man sie aus dem Verlies zerrte – direkt auf den Burgplatz, wo die Leute sich schon eingefunden hatten, um ihrer Hinrichtung beizuwohnen.

»Nein, bitte nicht!«, schrie jemand, und als Kelly aufschreckte, erkannte sie, dass sie selbst es gewesen war, die im Schlaf geschrien hatte. Sie horchte, doch alles blieb still. Erschrocken sah sie, dass die Kerze fast heruntergebrannt war und sprang aus dem Bett, um eine neue zu entzünden. Nicht auszudenken, wenn sie nun auch noch dazu verdammt wäre, im Dunkeln zu sitzen.

Um der Kälte zu entgehen, kroch Kelly zurück ins Bett, doch sie konnte nicht mehr einschlafen und verbrachte den Rest der Nacht mit dem Grübeln über ihre Zukunft. Dabei wusste sie gar nicht, ob es Tag oder Nacht war; bisher hatte sie sich durch die Mahlzeiten, die man ihr gebracht hatte, an der ungefähren Uhrzeit orientieren können.

Etwas später schlug Kellys Nervosität in Traurigkeit um. Sie würde Ronald nie wiedersehen, und ihre Leiche würde wahrscheinlich niemals gefunden werden. Und noch schlimmer – auch ihre Familie, auf die sie so oft gewettert hatte, würde sie niemals mehr zu Gesicht bekommen. Tränen rannen Kellys Wangen herunter, ohne dass es ihr bewusst wurde. Nun bereute sie, dass sie immer so wenig Wert auf das gemeinsame Weihnachtsfest in ihrem Elternhaus gelegt hatte – dieses Jahr würde sie fehlen. Ob man sie sehr vermissen würde? Kelly erinnerte sich an die Weihnachtsfeste ihrer Kindheit und schluchzte laut auf. Sie glaubte, den Duft von Eierpunsch, Gänsebraten und Mandelplätzchen zu riechen und spürte die kindliche Aufregung, als sie nach dem Aufstehen die gefüllten Strümpfe am Wohnzimmerkamin entdeckt hatte.

Als es unvermittelt gegen die Wand klopfte, schreckte Kelly

auf. Hatte sie soeben geträumt, oder begehrte jemand Einlass? Es klopfte noch einmal, diesmal heftiger. Im Geiste zählte Kelly mit – es waren exakt drei Schläge, also konnte es sich nur um Ronald oder William handeln.

Endlich kam Leben in Kelly. Sie sprang aus dem Bett und lief zu dem lockeren Stein in der gegenüberliegenden Wand. Der Spalt öffnete sich geräuschvoll, und das Erste, was sie sah, war Ronalds besorgtes Gesicht.

Aufschluchzend flog sie in seine Arme, und er umfing sie sanft. Ihr Kopf lag an seiner Brust, und sie hauchte: »Ich dachte, Ihr hättet mich im Stich gelassen.«

»Das hätte ich niemals getan, denn ich stehe zu meinem Wort, Jungfer Ceally.« Er strich ihr leicht über das ungekämmte Haar. »Es tut mir so entsetzlich leid, dass ich Euch im Ungewissen lassen musste, aber ich ahnte doch nicht, was Sir Lennox gestern vorhatte.«

Behutsam führte er sie zum Stuhl, da er spürte, dass Kelly sich kaum auf den Beinen halten konnte. Hinter ihm war William ins Zimmer gekommen; der Korb, den er bei sich trug, war bis zum Rand gefüllt.

Langsam beruhigte sich Kelly wieder. Ihre Hand zitterte, als sie sich eine Haarsträhne aus dem Gesicht strich. »Ich hatte bereits mit meinem Leben abgeschlossen. Was ist gestern geschehen?«

»Geoffrey ließ jeden Burgbewohner zu sich rufen, bis sich alle im Festsaal versammelt hatten. Da ich mich derzeit ebenfalls auf Barningmore Castle aufhalte, gehörten William und ich auch dazu. Es gab keine Möglichkeit, den Saal zu verlassen, für keinen von uns.«

»Was wollte er?«, fragte Kelly und nickte William dankbar zu, als er ihr einen mit Wein gefüllten Kelch reichte.

»Es gab ein letztes Verhör über Euren Verbleib, dann wurden die engsten Diener wieder zu ihrer Arbeit geschickt. Doch wir anderen mussten Sir Lennox Treue bis zum Tod schwören, einer nach dem anderen. Die Prozedur ging bis zum frühen Morgen –

erst dann durften wir uns entfernen. William begab sich unverzüglich in die Küche, damit Ihr nicht zu lange hungern müsst, dann kamen wir auf dem schnellsten Wege hierher.«

Kellys Tränen waren getrocknet, und die ungeheure Anspannung der vergangenen Stunden fiel allmählich von ihr ab. Vor Erleichterung wurde ihr ganz leicht ums Herz, und erst jetzt wurde ihr bewusst, wie sehr sie sich um Ronalds Leben gesorgt hatte.

»Entschuldigt meinen Gefühlsausbruch vorhin«, sagte sie, um Haltung bemüht, denn Ronald durfte nichts von ihren Gefühlen erfahren, das wäre ihr allzu peinlich.

»Schon gut. Ihr müsst vor Angst, alleingelassen zu werden, ja fast umgekommen sein«, gab er zurück, und sein Lächeln verzauberte Kelly sogleich wieder. »Morgen Nacht werde ich Euch holen.«

»Dann habt Ihr den Ausgang gefunden?«, fragte sie hoffnungsvoll und richtete sich auf, doch er schüttelte den Kopf.

»Nicht ganz. Aber nachdem Geoffrey die Suche nach Euch endgültig eingestellt hat, droht keine Gefahr mehr vor Eurer Entdeckung. Ich habe einige schmale Gänge im westlichen Teil des Kellergewölbes ausfindig gemacht und bin davon überzeugt, dass einer von ihnen ins Freie führt. Wir werden gemeinsam nach dem Ausgang suchen, nachdem William und ich uns heimlich abgesetzt haben.«

»Sir Lennox wird Eure Abwesenheit rasch auffallen.«

»Das ist mir bewusst, und vermutlich wird er dann ahnen, dass ich mit Eurer Entführung etwas zu tun haben könnte, aber anders lässt es sich nicht machen. Es kann Tage dauern, bis wir den Geheimausgang gefunden haben, und ich kann Euch nicht in diesen Katakomben mutterseelenallein lassen, wenn Geoffrey mich tagsüber braucht.«

Kelly kam eine Idee. »Könnt Ihr nicht ganz offiziell mit William zur Burg hinausreiten? Dann fällt es wenigstens nicht auf, dass Ihr nicht zur Stelle seid, wenn Sir Lennox nach Euch ruft.«

Ein belustigtes Lächeln spielte um Ronalds Mundwinkel. Er verschränkte seine Arme unter der Brust und erwiderte: »Ein guter Plan, Jungfer Ceally. Aber wie soll ich ins Kellergewölbe gelangen, wenn ich mich außerhalb von Barningmore Castle befinde? Das streng bewachte Tor ist der einzige Zugang zur Burg.«

Beschämt senkte Kelly den Kopf und kaute verlegen auf ihrer Unterlippe. Wie dumm von ihr; sie hätte selbst darauf kommen können, dass Ronald ihr nur helfen konnte, wenn er sich in unmittelbarer Nähe befand.

»Nun, von einer Frau kann man kaum erwarten, dass sie logisch denkt«, sagte Ronald schließlich und gab seinem Knappen ein Handzeichen, dass er gehen konnte. Ronald selbst machte keine Anstalten, sich zu erheben, obwohl Kelly in diesem peinlichen Moment am liebsten allein gewesen wäre.

»Esst etwas«, forderte er sie auf. »Ihr seht halb verhungert aus, was ich sehr bedauere.«

Zaghaft nahm sie ein Stück Kuchen und schob einen Bissen davon in ihren Mund. »Ich bin es gewohnt, keine regelmäßigen Mahlzeiten einzunehmen.« Diesmal meinte sie allerdings die Mahlzeiten in ihrer Zeit, die sie wegen der vielen geschäftlichen Termine oft hatte ausfallen lassen müssen.

Schweigend sah er Kelly beim Essen zu, was sie nervös machte und sie am Kauen hinderte.

»Ich musste gestern den ganzen Tag an Euch denken«, sagte er plötzlich, und ihr Herz schlug schneller.

»Tatsächlich?«

»Ja, ich stellte mir vor, was in Euch vorgehen musste, als Ihr feststelltet, dass Euch niemand versorgen würde.«

Sie nickte und wischte sich einen Kuchenkrümel aus dem Mundwinkel.

»Ach so. Nun, ich muss gestehen, dass ich wirklich glaubte, Ihr wolltet mich verhungern lassen.«

»Wofür haltet Ihr mich? Ich habe Euch die Freiheit versprochen, und ich halte mein Wort«, sagte er im Brustton der Überzeugung, dann zeigte er auf einen der großen Teller. »Nehmt von dem Ziegenkäse, er schmeckt vorzüglich.«

Kelly bediente sich und musste zugeben, dass Ronald mit der Qualität des kräftig gewürzten Käses nicht übertrieben hatte. Dennoch war das Essen für sie unwichtig, sie wollte mehr über die bevorstehende Flucht erfahren.

»Darf ich etwas mitnehmen?«, fragte sie. »Es wäre doch schade, wenn all die hübschen Dinge hierbleiben müssten.«

Er sah sie mit einen merkwürdigen Blick an, und Kelly ahnte, was er dachte: »Typisch Frau.«

»Wir nehmen nur das Nötigste mit, Jungfer Ceally«, sagte er mit Nachdruck. »Decken, Wasser und natürlich Lebensmittel. William wird die Sachen tragen.«

»Und wo werden wir unterwegs schlafen?«

»Das ist schnell erklärt. In fast allen unterirdischen Gängen in diesem Gewölbe befinden sich Nischen – wozu sie einst angelegt wurden, ist nicht bekannt. Aber mein Vetter und ich haben bei unseren damaligen Exkursionen oft in ihnen ein Schläfchen gehalten.«

Kelly wurde von einer plötzlichen Aufregung erfasst. Sie würden wahrscheinlich oft in einigen dieser Nischen übernachten müssen, und das bedeutete, dass sie und Ronald sich zwangsläufig näher kommen *mussten.* Doch sofort kamen ihr wieder Zweifel, ob sie für Ronald attraktiv genug war.

»Woran denkt Ihr?« Seine Frage riss sie aus ihren unkeuschen Gedanken, doch sie hatte sich schnell wieder in der Gewalt.

»An unser bevorstehendes Abenteuer«, erwiderte sie rasch. »Glaubt Ihr, diesen geheimen Ausgang wirklich zu finden? Vielleicht hat Euer Vetter nur geflunkert.«

Er verzog leicht das Gesicht. »Daran dachte ich damals auch, aber als er mir dann diesen geheimen Raum hier zeigte, war ich davon überzeugt, dass er die Wahrheit gesprochen hatte.«

Kelly wollte lieber nicht wissen, was passierte, wenn es diesen geheimen Ausgang nicht gab – die Vorräte würden zur Neige gehen, und ihnen würde nichts anderes übrig bleiben als zurückzukehren und zu verhungern.

Ihre Befürchtungen behielt sie jedoch für sich, denn Ronald sah so überzeugt von seinem Plan aus, dass sie es nicht fertigbrachte, ihm Misstrauen entgegenzubringen.

Er blieb noch eine Weile und berichtete Kelly von den blutigen Kreuzzügen, die er erlebt hatte. Eigentlich hätte sie lieber über seine persönlichen Interessen geredet, doch sie wusste, dass neugierige Frauen nicht sehr beliebt waren – nicht nur im 21. Jahrhundert.

»Wenn Ihr diese Kreuzzüge so schrecklich findet – wieso nehmt Ihr daran teil?«, wandte sie ein, als er gedankenverloren schwieg.

Er schien über diese Frage erstaunt zu sein. »Weil es mein Beruf ist. Wenn ich einem König diene, ist es meine Pflicht, mich an dessen Befehle zu halten. Das versteht Ihr doch?«

»Oh, natürlich. Ich dachte nur …«

»Als ich mich in jungen Jahren dazu entschloss, Ritter zu werden, war mir bereits bewusst, welch grausige Tätigkeit ich ausüben sollte. Aber das Land vor Feinden zu bewahren und es zu verteidigen, ist eine wichtige Sache. Doch nun muss ich gehen, um unsere Flucht vorzubereiten.«

Sie erhoben sich gleichzeitig, und als er ihr mitteilte, dass bis dahin nur William sie versorgen würde, nickte sie verständnisvoll.

»Passt auf Euch auf«, sagte sie leise. »Schließlich seid Ihr mein Retter.«

Sein Gesicht kam näher, doch er machte keine Anstalten, Kelly zu berühren oder gar zu küssen. »Es kann nichts schiefgehen, denn ich habe mich bisher nicht verdächtig verhalten. Haltet Euch heute Nacht bereit.«

Sie nickte und wollte etwas erwidern, doch da war er bereits grußlos durch den Wandspalt geschlüpft. Kelly redete sich ein, nicht enttäuscht zu sein, obwohl sie es war. Dabei war dies keine Zeit für romantische Anwandlungen. Missglückte die

Flucht, ging es um Leben oder Tod – ebenso für sie wie für Ronald of Bragham.

Gleich nach dem Abendessen packte Kelly nach etlichen Überlegungen ein paar – ihrer Meinung nach – wichtige Dinge auf eine Decke. Kerzen waren wichtig, und Seife, obwohl Kelly sich kaum vorstellen konnte, wo sie sich während der Flucht waschen könnte. Zwei Handtücher wanderten ebenfalls auf der Decke, die zusammengeknotet ein gut transportables Bündel ergeben würde. Kurz entschlossen zog Kelly das Wollkleid über ihr Gewand; es wäre schade gewesen, es zurückzulassen, denn es wärmte zusätzlich.

Als sie die Deckenenden schließlich zusammenknüpfte, wurde ihr bewusst, dass sie außer dem Geschirr fast alles eingepackt hatte, was sich im Raum befand. Ob Ronald wohl schimpfen würde?

Da Kelly nicht genau wusste, wann es Mitternacht war, setzte sie sich wartend auf den bequemen Stuhl und harrte der Dinge, die da kommen mochten.

Ihre Geduld wurde strapaziert, und bald spürte sie die stundenlange Anspannung in ihren Muskeln. Flüchtig dachte sie daran, dass die Flucht vorzeitig entdeckt worden und Ronald gefangen genommen worden war, doch dann ertönte das lang ersehnte Klopfen. Mit wenigen Schritten war Kelly bei der Wand und bewegte den losen Stein.

»Seid Ihr bereit?« Ronald trug seine Rüstung, nur der Helm klemmte unter seinem Arm.

»Ja«, flüsterte sie, obwohl sie hier unten kein Mensch hören konnte. Sie wies zu dem Bündel auf dem Bett. »Es ist nicht sehr schwer.«

Er warf einen Blick über ihre Schulter und erwiderte schmunzelnd: »Wenn Ihr das sagt; Ihr müsst es allerdings selber tragen.«

»Oh.« Sie hatte damit gerechnet, dass William ihr die Last abnehmen würde. »Ich trage die Sachen auf dem Rücken.«

Absichtlich übersah sie seinen spöttischen Blick, schwang sich das Bündel über die Schulter und ächzte unbewusst.

Ronald dachte gar nicht daran, ihr zu helfen, sondern sagte: »Ich hatte Euch gewarnt, zu viele Dinge mitzunehmen. Kommt jetzt.« Er nahm die brennende Kerze vom Tisch, und Kelly warf einen letzten Blick zurück.

Dann wurde es in dem Geheimzimmer dunkel, da Ronald mit der Kerze vorausgegangen war. Da sich der Öffnungsmechanismus nur von innen betätigen ließ, blieb der Eingang offen.

»Folgt mir«, forderte Ronald sie auf und führte sie den finsteren Gang entlang bis zu jener Stelle, an der er sich gabelte; das flackernde Kerzenlicht warf bizarre Schatten an die Wände.

Dort trafen sie auf William; auch er trug seine Knappenkleidung. Lächelnd nickte er Kelly zu und nahm ebenfalls ein Bündel vom Boden auf, das jedoch mindestens doppelt so groß war wie Kellys.

»Wir nehmen den rechten Gang«, informierte Ronald sie. »Der andere führt geradezu zum Kerker, das sagte ich Euch ja bereits.«

»Aber von dort aus könnten die Gefangenenwärter den Geheimgang doch entdecken.«

»Wohl kaum. Dazwischen befindet sich ein ähnlicher Durchlass wie zu Eurem Versteck und lässt sich ebenfalls nur von hier aus öffnen – das fanden mein Vetter und ich allerdings schon als Kinder heraus.« Er machte eine Kopfbewegung zur Rechten. »Folgt mir und William. Aber vorsichtig, der Gang wird gleich sehr eng und niedrig.«

Schon jetzt bereute Kelly, so viel Ballast mitgenommen zu haben; das Bündel auf ihrem Rücken war so schwer, dass es sie beim Gehen stark beeinträchtigte. Doch sie durfte nicht jammern, schließlich hatte Ronald sie gewarnt.

Es war eisig kalt, viel kälter als in der Geheimkammer. Kellys Füße in den leichten Leinenschuhen erschienen ihr wie die reinsten Eisklotze, trotzdem kam kein Schmerzenslaut über ihre Lippen. Sie blieb dicht hinter dem Knappen, von Ronald sah sie nur die breiten Schultern. Weiter reichte das Licht nicht, um etwas zu erkennen.

Schließlich wurde der Gang so eng, dass die beiden Seitenwände näher rückten, und Kelly konnte deren Feuchtigkeit spüren. Die Männer vor ihr tasteten sich schweigend vorwärts, und Kelly bemühte sich, ihnen zu folgen.

So ging es noch eine Weile weiter, sie mochten seit Stunden unterwegs sein – zumindest kam es Kelly so vor. Als William unvermittelt stehen blieb, prallte sie erschrocken gegen sein Bündel, das er wie Kelly auf dem Rücken trug.

Nun erkannte sie, dass auch Ronald stehen geblieben war und die Kerze hoch hielt. »Ab jetzt müssen wir uns kriechend vorwärts bewegen«, bemerkte er, und seine Stimme klang aufgrund der Enge dumpf. »Danach gelangen wir in eine Art Höhle, dort wollen wir rasten. Nach meiner Einschätzung befinden wir uns direkt unter dem Burgplatz, und wir müssen in derselben Richtung bleiben, um ans andere Ende zu kommen.«

»Seid Ihr sicher?«, fragte Kelly, die froh war, ihr Bündel für einen Augenblick zu Boden gleiten lassen zu können. »Habt Ihr bereits den Weg dorthin gefunden?«

»Dazu blieb leider keine Zeit«, erwiderte er entschuldigend. »Ich kam nur bis zu jener Höhle; von dort gehen mehrere enge Gänge ab – einer von ihnen in östliche Richtung; der müsste es sein.«

Er setzte sich wieder in Gang, indem er sich auf seine Knie niederließ; William und Kelly taten es ihm gleich. Sie musste an sich halten, um nicht in Panik auszubrechen, denn enge Räume hatte sie nie besonders gemocht, und dieser Gang war wirklich sehr, sehr eng. Schon bald schmerzten Kellys Knie vom Rutschen auf dem unebenen Lehmboden, und sie hatte Mühe, ihr Bündel nicht zu verlieren. Worauf hatte sie sich da bloß eingelassen?

Gerade, als sie sich entschlossen hatte, um eine kurze Pause zu beten, wurde der Gang wieder etwas breiter, und ein kühler Luftzug von vorn streifte Kellys gebückte Gestalt.

»Wir sind da«, hörte sie Ronald sagen. »Wir haben die erste Etappe geschafft!«

Erleichtert atmete Kelly auf. Auch William schien froh darüber zu sein, die Last auf seinem Rücken endlich ablegen zu können.

Der Eingang zur Höhle war nicht mehr als ein ovales Loch, durch das das Gepäck kaum passte. Ronald hatte sich als Erster durch das Loch gezwängt, wobei ihm seine starre Rüstung hinderlich war. Danach half er von innen, das Gepäck durch den Eingang zu zerren, dann reichte er Kelly seine Hand, um ihr in die Höhle zu helfen. Zum Schluss kroch William hinein, holte eine Pechfackel aus seinem Bündel und steckte sie an der Kerze an. Sofort breitete sich ein heller Schein aus und man konnte erkennen, wie groß die Höhle war.

Vor Staunen vergaß Kelly ihre Erschöpfung und die kalten Füße. »Wer mag sie wohl erbaut haben?«

»Niemand, sie entstammt eines natürlichen Ursprungs. Barningmore Castle wurde auf einem felsigen Hügel erbaut, und die Höhle wurde zufällig gefunden, als man die unterirdischen Gänge errichtete. Von irgendwoher kommt Luft, was uns nur zugutekommt, denn ohne Luft würde jedes Feuer verlöschen.«

Während der Knappe in seinem Gepäck nach etwas Essbarem wühlte, wies Ronald auf Kellys Bündel.

»Legt Euch zum Schlafen darauf, gegen die Kälte des Bodens.« Er nahm es mit Leichtigkeit auf und trug es in eine Ecke, dann wandte er sich an William. »Was hast du uns denn Gutes eingepackt?«

»Alles, was ich heimlich ergattern konnte«, gab dieser munter zurück und zog einen ganzen Schinken hervor. Weder ihm noch Ronald schienen die beschwerlichen vergangenen Stunden etwas angehabt zu haben.

Nachdem William auch einen Laib Brot, ein Töpfchen Gänseschmalz, Käse und einen verkorkten Krug Wein aus dem Bündel gezaubert hatte, legte er alles auf eine Tischdecke auf den nackten Boden, und Kelly sowie Ronald setzten sich dazu.

Kelly war so müde, dass sie beim Essen fast einschlief. Ein Blick fiel auf ihr Kleid, und obwohl das Licht stark flackerte, sah sie erschrocken, dass es wegen des stundenlangen Rutschens schmutzig und vorne zerrissen war. Im ersten Impuls wollte Kelly die Falten des Rockes so legen, dass man die Schäden nicht sah, doch dann unterließ sie es, da ohnehin niemand daran Anstoß nehmen würde.

Schweigend aßen und tranken sie; jeder hing seinen Gedanken nach. Schließlich erhob sich William, fischte zwei Wolldecken aus dem Gepäck und legte sie in gebührendem Abstand zu Kellys Schlafplatz hin.

»Wir sollten uns jetzt zur Ruhe begeben«, bemerkte Ronald und ließ sich von seinem Knappen aus der Rüstung helfen. »Viel Zeit zum Schlafen haben wir nicht, aber es macht wenig Sinn, völlig erschöpft ins Ungewisse zu gehen.«

»Was geschieht, wenn sich der von Euch gewählte Gang als falsch erweist?« Mühsam stemmte sich Kelly in die Höhe, der lange Marsch forderte seinen Tribut.

»Dann machen wir kehrt und versuchen einen anderen«, gab Ronald unbeeindruckt zurück. »Aber ich bin sicher, wir sind auf der richtigen Fährte.«

Kelly wankte zu ihrem Schlafplatz und fiel seufzend auf ihr Bündel, schreckte jedoch sofort wieder auf, weil ihr Körper auf etwas Hartes stieß, was sich als Cremetöpfchen entpuppte. Nun bereute sie vollends, so viel Unnötiges mitgeschleppt zu haben. Sie verlagerte ihre Position, zog eine Decke aus dem Wirrwarr von unnötigen Dingen und versuchte, eine bequeme Schlafstellung zu finden.

Doch Kelly fror so sehr, dass sie keinen Schlaf finden konnte, ihre Zähne schlugen vor Kälte aufeinander. Am anderen Ende der Höhle war es still geworden, die Männer schienen längst in tiefen Schlaf gefallen zu sein.

Ruhelos warf sich Kelly auf ihrem primitiven Lager herum und kniff die Augen zusammen, um den bitter nötigen Schlaf herbeizuzwingen. Sie versuchte, an ein warmes Bad zu denken, an ihr beheizbares Wasserbett in London und an die wärmenden Kamine in der Burg.

Plötzlich nahm Kelly eine Bewegung neben sich wahr. Es war Ronald, der ihre Ruhelosigkeit bemerkt haben musste.

»Warum schlaft Ihr nicht?«, raunte er an ihr Ohr. »Macht Euch etwa die Anwesenheit von zwei Männern zu schaffen?«

Erschrocken schüttelte sie den Kopf. »Mir ist so entsetzlich kalt. Ich glaube, ich habe noch nie zuvor so gefroren.«

»Das kann ich verstehen, aber leider gibt es keine andere Möglichkeit. Hier unten ist es das ganze Jahr über eiskalt.« Er rutschte näher. »Wenn Ihr mir es erlaubt, werde ich Euch mit meinem Körper wärmen – in aller Ehre natürlich.«

Kelly war viel zu überrascht, um zu reagieren. Hatte sie sich nicht gewünscht, dass dieser stolze Ritter das Lager mit ihr teilen würde?

»Wenn es Euch keine Umstände macht, nehme ich das Angebot gerne an«, flüsterte sie leise und rückte etwas zur Seite. Sofort lag Ronald neben ihr, und sie spürte die wohlige Nähe seines athletischen Körpers. Er drängte sich gegen Kellys Rücken, legte einen Arm um ihre Taille und war im Nu eingeschlafen.

Allmählich spürte Kelly wieder ihre Gliedmaßen, denn Ronalds Körper strahlte mehr Hitze als ein Kaminfeuer aus. Und bevor sie an etwas Unzüchtiges denken konnte, fiel sie endlich in den ersehnten Schlaf.

Als sie erholt die Augen öffnete, war sie wieder allein. Sie hörte Ronald mit seinem Knappen reden und das Klappern von Geschirr.

Kelly reckte sich, ihr Körper fühlte sich warm und ausgeruht an. Vorsichtig wandte sie den Kopf und sah, dass Ronald bereits wieder in seine Rüstung gestiegen war und neben William auf dem Boden hockte. Noch ganz gefangen von Ronalds warmem Körper, schlug Kelly die Decke zurück und reckte sich, um ihre Weggenossen auf sich aufmerksam zu machen, doch die beiden waren so sehr in ihr Gespräch verwickelt, dass sie Kelly gar nicht bemerkten. Erst als sie zu ihnen trat, hoben sie die Köpfe.

»Ich hoffe, Ihr habt wohl geruht, Jungfer Ceally«, bemerkte Ronald grinsend, was sie wütend machte. Anscheinend hatte er seinen Spaß daran, nächtens frierende Frauen zu wärmen.

»Ich habe schon besser geschlafen«, gab sie spitz zurück und setzte sich auf den hart gefrorenen Boden. »Was gibt es zum Frühstück?«

»Nichts Besonderes, nur die Reste von gestern.« Ronald gab ihr einen Teller. »Wir müssen mit den Vorräten sparsam sein, denn wir wissen nicht, wie lange wir hier unten verweilen müssen.«

Da der Weinkrug bereits zur Hälfte geleert war, musste Kelly – genau wie die anderen – mit einem Becher Wasser vorliebnehmen.

Ronald und William setzten ihr Gespräch fort, das sich mit dem Auffinden des Ausgangs befasste.

»Ich bin in den vergangenen Tagen mehrmals unauffällig um die Burg herumgeritten«, bemerkte Ronald nachdenklich. »Von außen ist leider nicht zu erkennen, wo sich der geheime Ausgang befindet.«

»Ich denke aber trotzdem, dass wir auf der richtigen Fährte sind, Sir«, gab William optimistisch zurück, denn er war davon überzeugt, dass sein Herr stets das Richtige tat.

»Wir werden sehen.« Ronald spülte den letzten Bissen mit Wasser hinunter. »Das Einzige, was mich etwas betrübt, ist, dass ich Herkules zurücklassen musste.«

Interessiert hob Kelly den Kopf. »Wer ist Herkules? Ein Diener?«

»Nein.« Er lächelte traurig. »Mein Pferd. Ein wundervolles Schlachtross, das mich bei vielen Kämpfen begleitet hat. Aber hätte ich versucht, es aus der Burg zu schleusen, wäre es aufgefallen – also musste ich es in den Ställen von Barningmore Castle zurücklassen.«

»Oh, das tut mir leid«, gab Kelly betroffen zurück. Sie erinnerte sich an das riesige schwarze Pferd, auf dem Ronald gesessen hatte, als er in den Burghof eingeritten war. »Könnt Ihr Herkules nicht später holen?«

Bedenklich wiegte Ronald das Haupt. »Man hat mein Verschwinden wahrscheinlich längst bemerkt und die Wachen verstärkt. Meinen Gefolgsleuten habe ich befohlen, sich so lange in den Wäldern zu verstecken, bis sie Anweisungen von mir bekommen.«

William begann bereits, die Teller einzupacken, doch Ronald blieb noch sitzen und starrte gedankenverloren zur Fackel, die sein Knappe in einem schmalen Felsspalt geklemmt hatte.

Kelly wollte wissen, wer diese Gefolgsleute waren, und Ronald erklärte es ihr. »Sie schlossen sich mir an, als ich aus den Diensten des Königs austrat, es sind fast zwei Dutzend Männer, die am liebsten Barningmore Castle stürmen würden. Aber Sir Lennox hat zu viele Leute.«

Verstehend nickte Kelly und erhob sich, um sich mit einem Schluck Wasser das Gesicht zu waschen und sich die wirren Haare zu kämmen. Sie bemerkte, dass Ronald jeden ihrer Handgriffe scharf beobachtete und fragte sich im Stillen, ob er endlich sein Interesse für sie entdeckt hatte. Sein Blick war hartnäckig auf sie gerichtet, was sie so nervös machte, dass sie sich kaum auf das Frisieren konzentrieren konnte.

Und dann ging es weiter, hinein in einen weiteren niedrigen kalten Gang.

11

Enttäuscht machten sie kehrt, als sie sahen, dass der Gang ins Nichts verlief. Plötzlich standen sie vor einer Felswand, und es gab keine versteckte Geheimtür.

»Wir müssen zurück zur Höhle gehen«, sagte Ronald enttäuscht. »Und dabei war ich mir so sicher, den richtigen Gang gefunden zu haben.«

Kelly hatte sich mittlerweile an ihr schweres Gepäck gewöhnt, nicht jedoch an die barbarische Kälte. Sie hatten fast den halben Tag gebraucht, durch diesen Tunnel zu kriechen – nur um festzustellen, dass es nicht der richtige war. Sie unterdrückte ein Aufstöhnen, äußerte jedoch nicht ihren Unmut.

Schweigend krochen sie zurück zur Höhle, aßen schweigend und überlegten die nächsten Schritte. Es gab drei weitere Gänge, die es zu probieren galt, und trotz der allgemeinen Erschöpfung verkündete Ronald, dass er sich einen der Gänge noch in dieser Nacht vornehmen wollte.

»Aber Ihr braucht doch Euren Schlaf, Sir!« entrüstete sich William. »Ich kann für Euch gehen.«

»Schlaf brauchen wir alle, aber es hat keinen Sinn, zu dritt mit all dem Gepäck loszumarschieren, um letztendlich wieder vor einer geschlossenen Felswand zu stehen.«

Das leuchtete auch Kelly ein, obwohl sie sich schon darauf gefreut hatte, dass sich Ronald wieder zu ihr legen würde. Doch dann machte sie einen Vorschlag, der von den Männern nach kurzem Zögern angenommen wurde.

»Ihr habt recht«, sagte Ronald mit anerkennender Miene. »Vielleicht erreichen wir tatsächlich mehr, wenn wir uns jetzt alle zur Ruhe begeben und ich mich morgen erholt auf die Suche mache; auf ein paar Stunden kommt es ohnehin nicht an.«

William kam auf den Einfall, zur gleichen Zeit wie sein Herr in einen der anderen Gänge zu gehen, während Kelly in der Höhle warten sollte.

Der Gedanke, stundenlang mutterseelenallein bleiben zu müssen, behagte Kelly zwar nicht – aber sie hatte diesen Vorschlag gemacht und konnte ihn nicht mehr zurücknehmen.

Wie bereits in der vorherigen Nacht errichteten sie ihr Lager. Ganz so schrecklich fror Kelly nun nicht mehr, doch wünschte sie sich, dass sie Ronalds prachtvollen Körper wieder spüren durfte.

Bevor sich Kelly niederlegte, fing sie einen Blick von Ronald auf. Er trat näher und fragte mit samtweicher Stimme: »Nun, habt Ihr Euch an die Kälte gewöhnt?«

Entschlossen schüttelte sie den Kopf. »Daran werde ich mich *nie* gewöhnen.«

Er lächelte. »Dann habt Ihr nichts dagegen, wenn ich mich auch heute Nacht wieder zu Euch lege?«

»Nein«, gab sie eine Spur zu schnell zurück, legte sich auf ihr Bündel und deckte sich notdürftig zu. »Dank Euch konnte ich letzte Nacht doch noch einschlafen.«

Ohne etwas zu erwidern, ließ sich Ronald neben ihr nieder. Fast augenblicklich wurde ihr Körper von Wärme durchströmt, doch es war eine erregende Hitze, bei der Kelly sogleich ihre eisigen Füße vergaß und ihren Bettgenossen am liebsten umschlungen hätte. Doch das wagte sie nicht, um ihn nicht zu verscheuchen. Wenn auch er mehr als das harmlose Nebeneinanderliegen wünschte, sollte er es gefälligst sagen oder zeigen.

Beide lagen auf dem Rücken, und Kelly war hellwach. Schüchtern rückte sie noch näher und bettete ihren Kopf auf Ronalds Brust. Er ließ es geschehen und legte schweigend seinen Arm um ihre Schulter.

Kelly konnte seinen gesunden, gleichmäßigen Herzschlag vernehmen und musste sich zusammenreißen, um nicht seine muskulöse Brust zu küssen. Als sie glaubte, er würde bereits schlafen, spürte sie, wie seine Hand ihren Rücken streichelte, und sie hielt vor Glück den Atem an. Aber bevor sie reagieren konnte, murmelte Ronald: »Schlaft jetzt. Wir haben morgen viel vor.«

»Ja, gute Nacht.« Kelly blieb an seiner Brust liegen, und die Wärme breitete sich weiter in ihrem Inneren aus. Sie spürte, wie sie zwischen ihren Schenkeln feucht wurde, und seufzte unterdrückt. Hätte Ronald in dieser Nacht mit ihr schlafen wollen, so hätte sie sich ganz gewiss nicht dagegen gewehrt. Aber sie genoss es, wenigstens seinen Körper zu berühren und seinen Arm um sich zu spüren.

Sie wachte in derselben Pose auf, in der sie eingeschlafen war. Ronald war noch nicht wach, sodass Kelly genug Zeit hatte, seine Umarmung ausgiebig zu genießen. Was gäbe sie nicht alles darum, wenn er sie begehren würde!

Doch Ronald schlief fest, und auch von William am anderen Ende der Höhle war nicht mehr zu hören als ein leises Schnarchen. Vorsichtig hob Kelly den Kopf, um einen Blick auf Ronalds Gesicht zu werfen. Es war im Schlaf entspannt und so schön, dass es Kelly am liebsten zärtlich gestreichelt hätte. Sein blondes langes Haar lag wirr um seinen Kopf, und die ebenfalls blonden Bartstoppeln gaben ihm ein verwegenes Aussehen. Gerade fragte sich Kelly, wie viele Menschen er wohl schon getötet haben mochte, als er unvermittelt die Augen öffnete und Kelly ansah. Das Blau seiner Augen wirkte im Feuerschein so tief wie ein Bergsee; Kelly war zu verblüfft über das jähe Aufwachen, dass sie ihn nur wortlos anstarrte.

»Ihr seid ja schon wach«, sagte er mit noch schlaftrunkener Stimme. »Warum starrt Ihr mich so an? Haben meine Hände etwa im Schlaf etwas Ungebührliches getan?«

Verlegen richtete sich Kelly auf und stammelte: »Nein, durchaus nicht. Ich wollte nur sehen, ob Ihr noch schlaft.«

»Jetzt nicht mehr.« Er warf die Decke zur Seite und machte Anstalten, sich zu erheben. »Ich muss gestehen, dass es sich sehr gut mit Euch an meiner Seite nächtigen lässt.«

Sie schmunzelte. »So hat keiner von uns beiden kalte Füße.« Sie bedauerte, dass er aufstand und die angenehme Wärme allmählich aus ihrem Körper wich. »Mir scheint, Ihr habt Hitze für zwei in Eurem Körper.«

»Wie meint Ihr das?«

»Ich meinte Eure körperliche Wärme«, murmelte sie zurückhaltend. »Daran könnte ich mich gewöhnen.«

Ronald richtete sich auf, streckte sich und stand dann ohne ein weiteres Wort auf. Auch William wurde wach, gähnte ungeniert und erhob sich von seinem provisorischen Lager. Behände sprang er auf, nickte Kelly kurz zu und packte ein paar Nahrungsmittel aus, während sich sein Herr in einer Felsnische wusch. Dummerweise konnte Kelly ihn dabei nicht beobachten, da der Felsen ihr die Sicht versperrte.

Eine halbe Stunde später war sie allein in der großen kalten Höhle. Ronald und William hatten nach einem hastigen Frühstück neue Fackeln entzündet und waren in entgegengesetzten Richtungen in die Gänge aufgebrochen. Wenn keiner der beiden Tunnel der richtige war, verblieb nur noch einer; nur er konnte die kleine Truppe in die Freiheit führen.

Aber wenn nun keiner der Gänge hinaus in die Freiheit führte? Dann wären sie gefangen im Gewölbe von Barningmore Castle, und es gab keine andere Möglichkeit, als dort zu verhungern oder sich den Wärtern zu ergeben. Ronald konnte nicht mehr zurückgehen, ohne aufzufallen; dafür war er schon zu lange fort.

Ängstlich kroch Kelly tiefer in die Decke, die sie um die Schultern geschlungen hatte. Sie wollte noch nicht sterben; nicht nur gefangen in einer Burg, sondern auch in einem anderen Jahrhundert.

Kelly schmiegte ihre Wange gegen den weichen Stoff der Decke, die noch angenehm nach Ronalds Körper roch. Flüchtig spielte Kelly mit dem Gedanken, Ronald die Wahrheit über ihre wahre Identität zu beichten … aber was hätte sie damit gewonnen? Er würde sie für eine altjüngferliche Spinnerin oder – was noch schlimmer war – für eine Hexe halten und sie wie eine heiße Kartoffel fallen lassen. Möglicherweise würde er sie auch zu Sir Lennox schleifen, der kurzen Prozess mit ihr machen würde.

Kelly schüttelte rasch ihre düsteren Gedanken ab und hob lauschend den Kopf. Aus den beiden Gängen kam kein Laut, also mussten die Männer noch auf der Suche sein. Schließlich hielt Kelly die Warterei nicht mehr aus. Sie warf die Decke ab und stolperte zu jenem Tunneleingang, in dem Ronald verschwunden war. Es war finster darin, und Kelly wagte nicht weiterzugehen; aber sie wollte hier ausharren, um das Klirren von Ronalds Rüstung nicht zu überhören, wenn er zurückkam.

Wie lange sie dort gestanden und gewartet hatte, wusste Kelly nicht, als eine Stimme hinter ihr sie herumfahren ließ.

»Leider bin ich nicht sehr weit gekommen«, sagte William und steckte seine Fackel in der Felswand fest. »Der Gang endet ähnlich wie jener, den mein Herr für den Richtigen hielt.« Sein junges Gesicht sah ratlos aus. »Ich hoffe, er hat mehr Glück als ich.«

Hoffnungsvoll lächelte Kelly ihm zu. »Vielleicht, aber es bleibt doch noch ein Gang übrig.«

»Ja, den wollen wir nehmen, wenn mein Herr ebenfalls den falschen Tunnel gewählt haben sollte.« Er rieb sich seine kalten Hände. »Schade, dass wir kein Holz dabeihaben, dann könnte ich ein Feuer machen und Fleischbrühe kochen.«

Wie auf Knopfdruck meldete sich Kellys Magen. Oh ja, es wäre sehr schön, mal wieder etwas Warmes essen oder trinken zu können. Vor ihrem inneren Auge erschien Mutters Weihnachtskarpfen, umgeben von Buttergemüse und Bergen von gedämpften Kartoffeln, garniert mit Petersilie. Schnell verscheuchte Kelly das verführerische Bild und konzentrierte sich wieder auf den Eingang des Tunnels, in den Ronald vor Stunden verschwunden war.

»Was machen wir, wenn keiner der Gänge zum Ausgang

führt oder wir uns verirren?«, wandte sie sich an den Knappen, der sich erschöpft auf einen Felsstein gesetzt hatte.

»Das glaube ich nicht, weil mein Herr als Kind oft hier unten gespielt hat. Es soll genügend Stellen geben, an denen man wieder nach oben gelangt; aber die dürfen wir natürlich nicht nehmen, wenn uns unser Leben lieb ist.«

Die Erklärung reichte aus, um Kelly zuversichtlicher zu stimmen; sie neigte ihren Kopf zum Eingang und konnte in der Ferne das leise Geräusch von Metall, das gegen Metall stieß, erkennen.

»Er kommt zurück«, sagte sie aufgeregt in Williams Richtung. »Ich glaube, er kommt zurück!«

Mit wenigen Schritten war der Knappe neben ihr und lauschte ebenfalls. Ein erleichtertes Lächeln huschte um seine jugendlichen Lippen. »Gott zum Lob, er wurde nicht verschüttet.«

»Verschüttet? Wie meinst du das?«

Verlegen wandte William den Blick ab. »Entschuldigt bitte; ich hatte meinem Herrn versprochen, nicht mit Euch darüber zu reden, um Euch keine Angst einzuflößen. Diese Tunnel sind wahrscheinlich viele Hundert Jahre alt und könnten jederzeit einstürzen …«

»Du lieber Himmel.« Kelly strich sich über das Gesicht. »Daran habe ich überhaupt nicht gedacht. Ich werde deinem Herrn verschweigen, dass du mich auf diese Gefahr aufmerksam gemacht hast.«

»Danke«, flüsterte William mit vorsichtigem Blick auf den Eingang. Sekunden später war der Fackelschein zu erkennen, und gleich daraus trat Ronald ins Freie. Er übergab seinem Knappen die Fackel, fuhr sich durch sein Haar und sagte atemlos: »Ich glaube, ich habe ihn gefunden. Zwar ist der Tunnel nicht weniger eng als der gestrige, aber es zweigen mehrere andere Gänge davon ab, was nur bedeuten kann, dass einer von ihnen uns den Weg in die Freiheit weisen wird.«

»Wollen wir sofort aufbrechen?«, erkundigte sich William, bereit, sein Bündel zu schnüren, doch Ronald winkte ab.

»Zuerst nehme ich mir den letzten Gang vor. Wenn sich der als Irrweg erweist, ruhen wir uns aus und machen uns danach auf den Weg.«

Mit dieser Regelung waren Kelly und William einverstanden und setzten sich wartend auf ihr Gepäck, nachdem Ronald verschwunden war. Es dauerte weniger als fünf Minuten, bis sein Blondschopf am Tunneleingang wieder auftauchte.

»Der Gang endet nach wenigen Schritten«, berichtete er. »Es *kann* nur der andere sein.«

Kelly erhob sich erleichtert, wollte jedoch wissen, wieso jemand einen Tunnel grub, der dann nach wenigen Metern gleich wieder endete.

Ronald grinste breit und zog sich seine Kettenhandschuhe an. »Um Leute wie uns in die Irre zu führen, was ihnen vortrefflich gelungen ist. Jetzt kommt und folgt mir; seht nach, ob Ihr nichts vergessen habt, denn wir werden nicht zurückkommen.«

»Euer Wort in Gottes Ohr«, erwiderte Kelly, bevor sie sich flüchtig nach liegen gelassenen Gegenständen umsah. Dann schulterte sie gekonnt ihr Gepäck; die plötzliche Schwere ließ sie in die Knie gehen, doch sie ließ sich nichts anmerken. Wie schon zuvor ging Ronald voran, dicht hinter ihm William, der ebenfalls unter dem Gewicht seines Bündels litt. In geringem Abstand folgte Kelly und fragte sich, wo sie die nächste Nacht verbringen würden.

Eine Weile gingen sie schweigend voran, wobei Ronald jeden Zentimeter der Felswände beleuchtete, um keinen Nebengang zu übersehen. Es gab etliche davon, aber sie führten ins Nichts; davon hatte sich Ronald bereits bei der Erkundung des Tunnels überzeugt.

Plötzlich blieb er stehen und sagte: »Es wird eine Weile dauern, bis wir bei der Gabelung sind. Gleich hinter der rechten Gabelung befindet sich eine Felsnische, in der wir rasten können.«

Der Gedanke an eine – ihretwegen gern längere – Pause ließ

Kelly für eine Weile das schwere Bündel auf ihrem Rücken vergessen, und sie schritt tapfer voran. An die feuchte Kälte, die Wände und Boden ausströmten, hatte sich Kelly halbwegs gewöhnt – doch sie schwor sich, nie wieder freiwillig in ein unterirdisches Gewölbe zu steigen, weder in diesem Jahrhundert noch in ihrer Zeit.

Nach einem schier endlosen Marsch, bei dem sie wenigstens aufrecht gehen konnten, war die Gabelung erreicht, und Ronald gab den Befehl zum Anhalten.

»Dort hinten«, er wies zum Tunnel rechterhand, »befindet sich die Nische, dort könnt ihr das Gepäck ablegen. Ich schaue mich inzwischen etwas in dem anderen Gang um.«

Er übergab seinem Knappen die Fackel und entzündete eine Kerze daran, mit der er sich dem linken Tunnel näherte.

»Bleibt nicht zu lange fort, Sir«, rief ihm William nach. »Wir alle müssen etwas essen und schlafen.«

Ronald nickte stumm und betrat den Gang, während sich William und Kelly zur anderen Seite begaben. Nach wenigen Schritten war die Felsnische erreicht, und mit einem erleichterten Aufstöhnen ließ Kelly das Gepäck von ihrer Schulter gleiten. William tat es ihr gleich, und dann nahmen sie die Nische in näheren Augenschein. Sie war eng; spitze Felsecken ragten aus der Wand heraus.

»Wahrlich kein angenehmer Platz zum Schlafen«, bemerkte William mit gerunzelter Stirn. »Aber wir sollten das Beste daraus machen, nicht wahr?«

Müde nickte Kelly und fragte ihn halbherzig, ob sie ihm beim Essenzubereiten helfen solle.

»Nicht nötig«, gab der fröhlich zurück. »Ruht Euch besser aus, bis mein Herr wieder da ist.«

Dankbar ließ sich Kelly auf ihrem Gepäck nieder; diesmal allerdings vorsichtig, denn sie wollte nicht noch mehr blaue Flecke auf ihrem Hintern, als sie ohnehin schon hatte. Ihr fielen fast die Augen zu, und so lehnte sie ihren Kopf gegen die feuchte Felswand. William hantierte geschäftig mit Tellern und Trinkgefäßen, zauberte allerlei Köstlichkeiten aus seinem Bündel und pfiff eine muntere Weise vor sich hin.

Woher mochte der junge Bursche wohl seine Energie nehmen?, fragte sich Kelly. Egal, wie viel Ballast er schleppen und wie lange er laufen musste – seine Energie schien unerschöpflich zu sein. Während dieser Feststellung nickte Kelly ein, schreckte jedoch sofort wieder auf, als sie im Unterbewusstsein Ronalds Rüstungsklirren vernahm.

William hatte mittlerweile einen provisorischen Esstisch auf einem breiten Felsvorsprung erreicht, und erschrocken erkannte Kelly, dass sie tatsächlich eingeschlafen war. Sie erhob sich, bevor Ronald in ihrer Nähe war, und unterdrückte einen Schmerzenslaut, als ihre malträtierte Wirbelsäule protestierte.

Ronald war rechtzeitig neben Kelly, um ihr hilfsbereit in die Höhe zu helfen, wobei sie sich wie ein altes schwaches Mütterlein vorkam.

Sie bedankte sich, entschuldigend lächelnd. »Normalerweise bin ich beweglicher, aber eine Wanderung von dieser Länge bin ich nicht gewohnt.«

Sekundenlang blickte er sie ernst an. »Vielleicht war es eine dumme Idee, Euch auf diese Art aus der Burg zu schmuggeln. Ich hätte daran denken sollen, dass es für eine Frau zu beschwerlich ist, tagelang in Geheimgängen herumzuirren.«

»O nein, ich fühle mich sehr gut«, widersprach Kelly. »Und an dem schweren Gepäck habe ich selber schuld.«

»Dann lasst es doch hier«, schlug er vor, dann wandte er sich ab und hockte sich vor den Felsentisch.

Nachdenklich folgte Kelly ihm und setzte sich ebenfalls. Dank der Gewänder und diverser Unterröcke hatte die Kälte nur eine geringe Chance, dass sich Kelly verkühlte.

Sie beobachtete Ronalds gut geschnittenes Profil; seine Nase war hübsch geschwungen, ohne jedoch weiblich zu wirken. Seine dunkelblonden Wimpern waren lang und leicht gebogen, und sein Mund sah edel und kühn aus.

Ronald griff nach einer gebratenen Hühnerkeule und biss herzhaft hinein, ohne Kelly zu beachten.

»Dem Himmel sei Dank für meinen Knappen, der stets auf das Wohl seines Herrn bedacht ist«, sagte er in Williams Richtung, der vor Stolz ganz verlegen wurde. »Ohne dich würden Jungfer Ceally und ich hier unten bald verhungern.«

»Ich danke Euch, Sir. Ich wäre ein schlechter Knappe, wenn ich Euch nicht treu ergeben wäre.«

»Das ist mir klar, war es bereits an jenem Tag, als du in meinen Dienst tratest. Aber du hast all die Sachen heimlich aus der Burgküche entwendet – mitten auf dem Hof, wo dich jeder dabei beobachten konnte.«

Kelly konnte sehen, dass der Jüngling selig über Ronalds Lob war, und warf ein: »Ich kann deinem Herrn nur zustimmen; du wirst einmal ein großartiger Ritter sein.«

Schüchtern lächelte William. »Dazu braucht es noch viele, viele Jahre, denn ich werde noch einige Mutproben bewältigen müssen, bevor ich mir anmaßen darf, mich Ritter zu nennen.«

Ronald nahm sich die nächste Keule und legte auch ihr eine auf den Teller. »Seine erste Mutprobe bestreitet er gerade; ich werde es lobend erwähnen, bevor er sich später in den Ritterstand versetzen lässt.«

»Ihr wollt dem König tatsächlich mitteilen, wie Ihr mir zur Flucht verholfen habt?«

Ronald sah sie überrascht an. »Warum nicht? Aber sagt, wisst Ihr denn nicht, dass England inzwischen von Königin Anna regiert wird, der Tochter von Jakob II.?«

Kelly hatte das Gefühl, an dem Fleischstück, auf dem sie kaute, ersticken zu müssen. Die irritierten Blicke der beiden Männer brannten in ihrem Gesicht, und sie kaute ganz langsam, um eine Antwort hinauszuschieben.

»Entschuldigt«, sagte sie leise und trank einen Schluck Wasser. »Ich habe mich nie für Politik interessiert. Natürlich weiß ich, dass der König nicht mehr lebt, aber …« Sie stockte beklommen.

»Nun, Frauen sollen sich schließlich nicht mit Politik beschäftigen, aber es ist außergewöhnlich, dass Ihr nicht wisst, wessen Untertanin Ihr seid.« Damit war für Ronald das Thema beendet und er wandte sich wieder seinem Knappen zu. »Ich hoffe, wir werden spätestens im Laufe des morgigen Tages das Kellergewölbe durchquert und den Ausgang gefunden haben.«

William nickte. »Ich bete, dass unsere Flucht nicht bemerkt wird – wir müssen bei tiefster Nacht den Sprung in den Burggraben wagen.«

Kelly, die sich inzwischen von ihrem Schock erholt hatte, fragte: »Welche Tageszeit mögen wir wohl gerade haben?«

»Es ist jetzt später Abend, Jungfer Ceally«, gab der Knappe prompt zur Antwort. »Ihr könnt Euch darauf verlassen, dass ich mich nicht irre.«

Schmunzelnd setzte Ronald hinzu: »Er scheint eine innere Uhr im Kopf zu haben. Auch ich habe mittlerweile jegliches Zeitgefühl verloren. Nach meiner Schätzung befinden wir uns ungefähr im Bereich des Festsaales und werden – sofern wir auf keine Hindernisse stoßen – im Laufe des Tages auf den Wallgraben stoßen.«

»Wenn es doch nur schon so weit wäre«, platzte es aus Kelly heraus. »Diese andauernde Finsternis, die grausame Kälte hier unten und der modrige Geruch, werden mich mein Lebtag verfolgen.«

»Kennt Ihr eine andere Möglichkeit, aus der Burg zu entkommen?«, frotzelte Ronald. »Wenn es so sein sollte, verschweigt es mir nicht länger.«

Beleidigt wandte sich Kelly von ihm ab und nagte wieder an ihrem Hühnerbein, während sich Ronald und sein Knappe bereits daranmachten, die Spuren des Mahls zu beseitigen. Kelly beendete rasch ihr Essen; niemand sollte auf sie warten müssen. Sie wusste, dass sie für Ronald nur Ballast war – denn gäbe es sie nicht, könnte er stolz auf seinem Ross durch das Burgtor reiten.

Hatte Ronald sie wirklich nur wegen der Hochzeit im Verlies

versteckt? Für weitere Vermutungen fehlte die Zeit, und so betrachtete Kelly eingehend ihr Gepäck und spielte mit dem Gedanken, es tatsächlich zurückzulassen.

Doch dann warf sie es sich kurz entschlossen über die Schulter, denn möglicherweise würden sie noch tagelang durch die Gänge irren, ohne den Ausgang zu finden. Ohne die mitgeführten Decken würde sie bald den Kältetod sterben, auch wenn Ronald über dieses Argument lachen würde.

Und dann ging es weiter. Der Tunnel entpuppte sich zunächst als gut begehbar, doch je tiefer sie in ihn vordrangen, umso feuchter wurden die Felswände und der Boden rutschiger.

»Wir nähern uns dem Burggraben«, sagte Ronald unvermittelt. »Seht die Nässe an den Wänden; in der Nähe muss es Wasser geben.«

Kellys Leinenschuhe waren schon lange durchnässt und klebten wie feuchte Watte an ihren Fußsohlen. Nur die Aussicht, bald diese unwirtliche Umgebung verlassen zu können, hielt sie davon ab, zu kapitulieren.

»Verdammt!«, rief Ronald plötzlich von vorn, und Kelly reckte ihren Hals, um über Williams Schulter mehr erkennen zu können.

»Gütiger Himmel.« Auch William war stehen geblieben und ließ sein Gepäck von der Schulter gleiten. Und jetzt sah es auch Kelly: Der Tunnelgang wurde von einem rostigen Gitter versperrt, das ein Weiterkommen unmöglich machte.

Ronald rüttelte heftig an den Gitterstäben, doch sie gaben nicht nach. Er fand ein Schloss, doch natürlich fehlte der dazugehörige Schlüssel.

»Uns bleibt nichts anderes übrig, als die Stäbe zu durchsägen. Sag, William, hast du an Werkzeug gedacht?«

Verlegen gestand William: »Nein, Sir. Ich bin untröstlich, aber daran habe ich keine Minute gedacht.«

»Hm«, machte Ronald und hockte sich auf den nassen Untergrund. »Wir könnten versuchen, den Mörtel aus den Wänden zu kratzen und auf diese Weise das gesamte Gitter herauszuheben. Aber womit?«

»Da kämen nur die Silberlöffel in Frage, die ich mitgenommen habe«, gab William kleinlaut zurück. »Aber ich fürchte, das Material ist zu weich, um uns nützlich sein zu können.«

Wortlos streckte Ronald die Hand aus, um einen Löffel – den der Knappe in fieberhafter Eile aus dem Gepäck gefischt hatte – entgegenzunehmen, und begann unverzüglich an einer Stelle zu kratzen, an der eine Querstange in der Felsenwand befestigt war.

Kelly sank auf ihr Bündel nieder und beobachtete, wie sich auch William damit abmühte, etwas Mörtel zu entfernen. Die Männer arbeiteten schweigend mit verbissenen Mienen; im Fackelschein sahen ihre Gesichter entschlossen aus.

Kelly fühlte sich zu schwach, um ihre Mitarbeit anzubieten und lehnte ihren Kopf gegen die Wand. Sie würden alle hier unten sterben, und niemand würde es jemals erfahren!

Ronalds unterdrücktes Fluchen riss sie aus ihren düsteren Gedanken. Der Stiel des Silberlöffels hatte sich verbogen, ohne dass Ronald einen Millimeter vorwärtsgekommen war. Gleich darauf brach der Stiel ganz ab, das bereits abgenutzte Mundstück fiel klirrend zu Boden.

Ronald gab ihm einen unsanften Tritt. »Es hat keinen Zweck. Damit schaffen wir es nicht; der Mörtel ist hart wie Stein!«

William ließ die Hand sinken und betrachtete kritisch die Stelle, an der er gekratzt hatte. »Wir könnten in einem Jahr noch hier sitzen und schaben, ohne dass sich das Gitter lösen würde.«

»So viel Zeit haben wir nicht. Die Frage ist nur, was wir jetzt tun sollen. Habt Ihr eine Idee, Jungfer Ceally?«

Die hatte sie nicht und schüttelte bedauernd den Kopf. Bekümmert sah sie auf das vermaledeite Hindernis, doch dann fiel ihr Blick auf das riesige verrostete Schloss und hielt den Atem an. Sie erinnerte sich an das Päckchen Haarnadeln in ihrem Gepäck. Im Film ging es ganz einfach, ein Türschloss mittels einer Haarnadel zu öffnen.

Ronald entging ihr Mienenspiel nicht. Er rückte in ihre Nähe und fragte: »Wisst Ihr vielleicht doch einen Ausweg? Wenn es so ist, dann schweigt nicht länger.«

»Ich bin mir nicht sicher, ob es ein Ausweg ist«, erwiderte Kelly aufgeregt. »Ich habe einige Haarnadeln bei mir und könnte versuchen, den Durchgang damit aufzusperren.«

Er sah sie verblüfft an. »Wovon redet Ihr da?«

Sie sprang flink auf, ihre Hoffnungslosigkeit war verflogen. »Ich werde es Euch gleich zeigen.«

Die Nadeln waren in ein Stück Tuch eingewickelt und schnell gefunden. Der gute William hatte sie, mit einigen anderen Dingen vom Frisiertisch aus dem Brautgemach, in das geheime Zimmer gebracht.

Vorsichtig wickelte Kelly, unter den fragenden Blicken der Männer, das Tuch auseinander und hielt eine der langen, leicht gebogenen eisernen Haarnadeln triumphierend in die Höhe.

»Wofür braucht man so etwas?«, wollte Ronald mit gerunzelter Stirn wissen und besah sich den Gegenstand näher.

»Eigentlich, um lange Haare zu bändigen«, erklärte Kelly eifrig. »Aber in unserem Fall könnte sie als Schlüssel dienen.«

Endlich begriff Ronald. »Ah, ich verstehe. Wir wollen versuchen, diese Nadel ins Schloss zu stecken und umzudrehen. Aber es fehlt ein Schlüsselbart.«

»Im Fernsehen klappt das immer«, gab Kelly zurück und stand auf. Erst einen Augenblick später merkte sie, dass sie etwas Falsches gesagt hatte, denn Ronald sah sie fragend an.

»Ihr sprecht in Rätseln, Jungfer Ceally. »Was hat ein Türschloss damit zu tun, wenn man in die Ferne schaut?«

Sie versprach, es ihm später zu erklären und hoffte, dass er es in der Zwischenzeit vergessen würde. Um vom Thema abzulenken, ging Kelly zum Gitter und bat William, die Fackel so zu halten, dass der Schein direkt auf das alte Schloss fallen konnte.

Couragiert stieß Kelly die Spitze der Haarnadel ins Schloss

und spürte sogleich einen Widerstand. Über die lange Zeit hatte sich auch im Inneren des Schlosses Rost abgesetzt, der entfernt werden musste, um wieder beweglich werden zu können.

Interessiert knieten Ronald und William hinter ihr, um ihr beim Arbeiten zuzusehen.

»Die Nadel wird abbrechen«, befürchtete Ronald, als Kelly Millimeter um Millimeter den losen Rost aus dem Schloss entfernte.

»Das denke ich nicht«, sagte sie über die Schulter. »Sie ist aus Eisen. Aber wenn es mir nicht gelingt, das Schloss zum Drehen zu bringen, kann ich die Tür nicht öffnen.«

Nach einer Weile bot Ronald an, sie abzulösen, damit sie sich ausruhen konnte. Doch sie lehnte ab; irgendwo hatte sie mal gelesen, dass Frauen einfühlsamer waren als Männer und über mehr Fingerfertigkeit verfügten. Möglicherweise richtete Ronald mit seinen großen Pranken mehr Schaden an als er half.

Konzentriert pulte Kelly immer mehr Rost aus dem Schloss. Sie spürte weder ihre schmerzenden Knie noch die unbarmherzige Kälte des Bodens, und schließlich atmete sie hörbar auf, als sich das Schloss leicht bewegte.

Stolz drehte sich Kelly um, doch Ronald war inzwischen eingeschlafen, während der Knappe tapfer die Fackel hob.

»Habt Ihr es geschafft?«, wollte er wissen.

Sie hob die Schultern. »Zumindest lässt sich das alte Schloss wieder bewegen. Es zum Drehen zu bekommen, wird noch etwas dauern, aber ich bin mir nicht sicher, ob mein Trick wirklich klappt.« Sie warf dem jungen Mann einen flüchtigen Blick zu. »Mach es wie dein Herr und schlaf ein wenig. Die Fackel kannst du dort an der Wand befestigen, denn jetzt kommt es nicht mehr auf das nötige Licht, sondern auf Fingerfertigkeit an.«

»Aber ich kann Euch doch nicht allein lassen!«, protestierte William. »Das würde mein Herr nicht gutheißen.«

»Du lässt mich doch gar nicht allein. Und wenn ich deine Hilfe benötige, werde ich dich wecken. Einverstanden?«

Nur zögernd klemmte William die Fackel fest und brachte die Decke herbei, um die Kelly ihn gebeten hatte. Ihre Knie schmerzten entsetzlich, und es konnte noch Stunden dauern, bis die vergitterte Tür aufsprang – oder auch nicht.

Hinter sich hörte Kelly, wie William seinen schlafenden Herrn zur Wand zerrte und zudeckte, bevor er sich ebenfalls mit schlechtem Gewissen zur Ruhe bettete, doch sie drehte sich nicht um, sondern bewegte die Haarnadel vorsichtig im Schloss. Wie nicht anders zu erwarten, dachte die Tür gar nicht daran, aufzuspringen, um die Gefangenen in die Freiheit zu entlassen.

Kelly versuchte es aufs Neue, schob die Nadel etwas schräger ins Schloss, bei jedem Millimeter tiefer drehte sie die Haarnadel nach links. So ging es viele Stunden; Kelly wollte nicht wahrhaben, dass der Versuch gescheitert war. Hinter ihr schnarchten die beiden Männer gleichmäßig, doch sie selbst wollte noch nicht aufgeben.

Ein weiteres Mal fuhr die Nadel schräg ins Schloss, diesmal nur wenige Millimeter, und fast wütend drehte Kelly ihren provisorischen Schlüssel. Erstaunt hielt sie die Luft an, als sie ein leises Klicken vernahm; und als sie das Gitter vorsichtig bewegte, öffnete es sich knarrend einen Spalt weit.

Vor Freude schlug Kelly die Hände vor den Mund und wandte sich den Schlafenden zu. Sollte sie sie sofort wecken? Doch dann entschied sich Kelly anders, erhob sich aus ihrer knienden Position und keuchte, als der Schmerz ihre Gelenke wie ein heißes Schwert durchfuhr.

Sie taumelte zu ihrem Gepäck und ließ sich langsam nieder. Plötzlich war sie unbeschreiblich müde, sodass sie befürchtete, keinen Schritt mehr gehen zu können, ohne sich vorher ausgeruht zu haben. Was machte es schon, wenn auch sie ein paar Stunden schlief, bevor sie weitergingen? Entweder führte der Tunnel zum geheimen Ausgang, oder er tat es nicht.

Kelly schielte zu Ronald hinüber, dessen Kopf auf die Brust gesunken war. Geräuschlos rückte Kelly mit ihrem Bündel so nah an ihn heran, dass sie sich gegen seine Schulter lehnen konnte. Er wurde nicht wach, als er instinktiv seinen Arm beschützend um ihre Schulter legte und sie näher an sich heranzog.

Glücklich schloss sie die Augen. Sie spürte wegen seiner Rüstung zwar nicht seine Körperwärme, aber dennoch fühlte sich Kelly geborgen. Und sie war erleichtert, dass sie bei dieser fragwürdigen Exkursion nun doch etwas mehr hatte tun können als die Unbequemlichkeit der vergangenen Tage zu bejammern und mit ihrem Schicksal zu hadern. Mit diesem Gedanken und dem Knistern des Fackelfeuers im Hintergrund schlief Kelly auf der Stelle ein.

12

Erschrocken riss sie den Kopf hoch, als sie spürte, dass ihre Kopflehne fort war. Sie rieb sich den Schlaf aus den Augen und entdeckte William an der nun weit geöffneten Gittertür; von Ronald war nichts zu sehen.

Als Kelly mit zusammengepressten Lippen mühsam versuchte, in die Höhe zu kommen, drehte sich William um. »Ihr habt sehr gute Arbeit geleistet, Jungfer Ceally.« Er war bei ihr, bevor sie antworten konnte, und half ihr beim Aufstehen.

Endlich stand sie und stellte fest, dass der Schmerz in den Knien etwas nachließ. »So konnte ich wenigstens etwas Nützliches zu dieser Reise beitragen.«

»Mein Herr ist voller Lob über Euch. Wir staunten nicht schlecht, als wir nach dem Aufwachen feststellten, dass es Euch gelungen ist, das uralte Schloss zu öffnen.«

»Wo ist dein Herr?«

»Er untersucht den Tunnelgang.« Er horchte. »Hört nur, er kommt zurück.«

Jetzt konnte auch Kelly das leise Klirren der Rüstung vernehmen. Gleich darauf kündete ein Lichtschein im Dunkel des Ganges Ronalds Erscheinen an. Er lächelte zufrieden, als er sich durch das Gittertor schlängelte und trat zu Kelly.

»Ihr erstaunt mich immer wieder«, sagte er anerkennend. »Wie habt Ihr das geschafft?«

Betont gleichgültig zuckte Kelly mit den Achseln. »Ich hab's halt immer wieder probiert. So lange, bis das Tor aufsprang.« Sie wies mit dem Kinn zum Gitter. »Was befindet sich dahinter?«

»Etwa hundert Meter weiter vorn macht der Gang eine Rechtsbiegung, und ich bin davon überzeugt, dass wir dahinter – früher oder später – auf den Ausgang stoßen werden.«

Früher würde Kelly lieber sein als später, doch das behielt sie für sich. Vorerst jedoch hob sich ihre Stimmung bei dem Gedanken, Ronald bewiesen zu haben, dass sie zu etwas zu gebrauchen war.

Er schlug vor, vor der Weiterreise etwas zu essen. Die Vorräte gingen zu Ende, und mehr als ein Stück hartes Brot, etwas Gänseschmalz und eine Ecke Schweinespeck für jeden war nicht mehr übrig. Das machte zwar Williams Gepäck leichter, doch alle drei fragten sich besorgt, ob sie lange hungern würden, bevor sie die Freiheit erreicht hatten.

Schweigend hockten sie auf dem kalten Fußboden und aßen langsam, jeden Bissen mehrmals kauend. Das wenige Wasser wurde gerecht geteilt, und weder Ronald noch die beiden anderen kamen auf die Idee, von dem kostbaren Nass etwas zum Waschen abzuzweigen.

Ronald fluchte verhalten, denn die Rüstung erschwerte jede seiner Bewegungen. »Ich bin es zwar gewohnt, sie tagelang zu tragen, aber in dieser Enge ist sie ein großes Hindernis.«

»Dann legt sie doch ab?«, schlug Kelly vor, und hob erstaunt den Kopf, weil er darüber lachte.

»Soll ich mich in Unterwäsche vorwärts bewegen? Nein, ich werde sie sogar tragen, wenn wir durch den Wallgraben waten, und ich will hoffen, dass er nicht so tief ist, dass wir zur anderen Seite schwimmen müssen. Ihr könnt doch schwimmen, Jungfer Ceally?«

»Selbstverständlich! Aber Ihr werdet mit Eurer schweren Rüstung untergehen.«

»Wir werden sehen.« Er blickte seinen Knappen kurz an, und als dieser nickte, setzte sich der kleine Trupp in Bewegung – in der kühnen Hoffnung, auf dem richtigen Weg zu sein.

Abermals ging es durch einen feucht-kalten Tunnel … und dann war da plötzlich diese Mauer vor ihnen, doch sie ähnelte nicht jenen willkürlich aufgeschütteten der anderen Sackgassen, sondern war aus massiven Steinen gebaut.

Ratlos blieben sie stehen und starrten auf das Hindernis. Ronald beleuchtete die Mauer Stein für Stein, dann kam er zu einem Entschluss. »Hier muss irgendwo der Ausgang sein.«

»Wie kommt Ihr darauf?«, fragte Kelly, die sich bereits vor Erschöpfung auf ihr Bündel gesetzt hatte. »Ich sehe keinen Ausgang.«

»Natürlich nicht, wir müssen ihn suchen. Erinnert Ihr Euch, dass der Gang anstieg? Wir müssen uns allmählich aus dem Kellergewölbe emporgearbeitet haben.«

William setzte ebenfalls sein Gepäck ab. »Ihr habt recht, Sir. Man konnte die Steigung ganz deutlich spüren. Wo aber könnte sich der Ausgang befinden?«

»Irgendwo hier.« Wieder tastete Ronald mit der Fackel die gesamte Wand ab. »Wir können es nur herausfinden, wenn wir jeden Stein überprüfen.«

Sogleich machte er sich an die Arbeit; William tat es ihm gleich. Schweigend blieb Kelly sitzen, wo sie sich befand, und sah den Männern zu. Sie war nicht so zuversichtlich wie Ronald, sondern vermutete, dass es diesen geheimen Ausgang nur in seinen Wunschträumen gab.

Vorsichtig klopfte er Stein um Stein ab und horchte auf veränderte Geräusche; auch der Knappe war in seine Tätigkeit vertieft. Als Kelly nahe daran war, zu verzweifeln, hörte sie William fast andächtig wispern: »Dieser Stein hier scheint hohl zu sein, Sir.«

Mit zwei Schritten war Ronald bei ihm und klopfte gegen den besagten Stein. »Tatsächlich, er unterscheidet sich von den anderen Steinen. Und sieh nur, er sieht auch anders aus, scheint aus einem leichten Material zu sein.«

Er hielt die Fackel hoch und rüttelte vorsichtig an dem Stein. Kelly hatte ihre Hoffnungslosigkeit vergessen, trat zu den beiden Männern und schaute mit wild pochendem Herz zu, wie Ronald den so wichtigen Stein untersuchte.

»William, hilf mir; der Stein bewegt sich!«, rief er unvermittelt. »Und Ihr, Jungfer Ceally, haltet bitte die Fackel.«

Mit vor Kälte und Aufregung bebenden Händen übernahm Kelly die Pechfackel und war überrascht von deren Schwere. Sie stellte sich neben Ronald und leuchtete ihm, so gut es ging.

Der Stein lockerte sich Stück für Stück – und Kelly schrie unwillkürlich vor Schreck auf, als sich plötzlich ein Stück der Wand verschob; groß genug, dass ein erwachsener Mensch hindurchschlüpfen konnte.

Das helle Licht ließ alle drei die Augen zusammenkneifen, dann sogen sie gierig die trockene kalte Luft ein, die von draußen in den Tunnel eindrang.

Ronald und William umarmten sich freudig, dann spähten beide erwartungsvoll hinaus. Ronald winkte Kelly zu sich, damit auch sie sich davon überzeugen konnte, dass sie den Ausgang gefunden hatten.

Sie musste sich auf die Zehenspitzen stellen, um etwas erkennen zu können.

»Es hat geschneit!«, rief sie begeistert aus. »Das ist wunderbar!«

»Nein, ist es nicht«, widersprach Ronald neben ihr. Er stand so dicht bei Kelly, dass sie seine Rüstung spüren konnte. »Wir werden im Schnee Spuren hinterlassen, die schnell entdeckt werden könnten.«

»Auf welcher Seite der Burg befinden wir uns?«, wollte sie wissen und reckte ihren Kopf. »Die Zugbrücke kann ich von hier aus nicht sehen.«

Er wies zu einem Punkt in der Ferne. »Dort drüben sind die Wälder von Barningmore, wir befinden uns also im rückwärtigen Teil der Burg. Das ist gut, denn in diesen Wäldern verstecken sich meine Männer, die uns schon erwarten.«

William stemmte sich in die Höhe, um den Abstand bis zum Wallgraben abschätzen zu können. »Sieht sehr tief aus, Sir. Hoffentlich bricht sich nicht einer von uns beim Sprung das Genick.«

Er sprang auf den Boden zurück und fing einen tadelnden Blick seines Herrn auf. »Mach Jungfer Ceally keine unnötige

Angst. Solange es hell ist, springt keiner von uns. Bis es so weit ist, sollten wir besser einen Plan schmieden, wie wir ungesehen bis zu den Wäldern kommen.«

Während der folgenden Stunden beratschlagten sie fieberhaft. Als es dämmerte, stand fest, dass William als Erster springen sollte – er selbst hatte es angeboten. Wäre der Sprung zu gefährlich, würde er dabei zwar sein Leben verlieren, das seines Herrn und Kellys jedoch somit schützen, da sie gewarnt waren.

»Kann man den Ausgang von außen sehen?«, erkundigte sich Kelly nachdenklich. »Nicht auszudenken, wenn Sir Lennox' Leute das Loch in der Mauer entdecken würden!«

Ebenso nachdenklich kratzte sich Ronald am Kinn. »Das wäre möglich, aber aus Erfahrung weiß ich, dass sich hinter Barningmore Castle bis zum Waldsaum nur Felder befinden, über die im Allgemeinen niemand reitet. Mir machen die Wachposten in den Wehrtürmen mehr Sorgen. Wenn es morgen hell wird, sehen sie sofort unsere Spuren im Schnee.«

»Ihr wollt doch nicht warten, bis der Schnee schmilzt?«

»Bis dahin könnten Monate vergehen«, gab Ronald mit besorgter Miene zurück. »Nein, wir müssen es heute Nacht wagen und können nur hoffen, dass die Wachen während ihres Dienstes eingeschlafen sind und den Aufprall im Wasser nicht hören. Aber ich denke, davor müssen wir keine Angst haben, da mir einer von ihnen erst neulich gestanden hat, seinen langweiligen Dienst in eine Decke gehüllt mit einem Krug Wein zur Seite erträglicher macht. William, haben wir noch etwas zu essen?«

»Nur ein paar Reste.«

Sie ließen sich nieder, während sie auf einigen steinharten Haferplätzchen herumkauten. Kellys Zittern hatte sich gelegt; die Luft von draußen war zwar noch kälter als die im Tunnel, jedoch angenehm trocken. Vor dem Sprung hatte sie keine Angst, jedoch davor, entdeckt zu werden.

***

Es war grade dunkel geworden, als sie sich zur Flucht entschlossen. Leider gab es keine Möglichkeit, den Ausgang im Nachhinein wieder zu verschließen; aber wenn man ihn entdecken würde, waren die Flüchtlinge bereits über alle Berge und man würde nur ihre zurückgelassenen Sachen finden.

Nachdem Ronald seinem Knappen noch einmal aufmunternd auf die Schulter geschlagen hatte, machte dieser sich bereit.

»Vergiss nicht, was ich dir gesagt habe«, sagte sein Herr mit Nachdruck. »Wenn du im Wasser gelandet bist, bewegst du dich eine Weile nicht – für den Fall, dass die Turmwärter aufmerksam geworden sind. Dann krabbelst du an Land und machst den Ruf einer Eule nach. Das ist für uns das Signal.«

William nickte. Er tat unerschrocken, doch in seinen Augen war eine leise Angst zu erkennen. Ein nickender Blick zu Kelly hinüber, dann schwang sich der Jüngling über den Mauerrand, verharrte einige Sekunden und sprang.

Ronald und Kelly warteten auf das Geräusch des Aufpralls; es klang entsetzlich laut.

»Das können die Wachen nicht überhört haben«, flüsterte Kelly bange. »Wahrscheinlich sind sie bereits unterwegs, um der Ursache auf den Grund zu gehen.« Inzwischen zitterte sie am ganzen Körper, doch Ronald legte seine Hand auf ihre Schultern und beruhigte sie.

»Bedenkt, dass man auf den Wehrtürmen dort oben Geräusche von hier unten kaum wahrnehmen kann.« Er beugte sich hinaus und versuchte in der Finsternis, seinen Knappen ausfindig zu machen, doch es war zu dunkel, obwohl der Schnee die Umgebung etwas erhellte.

Da kam das erlösende Zeichen, der Ruf einer heimischen Waldeule.

»William hat es geschafft«, sagte Ronald heiser. »Jetzt seid Ihr an der Reihe. Kommt und ziert Euch nicht.« Er reichte Kelly die Hand, die sie nur zögernd ergriff. In ihrer Zeit wäre sie niemals auf den Gedanken gekommen, einen solch gefährlichen

Sprung zu wagen – aber dort wurde sie auch nicht von einem Barbaren gefangen gehalten worden, der sie zwingen wollte, seine Frau zu werden.

Und dann schaltete sie jegliches Denken aus. Ronald hob sie auf den Sims, und als sie nicht sofort in die Dunkelheit unter sich sprang, raunte ihr Ronald zu: »Zögert nicht, springt jetzt! Und vermeidet nach Möglichkeit ein ängstliches Kreischen.«

Sie nickte, klammerte sich jedoch weiter an der Mauer fest. Noch einmal holte sie tief Luft, kniff die Augen zusammen und sprang ins Ungewisse. Das Wasser war so kalt und hart, dass sie glaubte, ohnmächtig zu werden; sie schnappte nach Luft und ruderte wild mit den Armen, obwohl der Burggraben nur hüfthoch gefüllt war.

»Pst, seid still«, flüsterte William irgendwo über ihr. »Ich bin hier neben Euch, nehmt meine Hand.«

Wie blind tastete Kelly nach der unsichtbaren Hand; als sie sie spürte, begann Kelly wieder ruhiger zu atmen und zog sich ans Ufer. Ihr Körper war völlig gefühllos von der Kälte; die Kleider hingen schwer an ihr und das Haar fühlte sich an wie ein eisiger Panzer, den ihr jemand um den Kopf geschlungen hatte.

Lautlos sank sie in den Schnee; inzwischen hatten sich ihre Augen an die Dunkelheit gewöhnt, und sie konnte Williams Umrisse erkennen. Er legte zum Zeichen, dass sie schweigen sollte, einen Zeigefinger auf seine Lippen und starrte in die Höhe.

Scheinbar hatten die Turmwächter noch nichts bemerkt, denn es blieb alles ruhig. Während sich Kelly zitternd im Schnee herumdrehte, ließ der Knappe ein letztes Mal den Eulenruf ertönen, und flüchtig bemerkte Kelly, dass etwas im Wasser aufschlug. Bevor sie noch erleben konnte, wie Ronald an Land kletterte, verlor sie vor Erschöpfung das Bewusstsein.

Sie hörte ein Feuer knistern, noch bevor sie die Lider hob. Der Geruch von Rauch und nasser Kleidung kitzelte ihre Nase, sodass sie niesen musste und erschrocken aufschrak.

Verwirrt blickte sie sich um und fragte sich, wo sie sich wohl befinden mochte und wie sie hergekommen war. Sie lag in einer Art Zelt aus grobem Tuch, in der Mitte hatte jemand eine Feuerstelle errichtet, in der es munter prasselte und die angenehme Wärme verbreitete.

Kelly stellte fest, dass sie auf mehrere Felle gebettet und mit einem davon zugedeckt war.

Plötzlich erinnerte sie sich an den todesmutigen Sprung in den Wallgraben, dem tagelange Wanderungen im Kellergewölbe von Barningmore Castle vorangegangen waren.

Wo waren nur Ronald und sein Knappe geblieben? Was war in der Zwischenzeit geschehen, als sie ohnmächtig gewesen war? Von draußen war mehrstimmiges Gemurmel zu hören, sodass Kelly aufzustehen wollte, um nachzusehen. Doch schockiert bedeckte sie sich wieder, als sie erkannte, dass sie splitternackt unter dem Fell lag! Wer hatte sie ausgezogen und zur Ruhe gebettet?

Hektisch sah sich Kelly nach ihrer Kleidung um und entdeckte sie, feucht und zum Trocknen über einer Schnur neben dem Feuer hängend.

»Ah, Ihr seid wach.« Ronald hatte vorsichtig die Plane etwas angehoben und kroch nun ins Innere. »Ich hoffe, Euch ist jetzt wärmer als heute Nacht.«

»Wer hat mich ausgezogen?«, fragte sie verärgert. »Ich habe niemandem die Erlaubnis dazu gegeben!«

Er hockte sich neben sie. »Das war ich, und ich tat es ohne schlechte Gedanken. Ihr hättet Schaden nehmen können, wenn ich es nicht getan hätte, denn Eure Kleidung war beim Eintreffen in die Wälder bereits an Eurem Körper festgefroren. Leider blieb keine Zeit, Euch um Erlaubnis zu bitten, bis Ihr aus Eurer Ohnmacht erwacht wart.«

Beschämt senkte Kelly den Blick.

»Glaubt mir, ich weiß, wie eine unbekleidete Frau aussieht«, fuhr er fort, als er ihre Verlegenheit bemerkte, »und sogar, als ich mich neben Euch legte, habe ich meine Finger bei mir behalten.«

Sie hob abrupt den Kopf. »Ihr habt neben mir gelegen? Wozu?«

»Um Euch zu wärmen, Jungfer Ceally. Ihr habt am ganzen Leib gebebt, sodass ich Angst bekam, Ihr könntet sterben.«

Erst jetzt betrachtete sie ihn genauer – er war nur dürftig mit einigen Fellen bekleidet und wirkte darin wie ein Steinzeitmensch.

»Bald könnt Ihr Euch wieder anziehen«, sagte Ronald und wies auf die provisorische Wäscheleine. »Meine Rüstung hat William trocken gerieben, damit sie keinen Rost ansetzen kann. Und meine Unterwäsche hängt nebenan in meinem Zelt.«

Kelly richtete sich etwas auf und zog das Fell sorgfältig bis zum Hals hoch. »Was ist passiert, nachdem ich ohnmächtig geworden bin?«

»Wir warteten noch einige Minuten, bis wir uns auf den Weg machten. Von den Türmen kam kein Laut, sodass wir annahmen, dass die Wächter nichts gehört hatten. Glücklicherweise setzte zur gleichen Zeit heftiger Schneefall ein, und es schneite die ganze Nacht; unsere Spuren liegen nun unter einer kalten weißen Decke. Ich trug Euch bis hierher, wo wir schon von meinen Gefolgsleuten erwartet wurden, die sofort für Euch ein Zelt errichteten. Ihr habt übrigens den ganzen Tag geschlafen, inzwischen ist es wieder Abend geworden.«

»Und wenn man das Lager entdeckt?«

Ronald schüttelte überlegen den Kopf. »Es befindet sich fernab aller Waldwege in einer Senke, die rundum von Dickicht geschützt ist. Hierher verirrt sich im Winter kein Mensch.«

»Und was geschieht nun mit mir?«

Er erhob sich aus der Hocke, und Kelly sah zum ersten Mal bewusst seine muskulösen Oberarme.

»Sowie Ihr Euch erholt habt und die Luft rein ist, bringe ich Euch zu Eurer Tante zurück. Habt etwas Geduld, bitte.«

Dabei hatte es Kelly inzwischen gar nicht mehr eilig, in Margarets kleines Haus zurückgebracht zu werden. Er bemerkte ihr Stocken und hob die Augenbrauen.

»Oder möchtet Ihr noch immer nach London? Davon kann ich Euch nur abraten, Jungfer Ceally.«

Kelly überlegte kurz, dann verneinte sie. Inzwischen war sie davon überzeugt, dass sie die geheimnisvolle Brosche weder in London noch in Margarets Haus finden würde – nur irgendein Zauber würde sie wieder in ihre Zeit bringen können.

»Sicher seid Ihr hungrig«, stellte er fest. »Im Kessel köchelt seit Stunden eine Fleischbrühe, die Euch wieder zu Kräften bringen wird.«

Kelly warf ihm einen dankbaren Blick zu und sank zurück. »Was werdet Ihr tun, nachdem ich fort bin?«

»Meine Männer und ich versuchen, Sir Lennox zu überlisten, aber noch wissen wir nicht genau, wie wir das anstellen sollen. Gut, dass ich eine Zeitlang freien Zugang zur Burg hatte, so konnte ich mir einiges einprägen, was von Wichtigkeit sein könnte.« Er zwinkerte Kelly zu und verließ das Zelt.

Nur wenige Minuten später kam er mit einer Holzschüssel zurück, aus der es köstlich duftete; dazu ein Becher Wein.

»Woher stammen diese Dinge?«, wollte Kelly wissen und umklammerte mit den Händen die heiße Schüssel.

»Meine Gefolgsleute warten schon seit Wochen hier auf mich, und in der Zwischenzeit haben sie ein paar Nahrungsmittel … organisiert. Greift zu, ich hole Euch noch etwas Brot.«

Kelly wollte gar nicht wissen, wem man all diese guten Sachen entwendet hatte. Sie war viel zu hungrig, um ein schlechtes Gewissen zu haben.

Als Ronald zurückkam, trug er wieder seine Kleidung samt Brustharnisch. Er fühlte nach Kellys Kleidern und nickte zufrieden. »Eure Gewänder werden schon bald trocken sein.«

Ihr war es etwas peinlich, als er ihre zerrissenen Strümpfe und die Unterröcke befingerte, doch sie entgegnete nichts. Allerdings fragte sie sich, ob Ronald nackt oder mit seinen Fellen bedeckt neben ihr gelegen hatte. Vor leichter Erregung errötend stellte sie sich vor, wie sich sein nackter Körper an sie geschmiegt hatte, und sie ärgerte sich, dass sie dabei nicht wach gewesen war.

Ronald hob den Kopf, denn draußen wurde es unruhig. Jemand rief etwas und ein Pferd schnaubte. Ohne etwas zu sagen, ging er davon, um nachzuschauen.

Die leere Suppenschale neben sich stellend, lauschte Kelly auf die aufgeregten Stimmen vor dem Zelt. War man ihnen etwa auf der Spur? Früher hatte sich Kelly immer ein aufregenderes Leben gewünscht – aber in den wenigen Tagen nach ihrer Zeitreise hatte sie mehr erlebt als andere Menschen ihr ganzes Leben lang!

Später, als sie sich endlich ankleiden konnte und vor das Zelt trat, um ihre Umgebung und Ronalds Gefolgsleute näher kennenzulernen, erfuhr sie, dass der Kundschafter am Waldsaum einige von Sir Lennox' Schergen entdeckt hatte, die sich, offensichtlich zum Zeitvertreib, auf der Hirschjagd befanden. Sie hatten das Lager nicht entdeckt und waren grölend weitergeprescht.

Das Zelt, in dem Kelly beherbergt wurde, bestand eigentlich nur aus einigen zusammengebundenen Leinendecken, die an dicken Baumästen befestigt waren; die anderen notdürftigen Zelte waren auf dieselbe Weise errichtet worden. Es gab über ein Dutzend davon, sie standen dicht bei dicht in einem Kreis; der von Schnee befreite Platz in der Mitte wurde von einem Lagerfeuer beherrscht.

Ronalds Männer sahen fast so wild aus wie Geoffreys Leute, nur benahmen sie sich anständig und behandelten Kelly wie eine Dame. Obwohl es nicht mehr ganz so kalt war, holte Ronald eines der kleineren Felle, mit denen er selbst bekleidet gewesen war, und legte es Kelly fürsorglich um die Schultern.

»Setzt Euch später doch zu uns ans Feuer. Meine Männer haben heute Morgen ein Wildschwein erlegt; es wird uns für mindestens zwei Tage gutes Fleisch liefern.«

»Kann ich beim Zubereiten helfen?«, fragte Kelly, als sie sah, wie zwei Männer die Stange, die durch das Wildschwein getrieben worden war, auf ein hölzernes Gerüst über das Feuer hingen.

Ronald schüttelte schmunzelnd den Kopf. »Das ist keine Frauenarbeit. William und Arnold, der früher mal ein wackerer Koch gewesen ist, werden sich darum kümmern. Geht nur ruhig wieder in Euer Zelt und ruht Euch aus.«

»Ihr wollt mich wohl loswerden«, versetzte Kelly spitz und warf ihm einen vernichtenden Blick zu, doch er lachte laut auf.

»Ihr nehmt immer das Schlimmste von mir an, nicht wahr? Ich möchte nur, dass Ihr Euch nicht verkühlt.«

Versöhnlich antwortete sie: »Ich hab einen Sprung ins eiskalte Wasser überlebt. So schnell kann mir die Kälte nichts mehr anhaben.«

»Nun gut, wie Ihr meint.« Ronald zuckte mit den Schultern. »Verlasst nicht das Lager, rings herum lauert die Gefahr. Mich müsst Ihr nun allerdings entschuldigen.« Er deutete eine Verbeugung an und ging davon, zu einer Gruppe Männer, die heftig zu diskutieren schienen. Enttäuscht kroch Kelly schließlich ins Zelt zurück, in dem es wegen des kleinen Feuers gemütlich warm war. Erst jetzt bemerkte Kelly, dass der gesamte Boden mit Fellen ausgelegt war und fragte sich, ob die Zelte von Ronald und seinen Mannen ebenso komfortabel eingerichtet waren.

Gelangweilt ließ sich Kelly auf ihrem Schlaflager nieder, während sie sich fragte, wann Ronald sie wohl zurück zu Margaret bringen würde – auch wenn sie nicht wusste, wie weit es von diesem Wald aus sein könnte.

Sie dachte an ihren ersten Blick auf Barningmore Castle, das sie auf ihrer Fahrt nach Maidstone entdeckt hatte. Bis zu dem Häuschen war sie maximal eine weitere halbe Stunde gefahren – also musste es sich ganz in der Nähe befinden.

Während sie grübelte, wurde sie müde. Und ehe sie sich noch anders entscheiden konnte, legte sie ihren Kopf nieder und schloss die Augen.

***

Sie erwachte von einem Geräusch neben sich, und als sie aufsah, blickte sie direkt in Ronalds faszinierend blaue Augen.

»Verzeiht mir, ich wollte Euch wirklich nicht wecken«, sagte er leise.

Sie stützte sich auf ihre Ellenbogen. »Wie lange seid Ihr schon hier und beobachtet mich?«

»Eine ganze Weile«, gab er unumwunden zu. »Ihr seht im Schlaf so zauberhaft unschuldig und mädchenhaft aus, da wäre es ein Verbrechen gewesen, Euch aus dem Schlaf zu reißen.«

Sie tat, als hätte sie die Schmeichelei überhört. »Weshalb seid Ihr in mein Zelt gekommen?« Inzwischen war sie hellwach.

»Der Braten ist gleich fertig, und ich dachte, Ihr hättet vielleicht Hunger.«

Erst jetzt spürte Kelly ihren hohlen Magen und gab zu, sehr hungrig zu sein, worauf sich Ronald erhob. »Nehmt ein großes Fell zum Sitzen mit.«

Sie versprach es, und als sich Ronald zum Gehen wandte, fragte sie: »Wie geht es jetzt mit mir weiter?«

»Ihr habt es wohl sehr eilig, heimzukommen.«

»Ja … nein. Ich wollte nur wissen, was Ihr als Nächstes vorhabt.«

Er kam zurück und hockte sich neben Kellys Lager nieder. »Das will ich Euch gerne verraten, Jungfer Ceally. Ich warte einen günstigen Zeitpunkt ab, um Euch fortzubringen; das kann ein paar Tage dauern – so lange müsst Ihr unser raues Leben noch ertragen. Sir Lennox hat keine Ahnung, wieso ich in seine Dienste getreten bin, und er weiß auch nicht, dass ich nicht allein bin und was ich vorhabe – dass Sir Percy of Barningmore mein Onkel war, ist ihm ebenfalls nicht bekannt. Wir müssen sehr vorsichtig sein, versteht Ihr? Dieser Wald ist nicht völlig sicher vor einer Entdeckung, daher werden wir morgen das Lager abbrechen und weiterziehen. Es tut mir aufrichtig leid, dass ich Euch diesen Strapazen aussetzen muss, aber es ist nicht zu ändern.«

»Ich verstehe.« Kelly schälte sich aus den Fellen und ordnete ihr Haar. »Ob ich will oder nicht – ich bin derzeit ein Mitglied Eurer Gruppe und muss mich gedulden.«

Er lächelte fein. »Ihr könnt natürlich jederzeit gehen, das steht Euch frei, denn Ihr seid keine Gefangene. Aber ich rate Euch zu warten, bis ich einen sicheren Weg gefunden habe, um Euch nach Hause zu bringen.«

Gnädig nickte sie, dabei fand sie dieses Lagerleben gar nicht so übel – jedenfalls solange Ronald in ihrer Nähe war.

Das Fleisch war zart und die Kruste knusperig. Die Männer saßen um das Feuer herum und tranken zum Essen billigen Branntwein, während man Kelly den letzten Rest aus dem gestohlenen Weinfass überließ. Ronald saß neben ihr, und hin und wieder wechselten sie einen verstohlenen Blick.

Als ihr Becher leer war, bat sie um etwas Branntwein, was ein belustigtes Grinsen der Männer hervorrief.

»Das solltet Ihr nicht tun«, warnte Ronald, und auch er musste sich ein Schmunzeln verkneifen. »Branntwein ist nichts für zarte Frauen.«

Herausfordernd hielt Kelly jedoch ihren Becher in die Höhe. »Ich habe schon stärkere Getränke zu mir genommen«, behauptete sie kühn. »Mir ist kalt, und ich brauche etwas zum Wärmen.«

Ronald machte eine Kopfbewegung zu seinem Knappen, und sogleich sprang dieser auf, nahm Kellys Becher entgegen und füllte ihn halb voll mit Branntwein.

Beherzt nahm sie einen großen Schluck und schnappte gleich darauf nach Luft, als ihr der Fusel brennend die Kehle hinabrann.

Die Männer kicherten verhalten, und Kelly kam sich lächerlich vor. Trotzdem trank sie tapfer den Becher aus, obwohl sie merkte, dass ihr schwindelig wurde.

»Noch einen Schluck?«, erkundigte sich Ronald mit Unschuldsmiene. »Oder möchtet Ihr jetzt lieber schlafen gehen?«

Ihr wurde plötzlich schlecht, und weil sie sich vor den Leuten keine Blöße geben wollte, nickte sie, denn zu sprechen war sie nicht fähig. Der Alkohol brannte noch immer auf Zunge und Kehle, und sie schwor sich, nie wieder im Leben dieses Teufelszeug anzurühren.

Ronald half ihr beim Aufstehen, und ihr war es mittlerweile egal, dass ihr schadenfrohe Blicke folgten. Ronald hielt sie fest im Griff, da sie immer wieder taumelte und verzweifelt seinen Arm umklammerte.

»Legt Euch hin«, bat Ronald im Zelt. »Ich werde das Feuer schüren, damit Ihr es heute Nacht warm habt.«

Vorsichtig ließ sich Kelly auf das Fell-Lager nieder – und plötzlich war ihr nicht mehr übel. Sie betrachtete Ronald, wie er geschickt an der Feuerstelle hantierte und stellte sich vor, wie es wäre, wenn er sich neben sie legen würde. Aber diesmal gab es keinen Grund dafür. Beschwipst vom Alkohol fielen ihre Hemmungen; sie legte sich in lasziver Pose hin und hob wie zufällig den Rocksaum bis zur Wade etwas an.

Als sich Ronald umdrehte, fiel sein Blick sofort auf das hübsche bestrumpfte Bein, das sich ihm darbot. Langsam trat er näher und sagte mit rauer Stimme: »Also gut, Ihr habt es nicht anders gewollt.«

Er beugte sich über sie, riss sie ungestüm in die Arme und presste seine Lippen auf die ihren. Sein Kuss war hart und fordernd, jedoch ohne Leidenschaft, und die Rüstung drückte unangenehm gegen Kellys Brust. Empört wand sie sich unter ihm und hieb mit ihren kleinen Fäusten gegen den Harnisch.

So schnell er sich über sie geworfen hatte, ließ er von ihr ab. Sein Gesichtsausdruck war finster, als er sagte: »Hört auf, mich verführen zu wollen, Jungfer Ceally. Ich habe keine Zeit für Weibergeschichten – und Ihr solltet Euch für den Richtigen aufbewahren.«

Er ging davon und ließ eine sehr gedemütigte Jungfer zurück. Der Überfall hatte sie wieder stocknüchtern gemacht, und ihr Herz schlug schnell. Ronald hatte also gemerkt, dass sie sich für ihn interessierte, wie peinlich! Aber er hätte ihr nicht so brutal zeigen müssen, dass er kein Interesse an ihr hatte.

Vor Enttäuschung heulend, kroch Kelly unter die Felle; ihre Lippen brannten noch immer von dem unerotischsten Kuss, den sie jemals bekommen hatte.

Draußen lachten die Männer rau; sie schienen sich über irgendetwas zu amüsieren. Kelly war sich sicher, dass Ronald – dem sie trotz allem vertraut hatte – den überraschenden Überfall zum Besten gegeben hatte.

»Verdammter Mistkerl«, murmelte sie. »Ich will dich niemals wiedersehen.« Im ersten Impuls nahm sie sich vor, noch in derselben Nacht zu fliehen, um den hämischen Blicken der Männer zu entgehen. Doch als das Schluchzen nachgelassen hatte, sah sie ein, dass es dumm wäre, wegzulaufen, ohne genau zu wissen, wo sie sich befand. Und bevor sie weitergrübeln konnte, war sie bereits eingeschlafen.

13

Mit brummendem Schädel erwachte sie, als es hell wurde. Vor dem Zelt hörte sie mehrere Stimmen. Schlagartig fiel Kelly die nächtliche Episode auf ihrem Lager wieder ein, und sie begrub ihr Gesicht stöhnend in den Händen.

Was mochte Ronald von ihr denken? Er lebte in einer Zeit, in der anständige Frauen warteten, dass der Mann den Anfang machte, das war verständlich. Aber Kelly auf diese Weise klarzumachen, dass sie für ihn nichts als ein lästiges Anhängsel war, machte sie traurig und wütend zugleich. Wie sollte sie sich nur verhalten, wenn sie ihm begegnete?

Wäre sie doch bloß wieder im London ihrer Zeit! Dann könnte sie das Weihnachtsfest mit ihrer Familie feiern und anfangen, zufrieden mit dem zu sein, was sie hatte. Stattdessen lag sie auf einem Haufen streng riechender Tierfelle in einem Lager von einfältigen Kriegern, für die es nicht anderes zu geben schien als Kampf und Branntwein. Bei der Erinnerung an den Alkohol wurde ihr prompt wieder schlecht, und sie musste mehrmals tief durchatmen, um die Übelkeit zu verscheuchen.

Am liebsten wäre Kelly liegen geblieben, bis ein Wunder geschah und sie wieder ins 21. Jahrhundert katapultiert wurde – aber da sie bis dahin wahrscheinlich graue Haare haben würde – oder noch schlimmer – im Mittelalter sterben würde, raffte sie sich auf und tauschte die Kleidung.

Dann schob sie die Plane, die als Eingang diente, einen Spaltbreit zur Seite und spähte hinaus. Das Lagerfeuer war geschürt worden, und die Flammen loderten wild in die Höhe. Kelly konnte William erkennen; er hantierte mit Schalen und Trinkbechern herum. Auch einige andere von Ronalds bärtigen Gesellen sah sie – doch Ronald selbst war nicht darunter.

Kelly zögerte. Sollte sie einfach mit hocherhobenem Haupt hinaus vor die anderen treten oder sich besser im Zelt versteckt halten bis zum St. Nimmerleinstag.

Schließlich entschied sie sich für die erste Variante und verließ ihr primitives Heim. Die Männer nickten ihr kurz zu, aber keine Häme stand in ihren Gesichtern geschrieben.

»Ihr kommt gerade recht zum Frühstück«, sagte William freundlich. »Mein Herr allerdings lässt sich entschuldigen, er erkundet das umliegende Gebiet, um Euch einen sicheren Heimweg zu gewähren.«

Kelly dankte dem eifrigen Knappen und dachte bei sich: »Der edle Herr kann es wohl kaum erwarten, mich loszuwerden.«

Der edle Herr ließ sich jedoch nicht blicken. Am späten Nachmittag wurden die Männer unruhig, und einer von ihnen sagte: »Wir hätten ihn nicht allein reiten lassen sollen!«

»Ich drängte ihn, sich von mir begleiten zu lassen!«, warf William ein. »Aber er lehnte mit der Begründung ab, dass ich mich um Jungfer Ceally kümmern solle.« Der Jüngling war sichtlich verwirrt. »Ich durfte mich doch nicht seinen Anordnungen widersetzen!«

Die Männer wussten zwar um Kellys Geschichte, aber nicht, welche Route er genommen hatte.

»William, sattele unsere Pferde!«, rief jemand. »Wir machen uns auf die Suche nach ihm. Vier Männer sollen mit mir gehen!«

Sogleich kam Bewegung ins Lager, und Kelly, die jedes Wort gehört hatte, trat aus ihrem Zelt. Den ganzen Tag über hatte sie auf den Fellen gesessen und sich überlegt, wie sie Ronald für seinen unerhörten Überfall bestrafen konnte; doch ihre Rachegefühle verwandelten sich im Nu in große Sorge.

Sie ging hinüber zu dem Unterstand, unter dem die Pferde untergebracht waren; dort traf sie William beim Satteln an. Sein junges Gesicht sah bekümmert aus, und er blickte erst auf, als Kelly ihn ansprach.

»Was kann ihm denn passiert sein?«

»Wir wissen es nicht, Jungfer Ceally.«

»Aber was *könnte* ihm passiert sein?«, bohrte Kelly weiter. »Außer Sir Lennox' Bande hat er doch keine Feinde, oder?«

William übergab das gesattelte Pferd seinem Besitzer und griff sich das nächste Zaumzeug, bevor er antwortete. »Das nicht, aber die Schergen könnten meinen Herrn entdeckt und gefangen genommen haben.«

»Um Himmels willen«, hauchte Kelly und sah sich hektisch um. »Wo sollen die Männer nur mit der Suche beginnen?«

»Er ritt in dieser Richtung davon.« Der Knappe machte eine Kopfbewegung nach Osten. »Die Hufspuren sind noch deutlich im Schnee zu erkennen, aber in diese Richtung reiten auch unsere Männer, wenn sie auf die Jagd gehen.«

Wortlos wandte sich Kelly um und ging zurück in ihr Zelt, um den Leuten nicht im Weg herumzustehen. Die Blamage, die Ronald ihr zugefügt hatte, war vergessen; nun war sie ihm nicht mehr gram, sondern fast krank vor Unruhe. Ihretwegen war er davongeritten, und wenn er nun Geoffreys Leuten in die Arme gelaufen war, war es ganz allein ihre Schuld!

Später ging Kelly wieder hinaus, weil sie die Einsamkeit nicht mehr ertrug. Sie machte sich auf die Suche nach William, den sie vor dem Zelt fand, das er sich mit seinem Herrn teilte, wo er sich mit einigen Männern unterhielt.

»Gibt es schon Neuigkeiten?«, fragte sie und kam sich zwischen den riesigen Kriegern wie ein Zwerg vor. »Wie lange sind die Männer schon fort?«

»Schon viel zu lange«, gab der Knappe mit unglücklicher Miene zurück. »Wir hoffen alle, dass sie eine Spur von meinem Herrn finden.«

Kelly tat der Jüngling leid, denn sie wusste, dass er lieber mit Ronald geritten wäre, als sich um die unbequeme Begleiterin zu kümmern.

»Ich mache Euch etwas zu essen, dann könnt Ihr schlafen gehen. Aber ich verspreche, Euch zu wecken, wenn es eine Nachricht von meinem Herrn gibt.«

»Danke, aber ich kann nicht schlafen, bevor ich nicht weiß, ob deinem Herrn etwas zugestoßen ist.« Sie begab sich ans Lagerfeuer, an dem sich die Männer eingefunden hatten. Aus dem Kessel duftete es nach Wildschweineintopf, doch nur der Gedanke ans Essen ließ Kelly Übelkeit in sich aufsteigen.

Niemand legte sich an diesem Abend zur Ruhe. Nachdem sich Kelly von William überreden lassen hatte, ein paar Löffel Eintopf zu sich zu nehmen, begab sie sich wieder in ihr Zelt, denn sie hatte den Eindruck, dass Ronalds Leute nicht gut auf sie zu sprechen waren. Verständlich, er war nur ihretwegen aufgebrochen – hätte er wenigstens seinen Knappen mitgenommen, wäre vielleicht alles anders gekommen. Aber William hatte den Auftrag bekommen, sich um die lüsterne Jungfer zu kümmern, was überhaupt nicht nötig gewesen wäre.

Stunden um Stunden verstrichen, während Kelly nichts als gelegentliches Flüstern vom Lagerfeuer her hörte und hin und wieder das Schnauben eines Pferdes. Leise betete Kelly vor sich hin, das hatte sie seit Jahren nicht getan, denn sie glaubte nicht an einen barmherzigen Gott, der all seine Schäfchen beschützte. Doch nun sah Kelly im Gebet einen Trost, denn mehr konnte sie für Ronald nicht tun. Sie erinnerte sich an den blutigen Richtblock im Burghof – vielleicht lag Ronalds Kopf längst im Auffangkorb.

Ohne es zu merken, rollten Kelly Tränen über die Wangen. Sie allein war schuld, wenn Ronald nicht mehr am Leben war. Der Wunsch, in ihre Zeit zurückzufinden, war in den Hintergrund getreten. Sie schwor sich, ohne zu murren im Mittelalter zu bleiben, wenn Ronald unversehrt wieder auftauchte.

Als sie schon nicht mehr daran glaubte, ihn jemals wiederzusehen, hörte sie Rufe in der Ferne und sprang auf, um nachzusehen. In der Dunkelheit war niemand zu erkennen, jedoch der Hufschlag von mehreren Pferden zu vernehmen. Nicht nur Kelly starrte angestrengt in die Finsternis; Ronalds Leute, bis auf den letzten Mann, standen abwartend da, die Hände griffbereit an ihren Schwertgriffen.

»Da ist Raoul!«, rief William aufgeregt und zeigte auf einen Schatten am Rande der Senke. »Und die anderen sind auch wieder da!«

Sofort stürmten die Männer die Anhöhe hinauf und redeten auf die Reiter ein. Langsam kamen sie den Hügel heruntergeritten, und noch bevor sich Kelly, die am Lagerfeuer zurückgeblieben war, nach Ronald erkundigen konnte, sah sie ihn. Er lag quer über dem Pferderücken, im Schein der Fackeln glänzte seine Rüstung.

Beinahe blieb Kellys Herz stehen. Lebte er noch oder hatten die Gefolgsleute seinen Leichnam gefunden und mitgenommen?

William stürzte den Abhang hinunter, um Kelly zu benachrichtigen. »Mein Herr lebt, aber er ist verletzt. Die Männer sagen, sie haben ihn bewusstlos mitten im Wald gefunden, sein Pferd graste friedlich in der Nähe. Es hat keine Kampfspuren gegeben. Was wirklich geschehen ist, wird er uns erzählen, sowie er wieder ansprechbar ist.«

Mittlerweile hatten die anderen den Platz erreicht und hoben Ronald vorsichtig vom Pferd.

»Vorsichtig, er hat viel Blut verloren!«, rief einer von ihnen. »Bringt ihn in sein Zelt, aber behutsam.« Dann wandte er sich unvermittelt Kelly zu. »Habt Ihr Geschick in der Krankenpflege?«

Kelly bejahte, obwohl sie keine Ahnung hatte, wie sie einen mittelalterlichen Ritter verarzten sollte. Zwar hatte sie vor Jahren mal einen Erste-Hilfe-Kurs gemacht, aber der würde ihr nun überhaupt nichts nützen.

»Kommt mit.« Der Krieger winkte sie zu sich und führte sie in Ronalds Zelt, in dem William dabei war, seinem Herrn die starre Rüstung abzunehmen. »Er hat eine tiefe Schulterwunde, die noch immer blutet. Sagt, was Ihr braucht.«

Zögernd trat Kelly näher und erschrak, als sie das viele Blut sah. Sie durfte jetzt nicht schlappmachen; wie es aussah, lag es nun an ihr, Ronalds Leben zu retten.

Fieberhaft dachte sie nach, dann sagte sie: »Ich brauche heißes Wasser, um die Wunde auszuwaschen – und Leinenstreifen, sehr viele – und vor allem – saubere.«

Der Knappe hatte inzwischen die Rüstung beiseitegelegt, kniete sich neben Kelly und fragte bange: »Wird er wieder gesund werden?«

»Ich weiß es nicht«, gab Kelly ehrlich zurück und zog vorsichtig an Ronalds Unterhemd. »Zunächst muss ich mir die Wunde ansehen.« Sie hoffte, dass sie nicht zu tief oder großflächig war, denn sie zu nähen, würde Kelly nicht fertigbringen.«

William half ihr beim Ausziehen, und die beiden zuckten unmerklich zusammen, als das Ausmaß der Verletzung sichtbar wurde. Die Wunde klaffte auseinander, vom Schlüsselbein bis zur Schulter – unmittelbar dort, wo der Brustharnisch nicht hatte schützen können.

Doch schnell erkannte Kelly, obwohl sie ein medizinischer Laie war, dass die Wunde zwar tief, aber offensichtlich kein Knochen verletzt war.

Jemand brachte einen Eimer heißes Wasser und einen Stapel Leinentischtücher, die von einem Überfall stammen mochten. William bot seine Hilfe an, wofür Kelly ihm sehr dankbar war. Er riss auf ihr Geheiß einige der Tischtücher in Streifen, während sie vorsichtig die Wunde auswusch. Sie wusste, dass Ronald längst verblutet wäre, wenn es weniger kalt gewesen wäre – der Schnee hatte die Blutung verringert.

Kelly tupfte, bis die Blutung endgültig zum Stillstand gekommen war, dann schickte sie William hinaus, um sauberes Wasser zu holen; währenddessen presste sie einen mehrfach zusammengelegten Leinenstreifen gegen die Wunde.

Ronald hatte sich die ganze Zeit über nicht bewegt; sein Gesicht war wächsern, bisweilen flatterten seine Lider, doch er kam nicht zu sich.

Gemeinsam mit dem Knappen verband Kelly schließlich die

Schulter, dabei erinnerte sie sich an das Anlegen eines Druckverbandes in ihrem Kurs und schaffte es tatsächlich, einen halbwegs stabilen Verband zu basteln.

»Und nun?« William wusch seine mit Blut besudelten Hände im Eimer.

Ermattet stand Kelly auf. »Wir müssen abwarten … mehr können wir nicht tun.«

»Ich werde über meinen Herrn wachen«, versprach William. »Geht jetzt schlafen; Ihr habt Großartiges geleistet.«

Überrascht blickte sie auf. »Ich hab getan, was getan werden musste. Sag mir sofort Bescheid, wenn die Wunde wieder zu bluten beginnt oder Euer Herr aufwacht.«

Vor Ronalds Zelt hatten sich seine Leute versammelt und blickten erwartungsvoll zu Kelly, die ihnen dasselbe sagte wie dem Knappen. Anerkennende Blickte folgten ihr, als sie zu ihrem eigenen Zelt wankte; im Osten wurde es bereits hell.

Sie schlief wie ein Stein, und niemand wagte es, sie zu wecken. Eine bleiche Wintersonne schien ihr ins Gesicht, als sie zur Mittagszeit zwar ausgeruht, jedoch weiterhin mit besorgter Miene, aus ihrem Zelt trat. Es war still im Lager; keiner der Männer wagte, laut zu sprechen, um ihren Herrn nicht zu wecken. Einige putzten ihre Waffen, andere saßen herum und unterhielten sich leise. Als sie Kelly sahen, erhoben sie sich gemeinsam.

»Gab es heute Nacht noch etwas Auffälliges?«, erkundigte sie sich auf dem Weg zu Ronalds Zelt. Ihr wurde jedoch mehrstimmig bestätigt, dass kein Laut aus dem Krankenzelt zu ihnen gedrungen war.

Einigermaßen beruhigt trat Kelly ein. Ronald lag noch genauso da, wie sie ihn verlassen hatte, doch es schien, als wäre sein Gesicht nicht mehr gar so bleich. William hockte neben dem Krankenlager; auf seinen angezogenen Knien ruhte sein Kopf, seine Augen waren geschlossen.

Sanft rüttelte Kelly ihn wach und trug ihm auf, eine Fleischbrühe zu kochen, für den Fall, dass Ronald wach würde und Hunger verspüren sollte.

William war untröstlich, weil er bei der Nachtwache eingeschlafen war, und beobachtete, wie sich Kelly über Ronald beugte und die Hand gegen seine Stirn presste.

»Er hat kein Fieber bekommen, zum Glück«, sagte sie erleichtert, dann horchte sie auf seine Atemzüge und merkte, dass sie gleichmäßig waren. »Und er ist nicht länger bewusstlos, er schläft jetzt.«

Überglücklich sprang der Knappe auf. »Das muss ich sofort den anderen erzählen!« Er stürzte, mittlerweile hellwach, aus dem Zelt, doch Kelly teilte seine Zuversicht nicht. Sie verfügte nicht über die nötigen medizinischen Kenntnisse, um weitere Risiken erkennen zu können.

Leise hockte sie sich neben das Lager und befühlte noch einmal Ronalds Stirn; seine Haut fühlte sich kühl und trocken an, doch das musste nicht zwangsläufig heißen, dass er über den Berg war. Aufgrund der primitiven Verbände konnte es jederzeit zu einer Infektion kommen; und wenn dies eintrat, würde Kelly nichts weiter tun können als hilflos zuzusehen, wie Ronald starb.

Sie ging hinaus, um ein hastiges Frühstück einzunehmen, dabei beantwortete sie geduldig die Fragen der Gefolgsleute, sprach aber auch ihre Bedenken aus, damit sich die Männer nicht zu viel Hoffnungen machten.

»Es kann noch viel passieren bis zur Genesung eures Herrn. Wenn sich die Wunde entzündet, muss er zu einem Arzt gebracht werden.«

»Aber das geht nicht!«, wandte einer der Krieger ein. »Wir müssten ihn nach London bringen, da soll es Wundärzte geben.

Doch die Reise wäre zu gefährlich, denn Sir Lennox' Leute werden längst die Suche nach unserem Herrn aufgenommen haben. Sein Leben liegt in Eurer Hand, Jungfer Ceally.«

Alle Blicke ruhten auf ihr und sie starrte zu Boden. »Ich weiß, dass der Unfall meine Schuld gewesen ist, aber zürnt mir nicht, wenn meine Pflege nicht ausreicht, um das Leben eures Herrn zu retten.«

»Niemand macht Euch einen Vorwurf. Er hätte jemanden von uns mit auf seinen Erkundungsritt nehmen können, doch er lehnte ab«, sagte Raoul nachdenklich.

Froh darüber, dass die Männer nicht ihr die Schuld gaben, ging Kelly zurück in Ronalds Zelt. Er schlief noch immer, und um sich die Zeit zu vertreiben, nahm sie einige Tischdecken und riss sie in Streifen, wie sie es bei William gesehen hatte. Ganz in ihre eintönige Tätigkeit versunken, bemerkte sie nicht, wie sich Ronald regte.

»Was macht Ihr denn da?«

Kelly war über den Klang seiner Stimme so sehr überrascht, dass sie vor Schreck einen unterdrückten Schrei ausstieß und den Leinenstreifen, den sie gerade aufrollte, fallen ließ.

»Meine Güte«, sagte sie und neigte sich etwas vor. »Ihr habt mich zu Tode erschreckt.« Unauffällig betrachtete sie sein Gesicht. Er war noch blass, das kam vom hohen Blutverlust, aber seine Augen waren klar; nur seine Stimme klang nicht ganz so kräftig wie vor dem Unglück.

Er versuchte sich aufzurichten, wurde von Kelly jedoch sogleich daran gehindert. »Ihr müsst Euch noch schonen.«

»Was ist überhaupt passiert?

»Das frage ich *Euch.* Man brachte Euch nachts schwer verletzt ins Lager.«

Ronald schloss kurz die Augen, dann erhellte sich sein Gesicht, denn die Erinnerung begann allmählich zurückzukehren. »Ich ritt los, um nach einem sicheren Weg für Eure Heimreise zu suchen … plötzlich hörte ich mitten im Wald etwas knacken; gleich darauf flog ein schimpfender Eichelhäher über den Bäumen auf. Mein Pferd erschrak und bäumte sich auf … dabei verlor ich den Halt und stürzte aus dem Sattel zu Boden. Ich erinnere mich, dass ich beim Aufprall mit der Schulter gegen etwas Hartes stieß. Bevor mir die Sinne schwanden, ärgerte ich mich, weil ich ausgerechnet an diesem Tag die

Schulterstücke meiner Rüstung nicht angelegt hatte, um beweglicher zu sein. Der brave Braune kann nichts für den Abwurf, er hat sich nur erschrocken.«

»Wir alle hatten Angst, dass Ihr Geoffreys Leuten in die Hände gefallen wärt.«

»*Ihr* hattet auch Angst um mich, obwohl ich Euch nicht gerade nett behandelt habe?«

Sie ärgerte sich, weil ihr Gesicht rot bis zu den Haarwurzeln wurde, warf jedoch ihr Haar zurück und erwiderte beiläufig: »Meine Sorge war eher ein schlechtes Gewissen, weil ihr meinetwegen unterwegs wart.«

Er lächelte schwach.

»Bildet Euch bloß nichts ein. Lieber verzichte ich den Rest meines Lebens auf männliche Gesellschaft, als mit einem Flegel wie Euch das Bett zu teilen.«

Er lächelte immer noch und unternahm einen weiteren Versuch, sich zu erheben. Mit einem schmerzvollen Laut sank er jedoch zurück.

»Das schadet Euch gar nichts, edler Herr. Wer nicht hören will, muss fühlen.« Kellys Miene war streng, als sie hinzufügte: »Solange Eure Wunde nicht verheilt ist, habt Ihr zu tun, was *ich* sage. Verstanden?«

Er nickte ergeben, und als sie sich erhob, fragte er: »Wohin geht Ihr? Wollt ihr mich etwa ganz allein lassen?«

»Ich bin gleich zurück. Sicher seid Ihr hungrig, Euer Knappe hat eine kräftige Fleischbrühe für Euch zubereitet; danach werden wir den Verband wechseln.«

Mit Genugtuung stellte sie fest, dass Ronald keine Widerworte wagte. Sie trat aus dem Zelt und verkündete, dass er soeben erwacht und gleich frech geworden war.

»Dann ist er auf dem Weg der Besserung«, freute sich einer der Männer. »Das muss gefeiert werden.«

Kelly hob abwehrend die Hände. »Noch gibt es keinen Grund zum Feiern, das Fieber kann immer noch ausbrechen.« Sie wies William an, seinem Herrn Suppe zu bringen und rief den anderen Männern zu, dass sie heißes Wasser benötige. Da sich keine Quelle in unmittelbarer Nähe befand, schaufelte einer der Männer sauberen Schnee in den Eimer und hängte diesen über das Feuer – das taten sie stets, wenn sie Wasser brauchten.

»Ich bin doch kein Kleinkind mehr!«, hörte Kelly Ronald empört rufen, als sie ins Zelt zurückkehrte. »Verdammt, ich kann alleine essen!«

Verstört übergab William seinem Herrn die Suppenschale und warf Kelly einen hilflosen Blick zu. Nun, da Ronald nicht mehr in unmittelbarer Lebensgefahr schwebte, loderte die Wut gegen sein schmähliches Verhalten wieder auf.

»Lass ihn nur machen, William«, sagte sie betont gleichgültig. »Wenn er sich wie ein Kleinkind bekleckert, ist es nicht unsere Schuld.«

Ein zorniger Blick aus Ronalds Augen traf sie, dann ließ er sich widerstandslos von seinem Knappen schluckweise die Brühe einflößen.

Innerlich amüsierte sich Kelly; endlich hatte sie Gelegenheit, sich an dem kühnen Ritter zu rächen.

14

Nach dem Verbandwechsel schlief Ronald wieder ein, und Kelly war zufrieden, weil sich die Wunde langsam zu schließen begann. Sie hätte viel darum gegeben, wenn Tante Margaret mit einer ihrer Zaubermixturen zur Hand gewesen wäre, um den Heilungsprozess zu beschleunigen. Sie stutzte – jetzt bezeichnete sie schon selbst die alte Frau als Tante!

Während Ronald schlief, versuchte sich Kelly im Lager nützlich zu machen; sie sammelte Feuerholz, schaufelte Schnee in Eimer, um es zum Schmelzen zu bringen, und wusch verdreckte Schlafdecken. Ohne es zu merken, war sie ein Teil des Lagers geworden, und sie wurde von den Männern akzeptiert. Sie hatte bewiesen, dass sie kein dummes zartes Wesen war, sondern dass sie mehr konnte, als sich die Zeit mit weibischen Dingen zu vertreiben.

Ronald dachte nicht daran, sich Kellys Anweisungen zu fügen. Forderte sie ihn auf, beim Verbandwechsel still zu liegen, bewegte er sich besonders viel. Schimpfte sie mit ihm, so grinste er unverschämt.

Nun, am vierten Tag nach dem Unfall, wollte der unbequeme Patient wieder aufstehen.

»Das werdet Ihr nicht tun«, fauchte Kelly. »Die Wunde könnte wieder aufplatzen – und wenn *das* passiert, könnt Ihr zusehen, wer Euch dann hilft! Außerdem seid Ihr noch viel zu schwach, um Euch auf den Beinen zu halten.«

»Papperlapapp!« Er schlug die Felldecke zurück. »William, hilf mir auf.«

Nach einem ratlosen Blick zu Kelly griff der Knappe seinem Herrn unter die Arme und versuchte ihn, in die Höhe zu ziehen. Doch Ronald schrie auf, sodass der Jüngling erschrocken losließ.

Mit verschränkten Armen und zusammengekniffenen Augen stand Kelly daneben. »Wie wollt Ihr umherlaufen, wenn Ihr es noch nicht einmal schafft, alleine aufzustehen?«

Ronald strafte sie mit einem vernichtenden Blick, dann zog er die Decke wieder hoch und wandte sich beleidigt zur Seite. Gegen ihren Willen fand es Kelly rührend, dass sich dieser todesmutige Ritter bisweilen benahm wie ein schmollendes Kleinkind. Schmunzelnd verließ sie das Zelt und nahm sich die verbliebenen Leinenstreifen vor, um sie aufzurollen.

Keine zehn Minuten später trat ein sehr verlegener William neben sie und druckste: »Mein Herr wünscht gewaschen zu werden.«

»Was hält dich davon ab?« Unbeeindruckt wickelte Kelly weiter. »Sauberes Schmelzwasser gibt es zur Genüge, es muss nur heiß gemacht werden.«

»Nun ...«, William trat nervös von einem Bein auf das andere, » ... mein Herr verlangt, von Euch gewaschen zu werden ...«

Verdutzt hielt Kelly inne. Kein Zweifel, dass Ronald sie wieder in Verlegenheit bringen wollte! Dennoch erhob sie sich und übergab dem Knappen das Leinenknäuel. »Also schön, ich werde gehorchen.« Bei sich dachte sie allerdings schadenfroh, dass Ronald diese Waschung sein Lebtag nicht vergessen würde.

Sie wartete, bis das Wasser kochte, dann ließ sie eine große Schüssel damit füllen. Es dampfte so stark, dass Kelly kaum etwas sehen konnte, als sie sich Ronalds Zelt näherte.

»Ach, da seid Ihr ja«, bemerkte er grinsend. »Ich habe bereits meine Kleider abgelegt.«

Bestürzt stellte Kelly die Schüssel ab; Ronalds Oberkörper war nackt, und sie zweifelte nicht eine Sekunde daran, dass der Schulterverband das einzige Kleidungsstück war, das er trug; die Felldecke hatte er bis zu den schmalen Lenden heruntergezogen.

»Wo wollt Ihr mit der Waschung beginnen?«, fragte Ronald mit Unschuldsmiene und verschränkte den gesunden Arm hinter dem Kopf. »Ich denke, von oben nach unten ist es am angenehmsten. Was meint Ihr?«

Kelly tauchte einen Schwamm in das heiße Wasser. »Ich denke, von oben bis zur Mitte reicht; den Rest kann William erledigen – oder Ihr selbst!«

»Aber ich kann nicht, ich bin verletzt.«

Für dieses armselige Argument hatte Kelly nichts als ein lahmes Lächeln übrig. Unsanft klatschte sie den Schwamm auf den attraktivsten männlichen Oberkörper, den sie jemals zu Gesicht bekommen hatte.

Er schrie auf. »Wollt Ihr mich umbringen? Das Wasser ist zu heiß.«

»Wer sauber sein will, muss leiden, edler Herr.« Kelly versuchte den Blick auf seine leicht behaarte Brust zu vermeiden und bearbeitete sie mit unsensiblen Wischbewegungen.

»Könnt Ihr nicht sanfter mit mir umgehen? Ich bin doch kein Topf, den es gilt, sauber zu schrubben. Noch nie hat mich ein Weibsbild so grob behandelt«, jammerte er, doch Kelly ließ sich nicht beeindrucken.

»Dann lasst Euch gesagt sein, dass mich auch noch nie ein Mannsbild so grob wie Ihr behandelt hat.«

Er flehte, dass Kelly den heißen Schwamm fortnehmen solle.

»Habt Ihr etwa schon genug vom Waschen?«

»Ja, wenn Ihr mir weiterhin die Haut verbrühen wollt …«

Endlich hatte sie Erbarmen mit ihm. Sie tauchte den Schwamm erneut ins heiße Wasser, und bevor Ronald protestieren konnte, träufelte sie etwas kaltes Wasser aus Ronalds Trinkbecher auf den Schwamm.

Misstrauisch beobachtete er sie, doch als er merkte, dass sie keine weitere Schandtat mit ihm vorhatte, entspannte er sich auf seinem Lager. Diesmal waren Kellys Bewegungen sanfter; kreisend fuhr der Schwamm über Muskeln und Sehnen. Dabei stellte Kelly erstaunt fest, dass Ronalds Oberkörper mit Narben übersät war.

»Ihr scheint schon recht oft verwundet worden sein«, staunte sie, dabei gab sie ihrer Stimme einen emotionslosen Tonfall. »Woher stammen all die Narben?«

Ronald hob den Kopf und wies auf eine kleine Narbe unter dem Herzen. »Diese hier hat mir ein wackerer Muselman mit seiner Lanze versetzt. Einen Fingerbreit höher, und Ihr wäret bald Lady Lennox geworden.« Bereitwillig erklärte er eifrig, wo und wann er welche Verletzungen bisher erlitten hatte.

Unterdessen legte Kelly den Schwamm beiseite und reichte Ronald ein Handtuch. Er nahm es enttäuscht entgegen und rieb sich den Oberkörper trocken; nach dem Waschen der Arme wiederholte sich die Prozedur.

»Umdrehen!«, befahl Kelly besonders barsch, da Ronald nicht spüren sollte, wie erregend sie seinen nackten Körper fand. Auch sein Rücken wies zahlreiche Narben auf – und da Ronald die Felldecke bis zu den Oberschenkeln herabgezogen hatte, konnte Kelly nicht verhindern, seinen Hintern zu betrachten. In ihrer Zeit nannte man so ein prächtiges männliches Hinterteil Knackarsch, und sie musste sich zusammenreißen, um Ronald dort nicht mit den bloßen Händen zu berühren. Betont achtlos glitt der Schwamm über die verführerischen Rundungen.

»Fertig.« Kelly ließ den Schwamm ins Wasser gleiten. »Habt Ihr sonst noch einen Wunsch, gnädiger Herr?«

Er drehte sich um, so schnell es seine Schulterverletzung zuließ. »Wenn Ihr so fragt – ja, ich hätte da noch einen Wunsch.« Ungeniert zog Ronald die Decke so weit hinunter, bis der Ansatz seines goldblonden Schamhaares zu sehen war.

Hastig wandte sich Kelly zur Schüssel, um den Schwamm auszuwaschen. Schamesröte stieg ihr ins Gesicht, und sie reagierte nicht auf Ronalds herausfordernde Haltung. Doch dann überlegte es sich Kelly anders – dies war der perfekte Zeitpunkt, um Rache zu nehmen.

Das inzwischen etwas abgekühlte Wasser hatte die richtige Temperatur, aber Kellys Hand mit dem Schwamm zitterte leicht, als sie sich ohne weitere Aufforderung wieder neben das Lager kniete und mit dem Waschen fortfuhr. Sanft, fast zärtlich fuhr der Schwamm über Ronalds Lenden und Schamhaar und tastete sich weiter unter die Decke.

Kelly tat, als würde sie seinen schneller werdenden Atem überhören; der Schwamm stieß auf etwas Hartes, das sich ihm entgegenzustellen versuchte. Ronalds Atmung war in ein verhaltenes Stöhnen übergegangen; auch Kelly war bis aufs Äußerste erregt. Doch sie gab sich empfindungslos, legte den Schwamm beiseite und tastete mit den Fingerspitzen nach Ronalds steinhartem Penis. Eine Berührung genügte Ronald, um endgültig in Flammen zu stehen. Er versuchte, Kelly auf sich zu ziehen, und sie musste all ihren Willen einsetzen, um ihre Hand blitzschnell unter der Decke hervorzuziehen und aufzustehen.

Augenblicklich war Ronald wieder Herr seiner Sinne. Fast wütend sah er Kelly an und zischte: »Was soll das? Warum gönnt Ihr mir nicht etwas Entspannung?«

Obwohl auch Kellys Körper vor Erregung bebte, gab sie sich kühl. Sie bückte sich, um die Schüssel aufzunehmen und erwiderte achselzuckend: »Tut mir leid, aber für Männergeschichten habe ich keine Zeit. Wenn Ihr Entspannung sucht, müsst Ihr Euch wohl gedulden, bis Ihr an die Richtige geratet.«

Mit hoch erhobenem Haupt ging Kelly aus dem Zelt, ohne sich weiter um Ronald zu kümmern. Nun war sie mit ihm quitt! Vor dem Zelt wurde ihr die Waschschüssel von einem hilfsbereiten Gefolgsmann abgenommen, und mit weichen Knien begab sich Kelly zu ihrem eigenen Zelt; niemand sollte sehen, wie irritiert sie darüber war, welche Stürme durch ihren Körper jagten.

Schwer ließ sie sich auf ihr Fell-Lager fallen und versuchte, gleichmäßig zu atmen. Die Genugtuung wegen ihrer Rache ließ allmählich nach, und in Kelly stieg leichter Ärger auf, weil sie die Gelegenheit, Ronald näher zu kommen, nicht genutzt hatte. Wie würde er wohl reagieren, wenn sie am Abend den Verband wechseln würde?

Er tat, als hätte er den Vorfall längst vergessen – zumindest, solange sich William in der Nähe aufhielt. Sowie der Knappe nach dem Verbandwechsel gegangen war, sagte Ronald leise:

»Touché, Ihr habt mir bewiesen, dass es unrecht war, Euch brutal zu überfallen. Ich bitte Euch vielmals um Entschuldigung. Meint Ihr, dass wir uns in Zukunft besser verstehen werden?«

Vage hob Kelly die Schultern. »Das liegt an Euch …«

»Und was bedeutet das?«

»Nun, mit Eurem Verhalten habt Ihr mich sehr gekränkt. Ich wünsche nicht, dass Ihr mich weiterhin wie ein lüsternes Weib behandelt.«

Er schüttelte den Kopf. »Daran seid allein Ihr schuld, Jungfer Ceally. Ihr hättet Euch in meiner Anwesenheit nicht so entblößen dürfen. Ich bin auch nur ein Mann. Merkt Ihr denn nicht, wie sehr mich Eure aufreizenden Posen verwirren?«

Kelly gab sich weiterhin unschuldig. »So, tun sie das? Und dabei findet Ihr mich doch viel zu alt.«

»Wer behauptet das? Ich habe nur angedeutet, dass die meisten Frauen in Eurem Alter längst verheiratet sind – nicht mehr und nicht weniger.« Mühselig richtete sich Ronald auf, und diesmal verbot es ihm Kelly nicht. Mit schmerzverzogenem Gesicht stützte er sich auf seine Ellenbogen. »Nun sagt selbst, dass es für einen gesunden Mann die Hölle ist, ständig mit einer schönen Frau zusammen zu sein, die er nicht berühren darf.«

Allmählich gewann Kellys Selbstvertrauen wieder Oberhand. »Wer sollte uns verbieten, aus unserer Bekanntschaft mehr werden zu lassen?« Hatte sie das eben wirklich gesagt? Hatte sie sich tatsächlich dem Ritter aus dem Mittelalter angeboten?

Er war nicht minder verblüfft. »Es kann doch nicht Euer Ernst sein, Euch einem fremden Mann wie eine billige Dirne anzubieten?«

Sie schnaubte. »Nachdem, was ich bei der Verlobungsfeier gesehen habe, scheinen höchstens die feinen Damen billige Dirnen zu sein, so schamlos, wie die sich verhielten.«

»Da muss ich Euch allerdings recht geben. Ich verabscheue diese Orgien und nehme grundsätzlich nie daran teil.«

»Wollt Ihr etwa behaupten, dass Euch die vielen nackten Leiber nicht reizen?«, stichelte Kelly unverdrossen weiter.

»Das tun sie in der Tat nicht! Ich bin ein Ehrenmann, und Euch zu nehmen, wäre ein Verbrechen. Ihr seid eine unverheiratete Frau, Jungfer Ceally. Wofür haltet Ihr mich?«

Im ersten Impuls wollte Kelly zugeben, dass sie schon lange keine Jungfrau mehr war – aber würde der Mann aus dem Mittelalter das verstehen?

»Nun gut«, sagte sie schließlich. »Aber dann müssen Eure bisherigen Gespielinnen lediglich aus … Dirnen bestanden haben.«

Mit geschlossenen Augen glitt er zurück auf sein Lager. »Glaubt es oder glaubt es nicht. Nie würde ich mich an ein unbescholtenes Mädchen heranmachen, das verbietet mir mein Stolz.«

Kelly erhob sich. Wie gern hätte sie Ronald zärtlich über sein Gesicht gestrichen und ihm gestanden, dass sie nicht nur an seinem Körper interessiert war. Doch sie unterließ es, ihm zu gestehen, dass sie sich in ihn verliebt hatte. Selbst wenn Ronald ihre Gefühle erwidern würde, wäre es eine Liebe ohne Zukunft – weil sie selbst aus der Zukunft kam und früher oder später dorthin zurückkehren könnte.

Scheinbar unberührt sammelte sie die benutzten Leinenstreifen auf, um sie später zu waschen, denn die Tischtücher waren inzwischen verbraucht.

»Schlaft etwas«, sagte sie in neutralem Tonfall. »Ich bringe Euch nachher das Abendessen. Ein paar Männer waren auf der Jagd und haben einige Kaninchen erlegt.«

Ronald nickte ergeben und schloss die Lider. Kelly bemerkte beim Hinausgehen nicht, wie er seine Augen wieder öffnete und ihr nachdenklich hinterhersah.

Auch sie hatte dieses Gespräch nachdenklich gemacht. Mechanisch setzte sie einen Fuß vor den anderen, holte heißes Wasser, gab es in einen Bottich und tauchte die benutzten Leinenstreifen darin ein.

Es war noch immer kalt, schneite jedoch nicht mehr. Mangels eines Umhanges trug Kelly eine der zerschlissenen Decken um die Schultern und fühlte sich wie ein Lumpenweib. Ihr Kleid starrte vor Dreck, der Saum war zerfranst und auch der Rest des Gewandes sah nicht besser aus. Auch das andere Kleid war unansehnlich geworden – waschen hatte wenig Sinn, da die Stoffe so fein gewebt worden waren, dass sie beim Waschen auseinanderfallen würden.

Am Lagerfeuer ging es inzwischen geschäftig zu. Etwas abseits war Arnold damit beschäftigt, die Kaninchen zu häuten und auszunehmen, die anderen Männer hatten bereits nach Stöcken gesucht und waren dabei, sie anzuspitzen, um später die Fleischstücke über dem Feuer zu braten.

Kelly musste sich abwenden, denn ihr wurde beim Anblick der kleinen nackten Tierkörper übel. Es war schließlich eine Sache, sich an deren Fleisch satt zu essen, eine andere jedoch, bei der Zubereitung zusehen zu müssen. William hatte sich jedoch angeboten, ihre Ration über das Feuer zu halten – und für seinen Herrn tat er es selbstverständlich auch.

»Jungfer Ceally!«, rief er ihr zu, als sie mit den gewaschenen Stoffstreifen in ihr Zelt verschwinden wollte, um sie auf der provisorischen Leine zu trocknen. »Bald ist das Essen fertig. Ich hebe Eure Portion auf, wenn Ihr meinem Herrn seinen Braten bringt. Meint Ihr, dass er wieder genug Appetit hat?«

»Bestimmt, denn auf etwas anderes hat er auch wieder Appetit«, dachte sie und nickte. Da es Ronald außer den Wundschmerzen und der körperlichen Schwäche tatsächlich wieder besser ging, war zu erwarten, dass er über den Berg und somit auch der Hunger zurückgekehrt war.

Kurz darauf zog der Duft nach Gebratenem durch das Lager. William schnitt das Fleisch für seinen Herrn in mundgerechte Häppchen, weil er wusste, wie ungern sich Ronald füttern ließ. Seinen Arm durfte er noch nicht bewegen, aber inzwischen war er nicht mehr völlig auf seinen Knappen und Kelly angewiesen.

15

Drei Tage später war die Schulterwunde geschlossen; sie war mit dickem Schorf bedeckt und bereitete Ronald kaum noch Schmerzen. Nach dem Gespräch mit Kelly verhielten sich beide neutral, fast mit ausgesuchter Höflichkeit.

Doch jedes Mal, bevor sie zu ihm ging, wurde sie nervös wie bei einem Rendezvous im Teenageralter – dass ihr größter Wunsch eigentlich war, einen Weg in ihre eigene Zeit zu finden, trat immer mehr in den Hintergrund, und sie war wütend über sich und ihre unkontrollierten Gefühle, die so fremd und gleichzeitig vertraut schienen. Fast bedauerte Kelly, dass Ronald bald nicht mehr auf sie angewiesen und er dann wieder tagsüber voll beschäftigt war.

Als sie sein Zelt betrat, saß er aufrecht auf seinem Lager und bewegte langsam die verletzte Schulter, ohne das Gesicht vor Schmerz zu verziehen.

»Ihr dürft Euch nicht überanstrengen«, sagte Kelly streng. »Noch seid Ihr nicht völlig geheilt.«

Gut gelaunt winkte er ab. »Ich fühle mich – dank Eurer Hilfe – gesund wie ein Fisch im Wasser. Meine Beine tragen mich wieder, und ich halte es hier kaum noch aus. Zudem kann ich es mir nicht leisten, noch länger krank zu sein.«

»Was soll das heißen?«

»Nichts anderes, als wieder die Verantwortung für meine Leute zu übernehmen. Heute Morgen wurde mir berichtet, dass sich Geoffreys Raufbolde vermehrt in der Gegend herumtreiben; man hat im Schnee die Spuren ihrer riesigen Schlachtrösser gefunden.«

Erschrocken griff sie sich an die Kehle. »Wonach suchen sie?«

»Keine Angst, sie gehen zum Zeitvertreib auf die Jagd und

töten jedes Tier, das ihnen über den Weg läuft – nur zum Spaß, nicht aus Hunger, denn in der Burg sind die Tische immer üppig gedeckt. Es ist ein Frevel.« Er seufzte tief. »Möglicherweise könnten sie durch Zufall auf unser Lager stoßen, und das wäre nicht gut.«

»Nein, das wäre überhaupt nicht gut.« Sie sah Ronald bereits am Galgen baumeln; um ihr eigenes Leben fürchtete sie sich weniger. »Ihr wollt also das Lager abbrechen.« Sie hielt ihm eine Schüssel Hirsebrei entgegen.

Ronald nickte. »Sobald ich wieder reiten kann, das mag noch ein paar Tage dauern – vorher kann ich Euch leider nicht heimbringen.«

Kelly dachte bei sich, dass es damit nicht so eilen würde. Wenn sie es richtig verstanden hatte, sollte auch sie mit dem Lager umziehen.

Einer von Ronalds Gefolgsleuten hatte einen Tag zuvor irgendwo eine Kuh gestohlen, sodass das ganze Lager mit frischer Milch versorgt werden konnte. Kelly zeigte auf die Breischüssel. »Er ist mit warmer Milch angerührt, nicht wie sonst mit Wasser.«

Ronald griff nach dem Holzlöffel und begann, sein Frühstück in sich hineinzuschaufeln. Mit vollem Mund sagte er: »William berichtete mir bereits, dass wir jetzt eine Kuh haben.«

Sie kniete sich neben sein Lager, allerdings in einem größeren Abstand als vor ihrer hitzigen Debatte. »Tägliche Milch ist gut für die Knochen.«

»Wessen Knochen?«, wunderte sich Ronald, ohne den Blick zu heben; der Brei mundete ihm offensichtlich.

»Jedermanns Knochen und Zähne«, plapperte sie drauflos. »Milch enthält Kalzium, das macht sie widerstandsfähig.«

Als sie aufsah, blickte Ronald sie befremdlich an, sein Frühstück schien er für den Moment vergessen zu haben. »Was redet Ihr denn da? Woher wollt Ihr wissen, dass Milch so etwas wie eine Medizin sein soll?«

Kelly bemühte sich um eine heitere Miene, obwohl sie zu

Tode erschrocken war. Warum hatte sie nicht daran gedacht, dass man im Mittelalter kaum etwas über die Wirkstoffe von Nahrungsmitteln wusste. Doch sie fasste sich schnell, warf lässig ihr Haar über die Schulter und erwiderte: »Meine Tante hat es mir verraten; sie weiß mehr als die meisten Menschen.«

Mit der Antwort schien Ronald durchaus zufrieden zu sein und machte sich wieder über sein Essen her. »Ja, sie ist eine sehr weise Frau.«

Äußerlich gefasst, doch innerlich noch immer aufgelöst, erhob sich Kelly, wartete, bis Ronald ihr die leere Schale reichte und sah sich flüchtig die Verletzung an, die keines Verbandes mehr bedurfte.

»In zwei Tagen will ich wieder auf meinem Pferd sitzen«, sagte er zufrieden. »Und morgen stehe ich zum ersten Mal auf. Sagt, kennt Ihr noch mehr solcher Geheimnisse Eurer Tante? Wenn ja, lasst es mich wissen.«

Angestrengt überlegte Kelly. »Hm, ich glaube, Gemüse ist auch sehr gut für den Körper … aber genau weiß ich das nicht«, fügte sie hastig hinzu, bevor sie von bestimmten Vitaminen schwätzen konnte. »Habt Ihr schon eine Idee, wohin wir ziehen könnten?«

Er legte sich zurück, dabei nahm sein Gesicht einen nachdenklichen Zug an. »Nun, zuerst einmal tiefer in die Wälder, denn rund um Barningmore Castle wird es allmählich zu gefährlich. Das entfernt Euch zwar noch weiter von Eurer Tante, aber ich möchte Euch wohlbehalten zurückbringen. Ich habe Euch mein Wort darauf gegeben und werde Euch auch keinem meiner Männer anvertrauen, obwohl ich mich auf jeden von ihnen verlassen kann.«

Mit einem leichten Lächeln ging Kelly davon. Ronald hatte keine Ahnung, welch große Freude sie ihm mit seiner Äußerung gemacht hatte – sie wollte Ronald so lange wie möglich an ihrer Seite haben.

***

Wenig später berichteten erneut zwei Männer, dass sie in der Nähe auf fremde Hufspuren gestoßen seien. Es war wirklich allerhöchste Zeit, das Lager abzubrechen. Sie traten vor ihren Herrn, der sich beunruhigt auf seinem Fell-Lager wand. Und zu Kellys Entsetzen sprach er davon, schon am folgenden Tag wieder in den Sattel zu steigen, denn die Zeit drängte.

Noch am selben Abend wurde gepackt, was recht schnell ging, denn viele Habseligkeiten besaß keiner der Lagerbewohner. In den Zelten verblieben nur noch die Felle zum Schlafen, alles andere hatte man bereits in den Unterstand zu den Packpferden gebracht.

Die Sohlen von Kellys feinen Leinenschuhen waren mittlerweile zerschlissen und der Stoff völlig verschmutzt, denn sie waren fürs Tanzen gedacht und nicht für eine Reise durch die winterliche Wildnis. Mit neidischen Blicken taxierte sie die festen Lederstiefel der Männer und wünschte sich, endlich mal wieder warme Füße zu haben. Schließlich riss sie zwei breite Streifen von einem ihrer Unterröcke ab und umwickelte damit ihre Füße. Das sah zwar schauderhaft aus, aber über dem langen Kleid sah es niemand – und da sie nicht noch einmal vorhatte, Ronald mit ihren entblößten Waden zu reizen, war es egal, wie sie aussah; schließlich befand sie sich nicht bei einer Auktion, sondern auf der Flucht.

Bevor sich Kelly zur Ruhe legte, sah sie sich noch einmal um. Es war einiges geschehen, seit sie hier aus der Bewusstlosigkeit erwacht war. Sie war Ronald endlich nähergekommen – allerdings nicht so, wie sie es sich gewünscht hätte.

Noch vor der Morgendämmerung waren alle auf den Beinen. Gefrühstückt wurde im Stehen, und die ersten Zeltplanen wurden zusammengerollt und auf die Rücken der Packpferde geschnallt. Es herrschte ein heilloses Durcheinander, doch alle behielten einen kühlen Kopf. Ronald trug seine Rüstung, nahm Kelly jedoch beim Wort und schonte die Schulter, so gut es eben ging.

Unbeholfen wegen ihres wenig kleidsamen Schuhwerks sprang Kelly ständig zur Seite, weil sie überall im Weg stand. Sie bot ihre Mithilfe an, die jedoch immer wieder empört abgelehnt wurde. Seitdem sie Ronald gesund gepflegt hatte, begegneten ihr die Männer mit Respekt und Dankbarkeit.

»Ich hoffe, Ihr könnt reiten«, sagte William mit einem Stapel Fellen über dem Arm. »Mein Herr hat eine sanfte Stute für Euch ausgesucht. Allerdings haben wir keinen Damensattel; Ihr müsst also wie ein Mann reiten.«

Zum Glück! Kelly hatte zwar jahrelange Erfahrungen im Reitsport sammeln können, aber sie hatte niemals in einem Damensattel gesessen!

Überlegen teilte sie dem Knappen mit, dass sie eine erfahrene Reiterin sei und sich nicht scheute, wie ein Mann zu reiten. Als sie dann aber auf dem Pferderücken saß, merkte sie, dass sie nicht so sicher saß, wie sie gehofft hatte, denn die kleine Stute gehorchte nicht so gut wie die Pferde aus dem Londoner Mietstall. Ihre Gänge waren hart, und Kelly fragte sich, ob die Männer nicht längst Hornhaut an ihren Hinterbacken hatten. Aber Ronalds Hintern war glatt und fest, davon hatte sich Kelly bereits überzeugen können.

In Windeseile wurde das letzte Gepäck aufgeladen, die Kuh wurde am Zaumzeug eines der Packpferde angebunden und glotzte verständnislos ob der allgemeinen Unruhe. Dann saßen auch die restlichen Männer auf; an das Lager erinnerten nur noch die runden schwarzen Stellen der Lagerfeuer und der tiefe Morast, wo sich der Pferdeunterstand befunden hatte.

Ronald saß gerade auf seinem Pferd und gab Befehle. Dass er vor Kurzem noch zwischen Leben und Tod schwebte, sah man ihm nicht mehr an – nur, wer genauer hinschaute, musste feststellen, dass seine Gesichtsfarbe noch etwas ungesund wirkte.

»Sir Lennox' Männer werden sofort erkennen, dass sie auf einen verlassenen Lagerplatz stoßen«, sagte Kelly, die sich auf Ronalds Wunsch hinter ihm befand, zu William, der neben ihr ritt.

Doch der blieb gelassen. »Unsere Spuren werden schnell verwischt sein. Bald wird es wieder schneien – bis dahin sind wir über alle Berge.«

Trotzdem war Kelly nicht beruhigt; sie wollte nie wieder mit einem dieser Spießgesellen in Berührung kommen. Aber sie konnten überall auftauchen, ohne Vorwarnung!

Es ging tiefer und tiefer in den Wald hinein. Gelegentlich kamen die beiden Kundschafter zurück, die dafür sorgten, dass sich niemand in dieser Einöde herumtrieb, der dort nichts zu suchen hatte.

Gegen Abend hielt Ronald plötzlich sein Pferd an und hob den Arm zum Zeichen, dass es ihm seine Gefolgsleute gleichtun sollten.

Gehetzt blickte sich Kelly um. Hatte Ronald eine Bedrohung in dem Dickicht entdeckt? Doch sie entspannte sich, als sie hörte, dass er die kleine Lichtung als Nachtlager auserkoren hatte.

In aller Eile wurde ein notdürftiges Lager errichtet mit Planen über den Ästen gegen möglichen Schneefall in der Nacht und einer Feuerstelle inmitten der Lichtung. Kelly staunte, in welch kurzer Zeit die Männer es schafften, die primitiven Schlafplätze aufzubauen. Jeder hatte seine Aufgabe, und jeder Handgriff wurde rasch und routiniert ausgeführt. Von William wusste Kelly, dass die meisten von Ronalds Männern seit Jahren kein festes Heim besaßen, sondern in Wäldern und Höhlen hausten – wenn sie nicht gerade mit ihren Herren in die Schlacht zogen.

Die Kuh muhte erschrocken, als sie von unsanften kalten Händen gemolken wurde, die Pferde wieherten verhalten, als man vor ihnen ein Bündel Heu hinwarf. Alle schienen beschäftigt zu sein außer Kelly, und sie fühlte sich dumm und nutzlos.

Da trat Ronald zu ihr. »Seid Ihr sehr erschöpft? Eure Miene wirkt etwas unzufrieden.«

Sie schüttelte den Kopf und machte eine umfassende Handbewegung. »Nein, überhaupt nicht; aber ich habe ein schlechtes Gewissen, weil ich nicht helfen kann.«

»Genießt doch die Muße, Jungfer Ceally. Bei Eurer Tante müsst Ihr sicher wieder schwer arbeiten«, gab er ungezwungen zurück. »Aber wenn Ihr es unbedingt wollt, könnt Ihr zum Beispiel die Kuh melken.«

Erschrocken blickte Kelly ihn an. »Aber ich habe noch nie eine Kuh gemolken.«

»Aber doch sicherlich die Ziegen Eurer Tante, oder? Ich erinnere mich, dass in Margarets Garten einige Ziegen grasten.«

Kelly jedoch erinnerte sich an keine Ziegen und erwiderte hastig: »Die hat Tante Margaret längst abgeschafft, weil sie zu viel Arbeit machten.«

»Tatsächlich?«, kam es erstaunt zurück, und Kelly bereute sofort ihre vorschnelle Aussage, denn im Mittelalter besaßen die meisten Leute auf dem Land Ziegen – nicht nur wegen der Milch, sondern auch der Felle und des Fleisches wegen.

Ronald dachte gar nicht daran, sich zu seinen Leuten zu begeben, er schien viel Zeit zu haben. »Aber Butter und Käse könnt Ihr herstellen?« Und als Kelly bedauernd verneinte, fügte er neckend hinzu: »Dann müsst Ihr einen hohen Herrn wie Geoffrey heiraten, der hat genug Dienstboten, die Euch jegliche Arbeit abnehmen.«

»Ich will überhaupt nicht heiraten«, zischte Kelly, und ihre Augen sprühten Blitze. »Niemand kann mir vorschreiben, wie ich mir mein Leben einrichte!«

»Aber *jede* Frau braucht einen Mann, der sie versorgt. Oder wollt Ihr etwa eines Tages als vertrocknete alte Jungfer in einem Kloster landen?«

Kelly widersprach nicht, denn damit würde sie sich auf brüchiges Eis begeben und vielleicht Dinge verraten, die im Mittelalter noch unbekannt waren. Es war nicht leicht, eine Frau im 14. Jahrhundert zu sein – fand man in jungen Jahren keinen Mann zum Heiraten, konnte man sich darauf verlassen, ein Leben im Abseits zu leben und möglicherweise zu verhungern. Wie gut hatten es doch die Frauen in der modernen Zeit, in der es selbstverständlich war, einen Beruf auszuüben und selbst entscheiden zu können, ob und wann man heiratete und sich Kinder anschaffte. Hier galt Kelly mit ihren noch nicht einmal dreißig Jahren bereits als altes Fräulein; in ihrer Zeit hingegen fühlten sich die meisten Frauen noch zu jung, um sich zu binden und eine Familie zu gründen. Aber das konnte sie Ronald natürlich nicht begreiflich machen.

Zu ihrer Erleichterung wurde er von einem seiner Leute gerufen, und Kelly stromerte durch das Lager, um vielleicht doch irgendwo helfen zu können.

Sie nahmen ein spartanisches Mahl ein, das mit der warmen Milch etwas aufgewertet wurde. Jeder beugte sich ausgehungert über seinen Napf, trank dazu schlürfend und wärmte sich am Feuer; geredet wurde nicht viel, denn alle waren nach dem langen Ritt müde.

Bevor sich die Runde auflöste, wandte sich Ronald kurz an seine Männer. »Morgen reiten wir weiter in Richtung London. Dort ist die Grenze von Sir Lennox' Ländereien, und seine Schergen haben dahinter nichts zu suchen. Es gibt da eine verlassene Scheune, in der wir uns eine Weile aufhalten können. Die Kundschafter jedoch kehren zurück, um Barningmore Castle unauffällig im Auge zu behalten, und einer von ihnen soll sich dann als Dienstbote in der Burg verdingen. Er wird den Kundschaftern regelmäßig Bericht über alles erstatten, was sich dort abspielt. Nur so können wir sicher sein, Barningmore Castle im richtigen Moment zu stürmen.«

Beifällig nickten die Männer – sie wollten endlich wieder kämpfen!

»Geht jetzt schlafen, wir wollen morgen in aller Frühe aufbrechen.« Mit ihm erhoben sich auch die anderen, reckten ihre vor Kälte gefühllosen Arme und Beine und begaben sich zu ihren ungemütlichen Unterkünften.

Das Lager bestand nur aus vier Unterständen – zwei große

Planen für die Gefolgsleute, eine kleinere für Ronald und seinem Knappen und eine winzige für Kelly.

Ronald begleitete sie im Schein eines Talglichtes zu ihrem notdürftigen Schlafplatz. Um überhaupt etwas zu sagen, fragte sie nach seinem Befinden.

»Danke, meine Kräfte kommen zusehends zurück«, gab er zufrieden zurück. »Und die Verletzung spüre ich kaum noch.« Er wies zu der Plane, unter der sich mehrere Felle stapelten. »Habt Ihr schon mal unter freiem Himmel geschlafen?«

»Ja, als ich auf der Flucht nach London war. Es war nicht sehr gemütlich, aber wenigstens noch nicht so kalt wie jetzt.«

»Nun, die Felle werden dafür sorgen, dass Ihr nicht friert. Ach ja, ich habe Euch beobachtet, als ich vorhin berichtete, dass wir uns in Richtung London begeben werden. Versucht nur nicht zu türmen, um Euch bis dorthin alleine durchzuschlagen, denn ich werde Euch zu Eurer Tante zurückbringen, ob Euch das gefällt oder nicht.«

Niedergeschlagen nickte sie. Spürte Ronald denn nicht, dass sie ihn liebte und bei ihm bleiben wollte?

»Seid nicht böse auf mich, aber ich trage die Verantwortung für Euer Leben. Erinnert Euch, was ich über das Leben einer Frau in London erzählte, das müsste Euch eigentlich genügend abgeschreckt haben.« Er trat näher an sie heran, und bevor Kelly begriff, was er vorhatte, küsste er zärtlich ihre eiskalte Wange, dann verabschiedete er sich mit den Worten: »Schlaft gut … und grübelt nicht mehr so viel. Es wird alles gut, das verspreche ich Euch.«

Verdutzt blickte sie ihm nach und befühlte ihre Wange. Was hatte dieser sanfte Kuss wohl zu bedeuten? War er nichts als eine freundschaftliche Geste oder sollte Ronald doch etwas für sie empfinden?

Kelly kroch unter ihre Felle und blickte zu der Plane über sich, die sich in der Dunkelheit jedoch nur erahnen ließ. Kelly konnte an nichts anderes denken als an die zärtliche Geste; sie versuchte sich vorzustellen, wie Ronald ihr verlegen ein Liebesgeständnis machte und sie sich ihm dafür an den Hals warf. Ja, ihm zuliebe würde sie für immer im Mittelalter bleiben und keinen Gedanken mehr an eine Rückkehr verschwenden. Verwirrt schlief sie, trotz der nächtlichen Kälte, endlich ein.

Wie üblich erwachte sie durch die unvermeidlichen Geräusche im Lager. Erstaunt stellte sie fest, dass sie trotz des Übernachtens unter freiem Himmel ohne Feuerstelle in der Nähe nicht fror, und noch während Kelly sich aufrichtete, um mit leisem Bedauern ihr Fellbett zu verlassen, wanderten ihre Augen umher, auf der Suche nach Ronald. Er war aber nicht unter den Männern, die bereits für den Aufbruch packten und auch nicht am Lagerfeuer.

Flüchtig wusch sich Kelly ihr Gesicht mit Schnee und durchkämmte mit gespreizten Fingern ihr Haar, da sie zu ihrem Kummer Kamm und Bürste im Kellergewölbe hatte zurücklassen müssen. Inzwischen hatte sie gelernt, auf die Schnelle eine Flechtfrisur zu machen, die sie selbst zwar als unkleidsam empfand, die sich jedoch als praktisch erwies, wenn man in den Wäldern hauste.

Selbstvergessen flocht sich Kelly zwei dicke Zöpfe, die sie dann zu beiden Seiten neben den Ohren wie eine Schnecke wickelte und feststeckte. Sie war froh, dass sie keinen Spiegel zur Verfügung hatte, denn mit dieser Frisur fühlte sie sich wie Gretel aus Grimms Märchen.

Noch bevor Kelly sich von den Fellen unter ihren Knien erheben konnte, kamen zwei Männer, nickten ihr höflich zu und rissen die Plane von dem Ast. Sie ließ sie gewähren; wusste sie doch, dass Eile geboten war. Noch befanden sie sich auf Geoffreys ergaunertem Land, und man konnte jederzeit entdeckt werden.

Und dann entdeckte sie Ronalds energische Stimme unter dem Gemurmel der anderen. Kelly reckte den Hals, bevor sie sich in Bewegung setzte, um Ronald besser verstehen zu können.

»Ihr reitet zurück, aber lasst euch nicht erwischen.« Er zeigte auf drei besonders kräftige Männer. »Wenn euch jemand fragt, dann seid ihr arme Bauern, die nach Barningmore Castle unterwegs sind, um nach Arbeit anzufragen, aber versteckt eure Waffen. Es wird aber nur einer von euch an das Burgtor klopfen, die beiden anderen halten sich im Wald versteckt. Derjenige von euch, dem man Arbeit in der Burg gibt, hört sich um und berichtet regelmäßig den beiden in den Wäldern. Einer von ihnen wird mir regelmäßig Bericht erstatten. Habt ihr alles verstanden?«

Die auserwählten Krieger nickten fast gleichzeitig, dann aßen sie eine Kleinigkeit und schwangen sich auf ihre Pferde – jedoch brachen sie nicht auf, bis Ronald ihnen noch einmal erklärte: »Ihr könnt die Scheune nicht übersehen, sie ist an einem Hang gelegen mit grauem Schieferdach, etwa zwei Meilen hinter Geoffreys Gebiet.«

Ernst nickten die Männer, wendeten die Pferde und ritten davon.

»Wie lange werden wir bis zu dieser Scheune brauchen?« Kelly war inzwischen hinter Ronald getreten, und weil sie nicht genau wusste, ob er sich noch an den gestrigen Kuss erinnerte, wählte sie ein unverfängliches Thema.

Er drehte sich zu ihr um, und in seinen Augen war nichts als neutrale Freundlichkeit zu erkennen – und dabei hatte Kelly gehofft, er würde ihr zu erkennen geben, dass er zärtliche Gefühle für sie hegte.

»Wenn wir nicht zu sehr trödeln, dürften wir noch vor Einbruch der Dunkelheit dort sein.«

»Kennt ihr den Besitzer der Scheune?«, fragte Kelly und zog ihren Deckenumhang enger um die Schultern, denn ein heftiger Wind war aufgekommen.

Ronald winkte seinen Knappen zu sich, um sich Arm- und Schulterstücke seiner Rüstung anlegen zu lassen. »Nein, den Besitzer kenne ich nicht, aber wir sind dort sicher, denn im Winter lässt sich kein Bauer bei seiner Scheune blicken.«

»Und das wisst Ihr ganz genau?«

Er warf ihr einen belustigten Blick zu. »Nein, aber ich hoffe es.«

Sie rümpfte die Nase. »Wie beruhigend!«

»Unwahrscheinlich, dass wir dort entdeckt werden, Jungfer Ceally. Wir haben ein Dach über dem Kopf, das Heu wird uns wärmen und genügend Nahrungsmittel haben wir auch dabei.« Er bemerkte Kellys verschlossene Miene und setzte hinzu: »Seid mir nicht gram, weil ich Euch noch weiter von Eurer Tante wegschleppe, aber es muss sein, das versteht Ihr doch? Ich weiß, dass Ihr den Weihnachtstag bei Margaret verleben wollt; aber ich verspreche Euch, dass Ihr pünktlich zum Fest dort sein werdet.«

William hatte die Eisenärmel befestigt, dann rief jemand nach Ronald und er wandte sich mit einer gemurmelten Entschuldigung um.

»Ihr könnt meinem Herrn vertrauen«, sagte der Knappe neben Kelly. »Er hält immer sein Wort, und ich bin sicher, dass Ihr bald wieder bei Eurer Tante sein werdet.«

Zerstreut nickte Kelly und ging zum Feuer, um zu frühstücken. Weihnachten! Dieser Begriff war in den vergangenen Tagen völlig in Vergessenheit geraten. Es gab kein Fest zu feiern, solange Ronald nicht in der Nähe war. Während sie etwas Hirsebrei aß, fragte sich Kelly, wohin diese ungewöhnliche Reise führen sollte – und vor allem, wie sie enden würde; hoffentlich nicht auf dem Richtblock von Barningmore Castle.

Eine halbe Stunde später waren sie abreisebereit. Mit Ronald hatte Kelly nicht noch einmal sprechen können, denn er war zu beschäftigt gewesen.

Wieder ritt sie an Williams Seite dicht hinter Ronald her. Während des eintönigen Rittes durch endlos erscheinende Wälder, die sich mit schneeverwehten Äckern abwechselten, hatte Kelly viel Zeit zum Nachdenken. Ihr Verlangen nach Ronald wurde immer stärker, ebenso wie die Liebe zu ihm.

Den vertraulichen Kuss glaubte Kelly noch immer auf ihrer Wange zu spüren. Sie konnte ihn nicht vergessen, wobei sie sich ziemlich sicher war, dass Ronald nicht mehr daran dachte, weil der Kuss ihm nichts bedeutet hatte.

Auf Williams Anraten hatte sich Kelly wieder ein Fell um die Schultern gelegt, denn mit jeder Minute peitschte der Sturm, zu dem sich der anfängliche Wind inzwischen entwickelt hatte, unbarmherziger auf die Reisenden. Kellys Füße waren durch die Lumpen zwar notdürftig geschützt, doch gegen die grausame Kälte machtlos.

Einmal drehte sich Ronald zu ihr um, und als er sah, wie sehr Kelly fror, bot er an, eine kurze Rast einzulegen. Doch sie schüttelte entschlossen den Kopf.

»Damit würden wir nur Zeit vergeuden«, sagte sie. »Ich halte es schon bis zum Ziel aus.«

»Ihr seid sehr mutig, Jungfer Ceally. Nicht jede Frau würde so tapfer sein. Leider mussten wir einen größeren Umweg machen, der uns tiefer in die Wälder von Barningmore führte, aber ich bin sicher, wir sind trotzdem bald bei der Scheune.«

Das hoffte Kelly ebenfalls und war erleichtert, als Ronald das Zeichen zum Weiterreiten gab. Doch es sollte noch mehrere Stunden dauern, bis sie die geschätzte unsichtbare Grenze überschritten; inzwischen war es stockdunkel und hatte zu schneien begonnen.

Endlich rief Ronald nach hinten: »Ich erkenne die Scheune!«

Angestrengt starrte Kelly in die Richtung, in die Ronald gezeigt hatte, aber in dem Schneegestöber konnte sie nichts erkennen. Sie hörte, dass Ronald seinen Knappen anwies, nachzusehen, ob sich vielleicht jemand in der Scheune versteckte.

Im Schutz der Bäume warteten die anderen, erschöpft und hoffnungsvoll zugleich. Es dauerte nicht lange, bis William zurückkam und verkündete, dass die Scheune verlassen sei.

Ein allgemeiner Seufzer der Erleichterung ging durch den Trupp, und ein letztes Mal trieben alle ihre ebenso erschöpften Pferde an.

Dunkel und bedrohlich ragte die Scheune plötzlich in der Finsternis auf. William sprang als Erster vom Pferd und öffnete die beiden riesigen Torflügel, damit die anderen schnell ins schützende Innere gelangen konnten.

Drinnen herrschte absolute Dunkelheit, und erst als einige Talglichter entzündet worden waren, konnte man schemenhaft den großen Innenraum erkennen. Der hintere Teil war mit Stroh und Heu gefüllt; die Pferde hoben schnuppernd ihre Köpfe und zerrten an den Zügeln.

Der ganze vordere Teil war leer bis auf einen verrosteten Pflug und ebenso verrostete Sensen, die an den Wänden lehnten.

»Sattelt die Pferde ab und lasst sie zu dem Heuhaufen«, befahl Ronald. »Und auch unsere wackere Kuh hat einen Leckerbissen verdient.«

Tatsächlich hatte das erschöpfte Tier während der Reise sich oft gesträubt, weiterzugehen. Aber man hatte sie nicht zurücklassen können, sorgte ihre Milch doch dafür, dass die Leute etwas Warmes im Magen hatten.

Kritisch blickte sich Kelly um, nachdem sie abgestiegen war und William ihr Pferd überlassen hatte. Die Scheunenwände schienen stabil zu sein und gegen den unerbittlichen Sturm zu schützen, und auch das Dach wies keine Löcher auf.

Das Gepäck war rasch entladen, und schon machte William Feuer in der Nähe des Scheunentores. Der umsichtige Knappe hatte nicht nur daran gedacht, die Steine, die zur Abgrenzung dienten, mitzunehmen, sondern unterwegs Reisig und Zweige einzusammeln, von denen längst der Schnee geschmolzen war. Während die anderen Männer geschäftig hin- und hereilten, unterhielt sich Ronald mit einem von ihnen, der immer wieder zu Kelly hinüberwies, die mal wieder überall im Wege zu stehen schien. Gelegentlich nickte Ronald ernst, dann schlug er seinem Gegenüber freundschaftlich auf die Schulter und kam auf Kelly zu, die sich neben eine Scheunenwand gedrängt hatte.

Ihr Herz pochte ängstlich, als sie Ronald mit großen Schritten auf sich zueilen sah. Was hatte der Gefolgsmann von ihm gewollt? Hatte er möglicherweise gefordert, den Ballast namens

Kelly fortzuschicken, damit man sich auf wichtige Dinge konzentrieren konnte?

»Wie geht es Euch?«, wollte Ronald von ihr wissen, als er dicht vor ihr stand. »Hier lässt es sich für den Übergang aushalten, nicht wahr?«

Ohne zu antworten, sagte sie: »Ich sah Euch gerade mit diesem Mann reden, es ging eindeutig um mich.«

»Tja.« Ronald machte eine verlegene Miene. »Ich hatte ihn beauftragt, die Schlafplätze einzuteilen. Es wäre kein Problem, wenn auch Ihr ein Mann wäret … also, er berichtete mir, dass man hier keine Plane errichten kann, um Euren Schlafplatz von dem der Männer abzugrenzen.«

Hörbar atmete Kelly aus. »Mich stört es nicht, in einem Raum mit den anderen zu nächtigen.«

Er hob die Augenbrauen. »Nicht?«

»Nein. Oder glaubt Ihr, es könnte zu … Übergriffen kommen?«

Ronald betrachtete seine Leute eingehend, dann sagte er unentschlossen: »Dafür kann ich nicht garantieren, Jungfer Ceally. Meine Männer sind zwar ehrlich, aber sie haben lange keine Frau … Ihr wisst schon, was ich meine.«

»Ich habe keine Angst; bisher hat mich auch keiner von ihnen belästigt.«

»Ja, aber da schlieft Ihr nachts verborgen in Eurem Zelt, ohne dass Euch jemand sah. Aber eine schlafende Frau sieht so bezaubernd aus, dass der eine oder andere sich davon angezogen fühlen könnte. Vielleicht sollte ich direkt neben Euch ruhen, das wird meine Männer davon abhalten, sich Euch zu nähern«, fügte er beiläufig hinzu.

Diesen Vorschlag fand Kelly genial, tat jedoch wenig interessiert und nickte vage, obwohl sich augenblicklich ihr Pulsschlag erhöhte.

Gleich nach dem Abendessen suchten die Männer ihre Schlafplätze auf, die sich dicht nebeneinander auf der linken Seite des

Heuhaufens befanden. Die Pferde waren rechts angebunden, sodass sie nach Belieben das zwar schon sehr trockene, jedoch noch immer leicht duftende Heu zu sich nehmen konnten.

»Was tut Ihr da?«, erkundigte sich Ronald, als er Kelly aus ihrem Fell-Lager am äußersten Rand des Heuhaufens fand, wo sie einen weiteren Streifen von ihrem Unterkleid mit einem lauten Ratschen trennte.

»Ich benötige neue Schuhe«, gab sie mit sarkastischem Unterton zurück und hielt einen Fuß hoch. »Ihr müsst zugeben, dass ich diese Lumpen nicht länger tragen kann.« Die Streifen um ihre Füße hatten sich gelöst und von dem ehemaligen Weiß war nichts mehr zu sehen.

Ronald grinste. »Da habt Ihr recht, die hübschen Leinenschuhe standen Euch besser.«

Sie lachte. »Ich hätte mir niemals träumen lassen, in Lumpen gekleidet durch die Gegend zu spazieren.«

»Eure Tante wäre sicherlich entsetzt, wenn sie das wüsste, aber mit festem Schuhwerk kann ich Euch leider nicht dienen. Ihr seid zur falschen Jahreszeit entführt worden; im Sommer laufen die meisten einfachen Frauen barfuß.«

Ihr lag auf der Zunge, Ronald mitzuteilen, dass sie erst kurz zuvor im Mittelalter gelandet war und keine Ahnung hatte, welche Schuhe Frauen dieser Zeit trugen – wenn sie überhaupt Schuhe besaßen!

Ronald ließ sich von seinem Knappen die Rüstung abnehmen, währenddessen Kelly – scheinbar unbeeindruckt – die Stoffstreifen wechselte. Sie erschrak, als sie ihre schmutzigen Füße im Lichtschein sah und umwickelte sie hastig mit den sauberen Leinenstreifen, bevor Ronald wieder da war.

Einige Männer schliefen bereits, trotzdem richtete Ronald das Wort an diejenigen, die noch nicht leise vor sich hin schnarchten.

»Achtet darauf, dass nachts immer die Feuerstelle ausgetreten wird sowie jegliche Kerze. Wir befinden uns hier an einem Ort, an dem ein Funke ausreicht, um alles in Brand zu setzen.«

Die Männer nickten gähnend und löschten die Lichter, sodass die Scheune schließlich in absoluter Dunkelheit lag. Kelly kroch tiefer unter die Felldecke und spürte, wie Ronald sich neben ihren Platz legte, dabei versuchte er, kein Geräusch zu machen, weil er annahm, Kelly würde längst schlafen.

Seine Nähe beruhigte sie, sodass ihr die Augen zufielen; sie war viel zu müde, um an erotische Spielereien zu denken.

Da Ronald vorhatte, länger in dieser Scheune zu verweilen, würde es sicherlich noch genügend Gelegenheit geben, um ihn zu verführen.

Der Sturm fauchte um die Scheune herum, und mit dieser geräuschvollen Untermalung glitt Kelly ins Reich der Träume.

16

Sie hatte einen wunderschönen, erregenden Traum. Zärtliche Hände strichen sanft über ihren Hals, krochen nach einer Weile unter die Decke, um sich zu ihren Brüsten vorzutasten. Die kräftige Hand war groß genug, um eine Brust zu bedecken, verharrte einige Sekunden bewegungslos, dann begannen Daumen und Zeigefinger die hoch aufgerichtete Brustwarze zu massieren.

Kelly spürte ein sehnsüchtiges Brennen, das durch ihren gesamten Körper zog – vom Scheitel bis zu den Zehenspitzen. Als die Hand kurz untätig war, murrte Kelly im Schlaf unwillig auf. Sie drängte ihren Oberkörper gegen die fremde Hand, die so große Leidenschaft entlocken konnte.

Die Hand bewegte sich erneut, glitt zum Saum des Gewandes und schob diesen dann zaghaft höher und höher, bis Kellys Unterkörper unter der Decke nackt war. Die Hand strich sanft wie ein Hauch über Kellys Fessel, dann schob sie sich Millimeter weiter bis zur Innenseite des Oberschenkels hoch. Kellys Körper war nun restlos vor Leidenschaft entflammt, wälzte sich ruhelos auf ihrem Lager und betete im Stillen, dass die Hand das Werk vollendete, das sie begonnen hatte.

Bereitwillig spreizte Kelly ihre Beine, als die Hand ihr Schamhaar berührte und ein Finger in ihrer nassen Vagina verschwand. Der Daumen der unbekannten Hand rieb Kellys Klitoris, bis sie laut stöhnte und ihr Becken rhythmisch hob und senkte. Der Höhepunkt kam heftig und ohne Vorwarnung; und Kelly unterdrückte einen wilden Lustschrei.

Doch nachdem sie wieder zu Atem gekommen war, riss sie erschrocken die Augen auf und richtete sich in der Dunkelheit auf. Das war kein Traum gewesen! Sie horchte in die Finsternis, konnte jedoch nichts als vielstimmiges Schnarchen ausmachen. Ronald lag mit dem Rücken zu ihr, das konnte Kelly erkennen, als sich ihre Augen an die Dunkelheit gewöhnt hatten; er atmete tief und gleichmäßig.

Verwirrt sank Kelly auf das Fell zurück. War es möglich, dass sich einer der Männer über sie hergemacht hatte, während sie schlief? Nein, gab sie sich gleich darauf selbst die Antwort – die rauen Burschen würden eine Frau nicht so sanft und zärtlich behandeln … und Ronald war ein Ehrenmann, das hatte er wenigstens behauptet.

Kellys Hand tastete sich unter die Decke. Ihr Kleid war noch immer bis zu den Hüften hochgeschoben, und ihre Vagina war feucht und heiß. Kelly kam ein schrecklicher Gedanke: Es musste ihre eigene Hand gewesen sein, die sie verwöhnt hatte. Hoffentlich hatte niemand etwas gemerkt, denn sonst würde sie vor Scham in den Erdboden versinken.

Verlegen zog Kelly die Decke bis zum Hals und drehte sich auf die andere Seite. Noch immer spürte sie das Nachbeben des Orgasmus in ihrem Unterleib; sie musste diese Nacht ganz schnell vergessen.

Verwirrt verbrachte Kelly den Rest der Nacht im Halbschlaf, in den wachen Phasen zermarterte sie sich den Kopf über die zwar beglückende, jedoch seltsame Begegnung. Auf jeden Fall wollte sie Ronald am nächsten Tag genauer betrachten – war er der Verführer, würde sie es merken.

Irgendwann – das trübe Morgenlicht stahl sich bereits durch die Holzritzen – schlief Kelly endlich ein. Sie schlief so fest, dass sie nicht bemerkte, wie die anderen nach und nach erwachten, herzhaft gähnten und dann ihr warmes Nachtlager widerwillig verließen, um sich dem neuen Tag zu stellen.

Kelly wurde erst wach, als die neben den Pferden angebundene Kuh lautstark darauf hinwies, dass ihr Euter voll war.

Irritiert richtete sich Kelly auf und rieb sich die Augen. Erst dann fiel ihr wieder ein, wo sie sich befand. Im nächsten Moment jedoch erinnerte sie sich an die zärtliche Hand und errötete unbewusst. Würde sie jemals herausfinden, was in der vergangenen Nacht tatsächlich geschehen war?

Ihr Blick glitt suchend über die Männer, bis sie Ronald entdeckte. Er hatte seine vollständige Rüstung noch nicht angelegt, lediglich Brustharnisch und Stiefel. Er half dabei, Holz auf die Feuerstelle zu stapeln und schien ganz in seine Tätigkeit versunken zu sein.

Nun hielt auch Kelly nichts mehr auf ihrem Lager. Sie streckte sich, wie die anderen, bevor sie aufstanden, zupfte ihr vor Schmutz starrendes Kleid glatt und stieg über die Heuberge, dank derer die Kälte, die vom Boden aufstieg, gedämpft wurde.

Betont gleichgültig begrüßte sie Ronald, als sie an ihm vorüberging, um sich vor der Scheune frisch zu machen. Aus den Augenwinkeln beobachtete sie ihn, doch sie konnte nichts Geheimnisvolles an ihm entdecken.

»Guten Morgen, Jungfer Ceally!«, rief er fröhlich. »Es schneit nicht mehr, und die Sonne scheint. Seid vorsichtig und passt auf, dass Ihr nicht eine Ladung Schnee abbekommt, die vom Scheunendach rutscht.«

Kelly versprach es, schob sich durch den Spalt des Tores hindurch und blieb ergriffen stehen. Vor ihr lag eine Märchenlandschaft, die aus hügeligen weißen Flächen bestand, in der Ferne schienen die Bäume des Waldes mit einer dicken Schicht Zuckerguss überzogen zu sein. Der sonnenbestrahlte Schnee glitzerte, als würden sich unzählige kleine Diamanten darin befinden.

Etwas dermaßen Schönes hatte Kelly noch nie gesehen, und sie konnte von diesem Bild, das wie ein Werbefoto für den nächsten Skiurlaub wirkte, nicht genug bekommen – nur mit dem Unterschied, dass es im Mittelalter weder Kameras noch Skiausrüstungen gab.

Nur ungern wandte sich Kelly ab, nahm eine Handvoll Schnee und rieb sich damit Gesicht und Hände ab. Zitternd trocknete sie sich mit einem Zipfel ihres Kleides ab und wünschte sich sehnsüchtig eine heiße Dusche. Wann hatte sie eigentlich das letzte Mal gebadet?, fragte sie sich selbstmitleidig.

Bevor sie wieder in die Scheune zurückging, flog ihr Blick noch einmal über die Bilderbuchlandschaft. Bald musste Weihnachten sein, fuhr es ihr durch den Kopf – doch diesmal würde alles anders sein als jemals zuvor. Irgendwie hatten ihr die tristen grauen Feiertage in London einen Teil ihrer Freude an Weihnachten genommen – aber hier, in der weißen unberührten Natur bekam Kelly wieder Lust darauf.

Es war nun windstill, und Kelly reckte der Sonne ihr Gesicht entgegen, obwohl ihre Strahlen kaum wärmten, denn dazu war es viel zu kalt. Während Kelly mit geschlossenen Augen dastand, kam ihr wieder der nächtliche Übergriff in den Sinn.

Sie konnte unmöglich geträumt haben, denn ihre Kleidung war beim Erwachen noch immer verrutscht gewesen – und außerdem hatte sie noch lange nach dem Aufwachen das Pochen in ihrem Unterleib und die abklingende Erregung überdeutlich gespürt. Fast wünschte sich Kelly, dass es Ronalds Hand war, die sie zum Höhepunkt getrieben hatte – das war ein glücklicher und zugleich peinlicher Gedanke. Aber seiner Miene nach zu urteilen war er völlig unschuldig.

Schließlich drang geschmolzener Schnee durch Kellys Fußstreifen, und nach einem letzten Blick in die Ferne ging sie in die Scheune zurück.

Dort war es angenehm und roch nach gebratenem Speck und frischer Milch. Außer William hatten alle anderen schon ihren Platz am Feuer eingenommen, und Kelly ließ sich auf der freien Stelle neben Ronald nieder, der sich mehr für das Frühstück als für die Frau an seiner Seite zu interessieren schien.

Jeder war mit sich selbst beschäftigt und bediente sich aus dem Kessel mit Hirsebrei, sodass Kelly sich verpflichtet fühlte, etwas zu Ronald zu sagen.

»Es ist herrliches Wetter«, sagte sie. »Was werden wir heute unternehmen?«

Er sah einen Augenblick erstaunt auf. »Nichts, das wäre zu gefährlich.«

»Hattet Ihr nicht behauptet, wir seien hier sicher?«

»Allerdings, aber der frisch gefallene Schnee birgt auch Gefahren.« Als er Kellys verständnislose Miene sah, erklärte er: »Die Spuren im Schnee sind meilenweit sichtbar; deshalb ist es sicherer, wir bewegen uns so wenig wie möglich draußen. Geoffreys Leute haben in dieser Gegend zwar nichts zu suchen, aber jemand anderes könnte zufällig des Weges kommen und bemerken, dass die alte Scheune neuerdings bewohnt ist.«

»Wäre das so schrecklich?«

»Ja, falls es sich um einen Spion handeln würde, der zufällig ein Versteck entdecken würde.«

Das leuchtete Kelly ein, aber gleichzeitig fragte sie sich, was sie den lieben langen Tag in dieser dämmrigen Scheune tun sollte. Von der Seite betrachtete sie Ronald, stellte jedoch fest, dass er sich nicht anders als sonst verhielt und daher endgültig als »Täter« ausschied.

»Falls Ihr Euch langweilen solltet, könnt Ihr die Pferdepflege übernehmen«, schlug Ronald vor. »Das wird Euch eine gewisse Zeit beschäftigen.«

»Und womit werden sich die anderen beschäftigen?«

»Die haben genug zu tun, zum Beispiel Feuerholz sammeln und Wild jagen, damit wir jeden Tag Fleisch im Topf haben – außerdem werde ich eine Wache aufstellen, die sofort Alarm schlägt, wenn sich der Scheune jemand nähern sollte.«

Sie hob misstrauisch eine Augenbraue. »Sagtet Ihr nicht erst vorhin, dass Spuren im Schnee verräterisch wären.«

Ronald war in Gedanken schon wieder bei den anfallenden Pflichten, rief einem seiner Männer zu, das Feuerholz zum Trocknen auf dem Boden auszubreiten und winkte William zu sich.

An Kelly gewandt erwiderte er: »Das ist schon richtig, deshalb wird es etwas mühsam für alle, die hinausmüssen. Jeder von uns wird sich nur zu Fuß hinauswagen und in die Fußstapfen des Vorgängers treten. Der Letzte in der Reihe verwischt die Spuren hinter sich mit einem Reisigbündel.«

Sie stellte es sich nicht sehr romantisch vor, bei einem Spaziergang in der winterlichen Landschaft jeden ihrer Schritte hinter sich zu verwischen.

»William, bringt Jungfer Ceally bei, wie man eine Kuh melkt«, sagte Ronald zu seinem Knappen, der in gebührlichem Abstand wartete, bis sein Herr das Gespräch mit Kelly beendet hatte.

Bevor sie protestieren konnte, nickte der Jüngling und machte eine Geste, damit Kelly ihm folgte. Er holte einen Holzeimer, stellte ihn direkt unter den Bauch der Kuh und strich routiniert abwechselnd über die einzelnen Euterzitzen. Sofort spritzte ein dünner Strahl Milch in den Eimer.

»Seht Ihr, es ist gar nicht schwer. Versucht es jetzt selbst einmal.«

Unsicher kniete sich Kelly hin. »Ich habe Angst, dass die Kuh nach mir tritt, wenn ich mich zu ungeschickt anstelle.«

»Das wird sie nicht«, versicherte der Knappe. Tatsächlich schien der Kuh gleichgültig zu sein, wer an ihrem Euter herumzupfte, denn sie kaute seelenruhig weiter an ihrem Heu.

Was so einfach aussah, gestaltete sich für Kelly äußerst schwierig. Immer wieder musste William einspringen und ihr die richtige Handbewegung zeigen – und als der erste Milchstrahl in den Eimer schoss, jubilierte sie innerlich. Endlich konnte auch sie sich nützlich machen!

Außer William und Kelly befanden sich nur noch drei Männer, die das Zaumzeug überprüften und reparierten, wenn es erforderlich war. Stolz schleppte Kelly den halb vollen Eimer ihrer selbst gemolkenen Milch zur Feuerstelle und griff dann zu einem Striegel, um die Pferde zu säubern. Ehe sie es sich versah, war es bereits Mittag, und die Männer kamen mit Bergen von Feuerzeug und einem erlegten Hirsch zurück.

***

In dieser Nacht fiel Kelly todmüde auf ihr Lager und schlief augenblicklich ein, obwohl sie sich vorgenommen hatte, wach zu bleiben, um festzustellen, ob sich ihr die geheimnisvolle Hand wieder nähern würde. Doch sie schlief tief und fest, und hätte sie jemand während der Nacht fortgetragen, würde sie es nicht bemerkt haben.

Im Laufe des Tages wurde sie mit weiteren Aufgaben bedacht, half beim Kochen und besserte einige Kleidungsstücke der Männer aus, obwohl ihre Stiche grob und ungleichmäßig waren, denn nie zuvor hatte sie mit Nadel und Faden gearbeitet. Ging ein Kleidungsstück kaputt, warf es Kelly weg – oder wenn es sich um ein teures Designerstück handelte, wurde es zum Ausbesserungsschneider gebracht. Das alles gehörte zu Kellys anderem Leben, das sich mehr und mehr von ihr zu entfernen begann.

Kelly war froh, dass sie nun Beschäftigung gefunden hatte, die ihr kaum Zeit zum Nachdenken oder Träumen von Ronald zuließ. Ronald schlief nach wie vor neben ihr, aber er war abends ebenso müde wie Kelly, dass ihm die Augen zufielen, sowie er sein Haupt niedergelegt hatte. Sie sprachen in diesen Tagen nur das Nötigste, da Ronald meistens unterwegs war und meist erst mit seinen Männern zum Abendessen erschien.

Am vierten Tag preschte kurz vor der Dämmerung ein Reiter auf die Scheune zu, ohne die verräterischen Hufspuren im Schnee zu beachten. Ronald und vier weitere Männer erwarteten den Reiter mit gezückten Schwertern, doch es war einer der Kundschafter, der Bericht erstatten wollte.

Er wurde freudig begrüßt, und sogleich forderte Ronald ihn auf, seine Neuigkeiten preiszugeben.

»Es hat alles geklappt, wie Ihr befohlen habt, mein Herr«, berichtete der atemlose Mann und nahm dankbar den Becher mit Dünnbier entgegen, den ihm jemand reichte. »Brian wurde als niederer Dienstbote angenommen – er hat die Abfälle aufzusammeln, die überall in den Räumen und auf dem Hof herumliegen. Also, ich bin froh, dass ich dort nicht arbeiten muss, denn …«

»Jaja«, gab Ronald ungeduldig zurück. »Hat Brian etwas herausgefunden?«

»Und ob, mein Herr. Einen Tag vor dem Weihnachtsfest gibt Sir Lennox eine Jagdgesellschaft. Das bedeutet, dass er und seine Männer an diesem Tag in den Wäldern rund um Braningmore Castle beschäftigt sind.«

Nachdenklich wanderte Ronald vor der Feuerstelle auf und ab und kratzte sich am Kinn. »Interessant, sehr interessant. Das bedeutet, dass in der Burg nur ein paar Wachen zurückbleiben, die wohl rasch zu überwältigen wären. Bist du ganz sicher, dass Brian sich nicht verhört hat?«

»Ganz sicher, mein Herr. Er sagt, dass die Vorbereitungen bereits begonnen haben – Boten sind unterwegs, um die Gäste einzuladen; es wird gebraten und gekocht, damit die Herrschaften während der Jagd nicht hungern müssen; die besten Pferde werden ausgesucht und …«

»Hoffentlich lassen sie meinen Herkules im Stall, denn ich möchte ihn nach dem Überfall mitnehmen«, warf Ronald ein, aber auch da konnte ihn der Kundschafter beruhigen.

»Herkules beißt jeden, der in seine Nähe kommt«, wusste er grinsend zu berichten. »Brian erzählte uns, dass die Stallburschen gehörigen Respekt vor Eurem Pferd haben.«

Alles lachte schadenfroh, sogar Kelly, die Ronalds Schlachtross nur ein kurzes Mal gesehen hatte.

»Nun gut«, sagte Ronald zufrieden. »Brian soll nur aufpassen, dass ihm niemand folgt, wenn er durch das Burgtor geht, um euch auf dem Laufenden zu halten.«

Wieder lachte der Mann, und Kelly konnte sehen, dass er noch weniger Zähne im Mund hatte als die anderen Gefolgsmänner. »Kann ich mir nicht vorstellen, mein Herr. Brian stinkt nicht minder als die Müllsäcke, die er in einem nahegelegenen Bach ausschütten muss. Alle meiden ihn, weil er so entsetzlich stinkt.«

Ronalds Mund formte sich zu einem amüsierten Grinsen. »Ihr leistet gute Arbeit, ich bin sehr stolz auf dich und die anderen beiden.«

Der Kundschafter verneigte sich demütig vor Ronald. »Ich werde sofort zurückreiten und ihnen Euer Lob ausrichten.«

»Nein, noch nicht. Gönn deinem Ross eine Pause und iss mit uns, bevor du dich wieder auf den Weg machst.«

Während des Essens wurde der Überfall auf Braningmore Castle geplant.

»Wir warten im Wald, bis Geoffrey und seine Jagdgesellschaft die Burg verlassen. Brian soll herausfinden, wie viele Männer außer der Dienerschaft zurückbleiben. Eine Stunde nach dem Aufbruch der Jäger pirschen wir uns heran – am besten von Norden, da werden wir bis kurz vor dem Burggraben von Bäumen geschützt, sodass man uns von den Wachtürmen aus nicht so leicht entdecken kann. Brian soll sich mit seinem Unrat zu dieser Zeit außerhalb der Burg befinden – wir brauchen ihn, damit bei seiner Rückkehr das Tor geöffnet wird.« Er hatte erfahren, dass kurz nach der Flucht das Burgtor auch tagsüber geschlossen wurde.

Den Männern gefiel der Plan, sie grölten und schlugen sich mit den Händen auf die Oberschenkel.

»Ich nehme an, dass diese Jagdgesellschaft gleichzeitig die Hochzeitsgäste sind. Sehr geschickt von Geoffrey, wirklich sehr geschickt. Eine Hirschjagd als Auftakt zu einer Hochzeit, die die meisten für nicht ganz legal halten – mir tut nur das arme Mädchen leid, das die Braut spielen muss.«

»Brian sagt, dass sie schon nach Barningmore Castle geschafft worden ist«, sagte der Kundschafter, ohne sich die Mühe zu machen, den Bissen in seinem Mund vorher herunterzuschlucken. »Es soll ein armes Mädchen vom Lande sein, deren Eltern etwas Geld bekommen haben, damit sie ihre Tochter zur Verfügung stellen. Sie wird einen Schleier tragen, der das Gesicht völlig bedeckt, damit niemand merkt, dass es sich nicht um Jungfer Ceally handelt.«

Kelly beteiligte sich nicht an dem Gespräch, auch wenn es dabei um ihre Person ging. Sie wusste inzwischen, dass es die Männer nicht sonderlich mochten, wenn eine Frau sich einmischte. Und so wartete sie geduldig, bis Ronald sich direkt an sie wendete.

»Nun steht fest, dass Ihr den Weihnachtstag daheim verbringen werdet. Da Sir Lennox und seine Barbaren auf der Jagd sein werden, ist die Gefahr sehr gering, dass man uns sieht, wenn ich Euch heimbringe. Ich kenne diese Jagdgesellschaften, die Geoffrey veranstaltet – es wird mehr Alkohol getrunken als gejagt, sodass seine Männer zu benebelt sein werden, um ihnen zufällig begegnende Reiter zu beachten.«

Kelly erkundigte sich zaghaft, an welchem Tag Weihnachten sei und erfuhr, dass es bis dahin nur noch eine Woche war. Sie war nicht so begeistert, zu Margaret zurückzukehren, wie sie es hätte sein sollen. Viel lieber würde sie bei Ronald bleiben, aber das ging natürlich nicht, denn er lebte ein unstetes gefährliches Leben, in dem eine Frau nur störte.

Außerdem hatte er bereits sein Leben riskiert, als er Kelly aus der Burg brachte – und sie wollte nicht schuld sein und ihn noch mehr in Gefahr bringen.

Also nickte sie ihm mit gespielter Dankbarkeit zu und lauschte schweigend, als Ronald wieder seine Aufmerksamkeit dem Kundschafter zuwandte.

Spätabends – die meisten schliefen bereits – öffnete Kelly leise das Scheunentor und trat hinaus in die sternenhelle Nacht. Wehmütig blickte sie zum Himmel, der aussah wie dunkelblauer Samt. Es war so friedlich und still und kaum vorstellbar, dass es in Wahrheit eine grausame brutale Welt war, in die Kelly hineingeschleudert worden war – eine Welt, in der ein Menschenleben nichts wert war und sich die Machtgierigen nahmen, was sie wollten und dabei ungerührt über Leichen gingen.

Gedankenverloren ließ Kelly ihren Blick über die schwach erleuchtete Landschaft gleiten. Sie durfte sich nicht an Ronald klammern – nun, wo feststand, wann er sie zu Margaret bringen würde, ertappte sich Kelly bei der bangen Frage, was danach wohl mit ihr geschehen würde. An die mysteriöse Brosche hatte sie in den vergangenen Wochen nur noch flüchtig gedacht, doch jetzt tauchte das Schmuckstück wieder deutlich vor Kellys innerem Auge auf.

Was hatte Margaret damit gemeint, als sie geheimnisvoll andeutete, die Brosche befände sich nicht in ihrem Haus und Kelly müsse nach ihr suchen. Wo sie mit der Suche beginnen sollte, hatte Margaret für sich behalten … oder sie wusste es nicht.

»Könnt Ihr auch nicht schlafen?«

Erschrocken wirbelte Kelly herum; sie war so sehr in ihren Gedanken versunken gewesen, dass sie Ronald nicht bemerkt hatte, der ebenfalls ins Freie getreten war.

»Die Nacht ist so schön«, erwiderte sie, nachdem sie sich von ihrem Schreck erholt hatte. »Noch nie habe ich einen so sternenübersäten Nachthimmel gesehen.«

Ronald, der außer seinem Unterzeug nur ein Fell über den Schultern trug, blickte ebenfalls hinauf. Er schien weniger beeindruckt zu sein als Kelly und sagte: »Das ist nichts Besonderes für mich. Wenn man oft im Freien übernachtet, hat man häufiger den Eindruck, dass die Sterne zum Greifen nah sind.« Er deutete auf eine Sternschnuppe. »Seht! Im Volksmund sagt man, dass man sich etwas wünschen darf, wenn man eine Sternschnuppe entdeckt.«

Das sagte der Volksmund auch noch im 21. Jahrhundert. Kelly schloss kurz die Augen – über ihren Wunsch musste sie nicht lange nachdenken. »Ich habe mir etwas gewünscht«, sagte sie wenige Sekunden darauf lächelnd. »Und Ihr? Habt Ihr Euch auch etwas gewünscht?«

»Natürlich, aber man darf nicht darüber reden, damit der Wunsch in Erfüllung geht.«

Kelly nickte zustimmend, dabei hätte sie zu gern gewusst, was sich Ronald gewünscht hatte.

»Freut Ihr Euch, Weihnachten wieder zu Hause zu sein?«, fragte er unvermittelt. »Margaret wird begeistert sein, dass sie Euch gesund und munter zurückbekommt – für sie seid Ihr bestimmt das schönste Weihnachtsgeschenk.«

Kelly versuchte wieder zu lächeln, aber es misslang ihr. Sich vorzustellen, am Weihnachtstag von der schrulligen alten Frau in die Kirche geschleppt zu werden und danach in dem kleinen Wohnraum zu sitzen, war nicht sehr verlockend, aber sie durfte nicht undankbar sein.

»Was werdet Ihr tun, falls Euch die Übernahme von Barningmore Castle gelingen sollte?«

Er lachte leise. »Das habt Ihr schon einmal gefragt. Erinnert Ihr Euch?«

Tatsächlich, es fiel ihr wieder ein. »Ihr wolltet danach in den Dienst der Königin treten, nicht wahr?«

»Das hatte ich vor, ja. Aber ebenso gut könnte ich mir inzwischen vorstellen, selbst auf Barningmore Castle zu leben und dem wilden Nomadenleben ein Ende setzen. Es reizt mich, über die Ländereien zu herrschen, die mir als rechtmäßiger Erbe ohnehin zustehen.«

Beeindruckt lauschte Kelly. Ronald hatte also seinen Entschluss geändert, er wollte sesshaft werden! Noch bevor sie den Gedanken weiterspinnen konnte, sagte Ronald: »Es ist spät, Jungfer Ceally. Geht jetzt schlafen, damit Ihr Euch nicht verkühlt. Denn dann könnte ich Eurer Tante nicht mit reinem Gewissen gegenübertreten.«

Eigentlich hatte Kelly sich fügen wollen, aber plötzlich wurde sie zornig auf Ronald und schnaubte verächtlich. »Ihr könnt es wohl kaum abwarten, mich loszuwerden, wie?«

Ein erstaunter Blick traf sie. »Das wollte ich damit nicht sagen, sondern nur, dass ich die volle Verantwortung für Euch trage. Wenn Euch etwas passieren würde, wäre ich untröstlich. Um die Wahrheit zu sagen: Ich glaube, Ihr werdet mir sogar ein wenig fehlen.«

»Nur ein wenig?«

Er zögerte. »Mehr wäre nicht gut für mich … und für Euch auch nicht. Gute Nacht.«

Verdattert sah sie zu, wie er in der Dunkelheit der Scheune verschwand. War seine Aussage etwa eine Art Geständnis gewesen – oder hatte er nur höflich sein wollen?

Verdammt, dieser Mann war so undurchschaubar, dass Kelly noch immer nicht wusste, woran sie bei ihm war. Sie wartete einige Minuten, bis sie in die Scheune zurückging; in der Hoffnung, dass Ronald mittlerweile eingeschlafen war.

17

In den folgenden Tagen hatte Ronald wieder mehr Zeit, um sich mit Kelly zu beschäftigen. Manchmal leistete er ihr beim Melken Gesellschaft, manchmal saßen sie nur auf einem Heuhaufen beieinander und unterhielten sich. Kelly genoss seine Nähe und hatte plötzlich nicht mehr das Gefühl, dass er sie loswerden wollte – aber sie machte sich keine zu großen Hoffnungen. Vielleicht war ihm lediglich langweilig und er versuchte, an Kellys Seite die Zeit totzuschlagen.

Sie konnte ihn überreden, mehr aus seinem Leben zu erzählen und erfuhr schockierende Einzelheiten über die Kreuzzüge, an denen er teilgenommen hatte.

»Die Kreuzzüge sind ein Grund, warum ich in Zukunft dem Rittertum abschwören und lieber Burgherr sein möchte«, erklärte er und streckte seine langen Beine von sich. »Die Ungerechtigkeit auf dieser Welt macht es mir schwer, weiterhin auf einem Schlachtfeld zu kämpfen, dessen Erde rot getränkt ist vom Blut der Feinde. Ich wollte Ritter werden, weil ich gegen ebenbürtige Feinde kämpfen und meinen König schützen wollte. Aber im Namen der Kirche in ferne Länder zu ziehen, um die Fremden zum christlichen Glauben zu zwingen, hat mich sehr nachdenklich gemacht, denn ich wollte nur Feinde töten, die England bedrohten, niemals Unschuldige …« Seine Miene wirkte bedrückt und schuldbeladen.

Darauf wusste Kelly nichts zu sagen; zwar fand sie jede Art von Kampf erschreckend und grausam, aber für Ronald war das Töten eine Art Berufung gewesen. Schon sein Vater und Großvater waren zu Lebzeiten in den Ritterstand getreten und vom König geadelt worden.

»Ich denke, Tante Margaret und all die anderen Leute, die

sich auf Sir Lennox' Ländereien befinden, werden ein Fest feiern, wenn Ihr diesen Tyrann bezwingt«, bemerkte Kelly, um Ronald auf andere Gedanken zu bringen. »Sie werden sich dankbar vor Euch niederknien, weil Ihr sie erlöst habt.«

»Vielleicht«, gab er versonnen zurück. »Ich bin mir nur noch nicht sicher, ob ich der ungewohnten Verantwortung Herr werde und gerecht handeln kann. Zudem ist noch nicht sicher, dass es mir und meinen Leuten gelingt, Geoffrey zur Aufgabe zu zwingen. Wenn er merkt, dass wir Barningmore Castle gestürmt haben, wird er nicht kampflos aufgeben; ich fürchte, zwischen ihm und mir wird es zum erbitterten Zweikampf kommen, bis der Sieger entschieden ist. Aber das muss Euch nicht kümmern, da seid Ihr längst bei Eurer Tante.«

»Aber Angst um Euch darf ich hoffentlich trotzdem haben?« Sie legte den Kopf schief und lächelte, obwohl ihr eher zum Heulen zumute war. »Immerhin habt Ihr mein Leben gerettet.«

Schmunzelnd griff er nach einem Strohhalm und kaute lässig darauf herum. »Ich habe Euch lediglich ein Leben an Geoffreys Seite erspart – und wenn Gott es will, werde ich auch dem armen Mädchen, das man an Eurer Stelle in die Burg verschleppt hat, vor dieser Farce von Hochzeit bewahren.«

»Und wenn nicht?«

Gelangweilt hob er die Schultern. »Dann bleibt Geoffrey Herrscher und erklärt das Mädchen nach einer Weile für tot, bei der vermeintlichen Geburt des ersten Kindes verstorben, während mein Leib in irgendeinem Grab verrottet.«

Kelly wusste auch ohne weitere Worte, dass Ronald nur überleben würde, wenn Geoffrey starb. Schaudernd zog sie die Knie bis an die Brust – die Vorstellung, dass Ronald sterben könnte, flößte ihr Angst ein. Am Anfang, als William sie zum geheimen Kellerverlies führte, wo sie dann Ronald kennenlernte, war für sie das Wichtigste gewesen, wieder in ihre Zeit zurückkehren zu können. Stunde um Stunde hatte sie sich den Kopf darüber zerbrochen, wo sich diese verflixte Brosche befinden konnte, die der Schlüssel zur Zukunft zu sein schien. Je länger Kelly jedoch mit Ronald zusammen war, umso mehr wünschte sie sich, bei ihm bleiben zu können. Vergessen waren die Annehmlichkeiten ihrer eigenen Zeit, ihr nobles Leben und der anspruchsvolle Beruf. Was nützte all dies, wenn die Liebe ihres Lebens in einem früheren Jahrhundert lebte?

Kelly spürte inzwischen, dass sie Ronald nicht gleichgültig war, auch wenn er dies geschickt zu verbergen versuchte. Aber seine Augen logen nicht, wenn Kelly ihn manchmal dabei ertappte, wie er sie zärtlich musterte, während sie vorgab, es nicht zu bemerken.

Die erotische Spannung steigerte sich unaufhaltsam, und es lag ein Knistern in der Luft, wenn sie sich zufällig berührten. Doch Kellys Gefühle hatten sich verändert. Nun wollte sie nicht mehr nur seinen nackten Körper auf und in sich spüren, sie wollte diesen Mann *ganz,* mit Haut und Haaren. Er sollte sie lieben, nicht nur mit dem Körper, sondern auch mit seinem Herzen.

Bald wusste Kelly alles Wichtige aus Ronalds Leben; seine einzigen Verwandten waren Onkel Percy und seine Familie gewesen, die ihr Leben wegen des Fiebers ausgehaucht hatten. Ronald fragte nicht sehr oft nach Kellys Leben, denn sie hatte ihm bereits das Wenige, was es darüber zu berichten gab – natürlich nur die erfundene Fassung, die sich lediglich im 14. Jahrhundert abspielte.

Der Kundschafter kam mit Neuigkeiten über Brian zurück. Viel war es nicht, denn alles verlief so, wie Sir Lennox bestimmt hatte. Die vermeintliche Braut war im Turmzimmer eingesperrt, und nur eine Zofe hatte Kontakt mit ihr. Das arme Ding durfte sich nicht außerhalb ihres Gefängnisses blicken lassen, obwohl alle in der Burg Lebenden eingeweiht wurden.

Fast alle Gäste hatten die Einladung angenommen – für sie bedeutete es ein Gelage, bei dem sich die Tische vor Speisen und Getränken biegen würden; immerhin gab es eine erfolgreiche Jagd, eine Hochzeit sowie das Weihnachtsfest zu feiern.

Eine willkommene Abwechslung vor dem Jahreswechsel. Die meisten erinnerten sich noch an die bildschöne Braut und betitelten Geoffrey als Glückspilz, obwohl sie vermuteten, dass die Braut nicht ganz freiwillig mit dem Burgherrn am Kopf der Tafel gesessen hatte. Doch wen kümmerte das, wenn man sich ohne Kosten amüsieren und jegliche Hemmungen fallen lassen konnte.

Überwiegend bestand der Bericht des Kundschafters aus dem Klatsch der Burgbewohner, der Ronald herzlich wenig interessierte. Dennoch war es gut zu wissen, dass sich an Geoffreys Plänen nichts geändert hatte und den Ereignissen nichts im Wege stand.

Ronald versammelte seine Krieger um sich, während sich Kelly im Hintergrund hielt. An den Kundschafter gerichtet, sagte er: »Du kommst nur noch hierher, wenn sich etwas geändert haben sollte; ansonsten verhaltet ihr euch ruhig, bis die anderen eintreffen.«

Der Angesprochene nickte ernst.

»Ihr trefft euch zwei Tage vor Weihnachten im Wald; von dort aus könnt ihr ungehindert beobachten, wie die Jagdgesellschaft Barningmore Castle verlässt. Brian muss sich etwas später unbedingt mit seinem Müll außerhalb der Burg aufhalten. In der Zwischenzeit werde ich Jungfer Ceally zu ihrer Tante gebracht haben und dann zu euch stoßen. Brian soll vor dem Burgtor warten, bis wir vollzählig sind.«

»Ich habe verstanden, mein Herr. Wir unternehmen nichts, bis Ihr bei uns seid.«

Die Männer sprachen in lockerem Ton miteinander, als handelte es um die Planung eines Vergnügungsausfluges, obwohl es um Leben oder Tod ging. Kelly fragte sich, wie sie es bei Margaret aushalten sollte mit der Gewissheit, dass Ronalds Leben gefährdet war.

Von diesem Tag an änderte sich schlagartig das mehr oder weniger beschauliche Leben in der alten Scheune. Schwerter wurden überprüft, die Männer standen in Gruppen zusammen und diskutierten; in ihren Augen stand die Wut auf Sir Lennox und Kampfeslust. Das Kampffieber war bei ihnen ausgebrochen, selbst Ronald schien davon betroffen zu sein.

Noch drei Tage, bis er von Kelly Abschied nehmen würde. Ob er es ebenso bedauerte wie sie, dass die gemeinsame Zeit zu Ende ging?

Wenn er nur überlebte! An etwas anderes vermochte Kelly nicht mehr zu denken. Selbst wenn er den Kampf gegen Sir Lennox gewann, würde Kelly ihn nie mehr wiedersehen – entweder, weil sie inzwischen die verzauberte Gewandbrosche gefunden hatte und in der Zeit verschwand … oder weil Ronald die gerettete Jungfer vergessen würde – ganz gleich, was seine Augen momentan sagten.

Die Männer redeten von nichts anderem als dem bevorstehenden Überfall auf die Burg – und je leidenschaftlicher sie darüber redeten, umso mehr stieg Kellys Angst vor dem Angriff, obwohl sie selbst weit weg sein würde. Wenn Geoffreys Männer zu früh zurückkämen, wäre dies das Todesurteil für Ronald und seine Gefolgsleute, denn sie wären weit in der Unterzahl.

Still beobachtete Kelly die Gespräche, die sie führten. Niemand zeigte eine Spur von Angst, alle taten, als wäre es eine Belohnung, im Kampf zu sterben.

»Ihr solltet allmählich Eure Habe packen«, riet Ronald ihr einen Tag, bevor er sie zu Margaret bringen wollte. »Morgen in aller Frühe wollen wir aufbrechen. Brian sagt, die Jagdgesellschaft soll im Morgengrauen beginnen – wenn wir losreiten, wird sie sich bereits in den Wäldern zur linken Seite befinden und stellt keine Gefahr für uns dar.«

Kelly nestelte an einem der weiten Ärmel ihres zerrissenen Gewandes herum. »Ich könnte hier auch warten, bis Ihr die Burg erobert habt.«

Er runzelte die Stirn. »Wozu? Die morgige Jagd ist eine einmalige Gelegenheit, Euch sicher heimzubringen – wenn ich sterbe, müsst Ihr Euch allein auf den Weg machen, was viel zu gefährlich wäre. Außerdem habe ich Euch versprochen, dass ich Euch pünktlich zum Weihnachtstag heimbringe.« Er hielt inne. »Wieso gelüstet es Euch plötzlich so sehr danach, noch länger in dieser primitiven Scheune zu leben?«

»Ich hab mich daran gewöhnt«, gab Kelly hastig zurück, um ihre Gefühle nicht zu verraten. »Es ist gar nicht so schlimm, wie ich anfangs dachte.«

»Kommt nicht in Frage«, entschied Ronald, ohne nachzudenken. »Dieser Platz ist kein Ort, an dem sich eine Frau aufhalten sollte – und wenn, dann nur im äußersten Notfall. Wir reiten morgen zurück, ohne Widerrede!«

Er ließ Kelly einfach stehen, und sie blickte ihm wütend nach. Sie mochte es nicht, wenn jemand über sie bestimmte, auch wenn es um ihr Leben ging. Obwohl sich alles in ihr dagegen sträubte, durchsuchte sie ihren Schlafplatz nach nützlichen Dingen, die sie mitnehmen konnte. Sie würden drei bis vier Stunden benötigen, bis sie bei Margarets Haus eintrafen. Das war relativ lange, aber der hohe Schnee verhinderte ein rasches Fortbewegen.

Kelly wühlte auf ihrem Lager herum und fragte sich, was um Gottes willen sie mitnehmen könnte außer dem Fell, das sie tagsüber anstatt eines Umhanges über den Schultern trug. Ihre Habe lag noch immer im Kellerverlies und würde dort wohl bleiben, bis es in Hunderten von Jahren einigen Forschern in die Hände fallen würde, die den Geheimgang entdeckten – in einer Zeit, in der es längst keine Ritter und Burgfräulein mehr gab.

Schließlich riss Kelly einen weiteren Streifen des Unterkleides ab, das ihr jetzt nur noch bis zu den Oberschenkeln reichte. Wenn sie Margaret gegenüberstand, wollte Kelly wenigstens saubere Leinenstreifen an den Füßen tragen. Während sie die Streifen riss, dachte sie an Ronalds resolute Abfuhr und musste zugeben, dass er recht hatte. Misslang der Überfall auf Barningmore Castle, würde Kelly mutterseelenallein in der Scheune zurückbleiben, und sie hatte keine Ahnung, in welche Richtung sie sich wenden musste, um zu Margaret zu gelangen.

Das Vorhaben, nach London zu gehen, hatte Kelly längst aufgegeben, weil sie inzwischen wusste, dass auch dort das 14. Jahrhundert herrschte und die Suche nach der dämlichen Brosche vergeblich sein würde.

Betont langsam umwickelte Kelly ihre nackten Füße. Wie lange befand sie sich schon im Mittelalter – waren es vier oder schon fünf Wochen? In dieser kurzen Zeit war so viel passiert … zuerst die mysteriöse Zeitreise, dann ihre Entführung und die Rettung durch Ronald, die mühevolle Suche nach dem geheimen Ausgang und schließlich das Hausen inmitten verschneiter Wälder. Die Scheune war der letzte Aufenthalt, bevor es zurück zu Margarets kleinem Haus ging, wo sich der Kreis schloss.

Aber Kelly hatte während der abenteuerlichen Wochen viel gelernt; nämlich, dass es nicht selbstverständlich war, wenn man nicht ständig um sein Leben Angst und Hunger haben musste; dass die Menschen in der Zukunft gar nicht zu schätzen wussten, wenn man nachts ruhig schlafen konnte, eine gut bezahlte Arbeit hatte und bequem in kurzer Zeit an jeden Winkel der Erde gelangte, wenn man es wollte.

Und noch etwas hatte Kelly gelernt: Im Mittelalter gab es noch richtige Männer, die so mutig waren, eine Frau mit ihrem eigenen Leben zu schützten. Allein diese Tatsache machte Kelly die Rückreise in ihre Zeit nicht mehr so wichtig. Ja, wenn Ronald sich zu ihr bekennen würde, könnte sie sich trotz aller Gefahren und Strapazen vorstellen, für immer zu bleiben.

»Das ist ja verrückt«, murmelte sie und war froh, dass sich niemand in ihrer Nähe aufhielt. Für immer ein Leben im Mittelalter! Allein der Gedanke war absurd, ließ sich jedoch nicht mehr verdrängen.

Aber dann redete sich Kelly ein, dass Ronald sie nicht haben wollte – vor allem nicht als lebenslange Gefährtin. Und so blieb ihr nur die Möglichkeit, die Brosche zu finden. Würde sich Margaret freuen, weil Kelly zurückkam? Was war, wenn die alte Frau inzwischen gestorben war? Nach wie vor war Kelly davon überzeugt, dass Margaret der Schlüssel für die Zeitreise war und nur sie helfen konnte.

»So nachdenklich?« Ronald setzte sich ins Heu direkt neben Kelly, die inzwischen ihre Füße neu umwickelt und den Rock wieder züchtig heruntergezogen hatte. »Ihr macht den Eindruck, dass es Euch kümmert, weil Ihr morgen diesen unwirtlichen Ort verlasst.«

Sie lächelte lahm. »Ich erklärte Euch bereits, dass ich mich daran gewöhnt habe.«

»Aber es ist nicht zu vergleichen mit dem gemütlichen Heim, dass Euch Eure Tante bietet – der wärmende Kamin, die bequeme Schlafstatt, die Sicherheit.«

Natürlich hatte er recht. Aber sie konnte ihm unmöglich beichten, dass ausgerechnet er es war, der den Abschied vom Zigeunerleben so schwer machte, obwohl ihn dieses Geständnis kaum beeindrucken würde.

Da er keine Anstalten machte, sich zu entfernen, fühlte sich Kelly verpflichtet, weiterzureden. »Natürlich habe ich hier draußen nicht die Sicherheit, die mir Tante Margaret bietet …«

»Ich verstehe. Bisher habt Ihr in völliger Einsamkeit und gut behütet von Eurer Tante gelebt. Die letzten Wochen waren für Euch ein großes Abenteuer, nicht wahr?«

Sie nickte stumm.

»Aber Frauen sind nicht dazu geeignet, auf Dauer so zu leben, wie ich es tue – außerdem ist es gefährlich. Glaubt mir, Ihr seid am besten bei Eurer Tante aufgehoben. Und bedenkt, dass Ihr das heilige Weihnachtsfest feiern könnt, während ich dann vielleicht schon nicht mehr lebe.«

»Sagt nicht so was!«, entgegnete Kelly heftig. »Gerade vor Weihnachten will ich nicht an den Tod denken!«

»Aber der Tod gehört zum Leben, Jungfer Ceally. Und ein Ritter muss jeden Tag damit rechnen, dass es sein letzter auf Erden sein könnte.«

Um ein Haar hätte Kelly ihn gebeten, auf die Erstürmung der Burg zu verzichten, aber das wäre albern, denn Ronald hatte sie schließlich nur gerettet, um die Hochzeit mit Sir Lennox zu verhindern, nicht etwa ihretwegen. Er wollte den Besitz seines verstorbenen Onkels retten und den Raubritter töten, der Barningmore Castle nach einem unfairen Kampf an sich gerissen hatte. Ginge es Ronald um etwas anderes, hätte er seelenruhig zugesehen, wie Kelly Lady Lennox wurde.

Er schien völlig arglos darüber zu sein, was Kelly für ihn fühlte, und kam gar nicht auf den Gedanken, dass ihr der Abschied von *ihm* so schwerfiel und nicht der Abschied von den Abenteuern, die sie an seiner Seite erlebt hatte.

Plötzlich reckte er den Kopf, denn der Kundschafter war soeben noch einmal erschienen. Alarmiert erhob sich Ronald, und Kelly war vergessen. Ob Geoffrey seine Pläne nun doch geändert hatte? Kelly erinnerte sich daran, dass der Kundschafter nur noch einmal vor dem Angriff auftauchen sollte, wenn es Neuigkeiten gab.

Mit wenigen Schritten war Ronald bei ihm, in seinem langen Haar entdeckte Kelly einige Strohhalme.

»Was hast du zu berichten?«, fragte er, kaum, dass er den durchgefrorenen Mann erreicht hatte. »Warum bist du noch einmal gekommen? Wir hatten doch abgemacht, dass wir uns morgen im Wald treffen.«

Stoßweise atmete der Kundschafter aus und erwiderte: »Entschuldigt bitte, ich wollte Euch nicht beunruhigen, aber Brian hat gehört, dass die Wächter auf den Türmen verstärkt werden sollen. Wie sollen wir uns anschleichen, wenn wir von allen Seiten beobachtet werden? Zudem erfuhr Brian, dass Sir Lennox Euch verdächtigt, Jungfer Ceally entführt zu haben und schwört Rache. Er weiß, dass Euer Schlachtross noch in seinem Stall steht und Ihr die Burg auf einem geheimen Weg verlassen habt.«

»Es hat aber lange gedauert, das herauszufinden«, entgegnete Ronald trocken. »Hat Brian auch in Erfahrung bringen können, wie Geoffrey seine Rache gegen mich geplant hat?«

»Nein, mein Herr. Wahrscheinlich weiß er es selbst noch nicht, denn er ist nicht besonders schlau.«

Mit gerunzelter Stirn wandte sich Ronald an seine Leute. »Ihr habt es gehört – wir müssen morgen übervorsichtig sein. Am besten wäre es, wir würden uns im Dunkeln anschleichen, aber dann ist die Gefahr zu groß, dass die Jagdgesellschaft zurückkehrt, bevor wir in der Burg sind. Lasst mich nachdenken, mir wird schon etwas einfallen.«

Der Kundschafter wurde angewiesen, nach einer kurzen Erholungspause zu den anderen Gefolgsmännern zurückzukehren, dann versammelte sich Ronald mit seinen Leuten um das Lagerfeuer und beriet sich – zuvor jedoch schickte er Kelly schlafen.

Nur widerstrebend tat sie ihm den Gefallen; sie hatte gehofft, diesen letzten gemeinsamen Abend an seiner Seite ausklingen zu lassen. Enttäuscht kroch sie unter die Felle, konnte jedoch keinen Schlaf finden. Das lag nicht an dem gedämpften Murmeln der Männer, sondern an der Angst um Ronald, die sich nach dem Besuch des Kundschafters noch verstärkt hatte.

Trotzdem schloss Kelly fest die Augen und versuchte alles um sich herum zu vergessen; darüber döste sie schließlich ein. Irgendwann schreckte sie auf, denn sie spürte, dass Ronald plötzlich neben ihr lag. Es war stockdunkel, und Kelly wusste nicht, wie viel Zeit inzwischen vergangen war.

Sie bewegte sich leicht, und er fragte leise: »Wieso schlaft Ihr noch nicht? Es ist bald wieder Zeit zum Aufstehen.«

»Ich habe etwas geschlafen«, gab sie ebenso leise zurück. »Aber das war nicht so einfach, nachdem der Kundschafter verkündet hat, dass es zu Schwierigkeiten kommen könnte.«

Sie spürte, dass Ronald näher heranrückte. »Wir werden die Turmwachen überlisten, schließlich kenne ich einige Tricks.«

»Habt Ihr schon einmal daran gedacht, dass Geoffrey nur *vorgibt,* eine Jagd zu veranstalten? Ich hörte vorhin, dass er Euch in Verdacht hat, mich aus der Burg geschmuggelt zu haben und erwartet Euch mit seinen Schergen im Burghof.«

Einen Augenblick dachte er nach, dann sagte er entschlossen: »Nein, das ergäbe keinen Sinn, denn Geoffrey ahnt nicht, dass ich meine eigenen Männer bei mir habe und nicht so töricht wäre, allein zurückzukommen, um meinen Herkules zu holen. Und weiterhin ahnt er nicht, dass Percy of Barningmore mein Onkel war. Schlaft jetzt, beim ersten Morgenlicht müssen wir uns auf den Weg machen.«

Als Kelly nicht antwortete, fragte er: »Seid Ihr eingeschlafen?«

»Nein.«

»Ist Euch kalt?«

Beinahe hätte Kelly verneint, doch dann entschied sie sich zu einer Notlüge, denn sie erhoffte sich ein letztes Mal Ronalds beruhigende Körperwärme zu spüren.

»Ein wenig friere ich schon ...«

Ohne sie zu fragen, rückte er noch näher, bis sich ihre Körper schließlich berührten. Er umfasste Kellys Taille und schob ihren Kopf auf seine Brust; es war ein schönes Gefühl für sie und sie gab sich keine Mühe, spröde oder abweisend zu reagieren, sondern schmiegte sich noch dichter an Ronald heran. Diesmal waren es keine erotischen Gefühle, die in ihr aufkamen. Die Gewissheit, ein letztes Mal den geliebten Mann zu spüren, nahm all ihr Denken ein, und sie genoss jede kostbare Sekunde, in der sie Ronald spüren durfte.

Sie lagen beide still da, ohne einzuschlafen. Kelly hoffte, dass Ronald ebenso dachte wie sie und nicht von ihr ablassen konnte. Ihr Herz blieb fast stehen, als er begann, ihre Schulter zu streicheln – nicht wie ein Lustmolch, sondern behutsam, wie man ein Kind streicheln würde. In dieser Liebkosung lag mehr als Sympathie, und als er sich über sie beugte, legte sie ohne Scheu ihre Arme um seinen Hals und hob leicht den Kopf an.

Sie öffnete ihre Lippen, als sich ihnen sein Mund näherte. Ronalds Lippen waren weich, und auch sein Kuss war zärtlich und voller Hingabe – nicht zu vergleichen mit dem harten Kuss, mit er sie hatte demütigen wollen.

Er hob irgendwann den Kopf und flüsterte: »Ich werde dich vermissen ...« Sie verharrte stumm, weil ihr die Worte fehlten. Er rollte sich zur Seite, umschlang ihren Körper und schlief ohne Ankündigung ein ...

18

Kelly hatte nicht gemerkt, dass auch sie eingeschlafen war, doch ein scheuer Kuss weckte sie.

»Wir müssen aufstehen«, raunte Ronald in ihr Ohr. »Beeil dich bitte.«

Noch immer war es so dunkel, dass man kaum die Hand vor den Augen erkennen konnte. Am Schnarchen der anderen Männer erkannte Kelly, dass es noch sehr früh am Morgen sein musste. Sie ordnete rasch ihr Haar – zum Waschen und Frühstücken würde zweifellos die Zeit fehlen.

Kelly konnte hören, wie jemand einen Feuerstein rieb und sich wenig später die Feuerstelle erhellte; jetzt erkannte sie, dass auch William wach war. Ronald hockte neben ihm und gab ihm einige Anordnungen, denen der Knappe andächtig lauschte und gelegentlich dazu nickte.

Kelly sah sich ein letztes Mal auf ihrem Schlaflager um, nahm ihren Fellumhang und ging hinüber zur Feuerstelle. Der Knappe sprang auf, um Kelly zu begrüßen, und Ronald erhob sich ebenfalls.

Während William ihm die Rüstung anlegte, wurden die anderen Männer nach und nach wach und standen schlaftrunken auf. Auch für sie begann ein anstrengender Tag, der um Leben oder Tod entscheiden würde.

Diesmal setzte Ronald auch seinen Helm auf; seine Männer umringten ihn und wünschten ihm alles Gute. An Kelly gewandt sagte er: »Wir werden nur ein Pferd nehmen, das ist unauffälliger.«

Kelly nickte stumm und ging hinüber zur Kuh, um sich von ihr zu verabschieden, aber das Tier kaute unbeteiligt auf einigen Heuhalmen.

Einige der Männer nickten Kelly verlegen zu, und sie nickte lächelnd zurück. Während der Zeit ihres Zusammenseins hatte sie festgestellt, dass Ronalds Leute keineswegs so rau waren, wie sie aussahen; wobei sie natürlich stets so taten, als seien Frauen nebensächlich.

William hatte Ronalds Pferd gesattelt und führte es am Zügel aus der Scheune. Spontan umarmte Kelly den Jüngling, der gar nicht wusste, wie ihm geschah.

»Ich danke dir vielmals für deine Hilfe«, sagte Kelly und versuchte, ihrer Stimme festen Halt zu geben. »Du wirst mir sehr fehlen.«

»Ihr werdet uns allen auch fehlen.« Der Knappe wirkte verlegen; wahrscheinlich war er zum ersten Mal in seinem jungen Leben von einer Frau umarmt zu werden. »Mein Herr wird Euch sicher heimgeleiten. Frohe Weihnachten, Jungfer Ceally.«

Sie lächelte wieder, und beinahe hätte sie ihm ebenfalls ein frohes Fest gewünscht. Aber angesichts des waghalsigen Unternehmens, das vor ihm und den anderen Männern lag, wagte sie es nicht und beließ es bei einem herzlichen Händedruck.

»Bist du bereit?« Ungeduldig nahm Ronald die Zügel. »Es wird bald hell, wir müssen uns beeilen.«

Noch einmal blickte Kelly über die verschneite Landschaft hinweg; alles wirkte so friedvoll, dass man sich kaum vorzustellen vermochte, dass nur einige Meilen davon entfernt in Kürze eine blutige Schlacht stattfinden sollte.

Sie holte einmal tief Luft und sagte zu Ronald: »Ich bin bereit.«

Ehe sie es sich versah, umfasste Ronald ihre Taille und hob Kelly aufs Pferd, er selbst schwang sich hinter sie. Er hob die Hand und sagte zu den Männern, die inzwischen auch aus der Scheune getreten waren: »Reitet spätestens in einer Stunde los. Um die Mittagszeit wird Brian den Müll fortschaffen, danach stürmen wir Barningmore Castle. Verhaltet euch ruhig, bis ich bei euch bin.«

Vielstimmiges Murmeln war die Antwort, dann wendete

Ronald das Pferd und ritt gemächlich zu dem Waldstück, das durchquert werden musste, um Kelly heimzubringen.

Sie saß bequem vor ihm im Sattel, ärgerte sich jedoch, weil sie keinen richtigen Körperkontakt mit Ronald hatte; der Harnisch drückte hart gegen ihren Rücken.

Noch hatte keiner von ihnen seit dem Aufbruch geredet, und je tiefer sie ins Dickicht eindrangen, umso schwerer wurde es Kelly ums Herz. Sie hätte Ronald gerne gesagt, dass sie ihn liebte, traute sich jedoch angesichts seines verbissenen Schweigens nicht recht.

Inzwischen war es hell, und als sie etwa die Hälfte des Weges zurückgelegt hatten, hielt Ronald unvermittelt das Pferd an und nahm seinen Helm ab.

»Hast du das gehört?«, fragte er und hob lauschend den Kopf.

»Nein. Was ist denn los?« Gleich darauf konnte auch sie einen schwachen Ton in der Ferne vernehmen; es hörte sich wie Töne eines Jagdhorns an.

Ronald bestätigte ihre Vermutung. »Die Jagdgesellschaft ist unterwegs – etwa dort hinten.« Er wies nach Osten. »Das ist gut, sie jagen in entgegengesetzter Richtung, wie ich gehofft hatte. Sie werden uns jedenfalls nicht in die Quere kommen.«

Erleichtert atmete Kelly auf und versuchte, sich noch bequemer hinzusetzen, woraufhin Ronald ihr sofort anbot, eine kleine Rast einzulegen.

»Wirst du dann nicht zu spät bei deinen Männern sein?«, wandte sie zaghaft ein, aber er schüttelte nur den Kopf.

»Auf ein paar Minuten kommt es nicht an. Meine Leute werden nichts unternehmen, solange ich fort bin.«

Er stieg ab und half Kelly behutsam herunter. Einige Sekunden standen sie dicht voreinander und blickten sich tief in die Augen, dann nahm Ronald seine Hände von ihrer Taille und wendete sich zögernd ab, als wolle er verhindern, dass sie in seinen Augen etwas sah, das er gerne vor ihr verbergen wollte.

Doch Kelly war inzwischen mutiger geworden und fragte

leise: »Du empfindest mehr für mich als Freundschaft, nicht wahr?«

Er drehte ihr den Rücken zu und stützte seinen Arm gegen einen Baumstamm. »Ja, aber ich wollte es nicht wahrhaben, Ceally.«

»Wieso nicht?« Sie machte eine verzweifelte Geste. »Wieso scheust du dich davor, deine Gefühle zu verleugnen?«

Noch immer lehnte er am Stamm, und es sah aus, als würde er mit dem Baum reden. »Weil es keine gemeinsame Zukunft für uns gibt, denn ich bin nicht der richtige Mann für dich.«

Hastig trat sie einen Schritt näher. »Wer behauptet das?«

»Ich behaupte das. Als ich dich das erste Mal im Festsaal von Sir Lennox sah, war es bereits um mich geschehen. Zwar hatte ich schon zuvor von Geoffreys Braut gehört und mir vorgenommen, sie aus der Burg zu entführen; aber als ich dich mit unglücklicher Miene neben diesem Raubritter sitzen sah, wurde aus meinem Plan eine persönliche Angelegenheit … ich gönnte Geoffrey nicht, dass du seine Gemahlin werden solltest und war eifersüchtig auf diesen Halunken.«

Selig schloss Kelly die Augen – von dieser Beichte träumte sie seit Wochen. Dass sie eigentlich aus einem späteren Jahrhundert stammte, hatte sie vergessen, für sie zählte nur noch das Jetzt.

»Aber wir können doch ein Paar werden, Ronald.« Zum ersten Mal sprach sie seinen Namen aus, und er kam ihr ganz leicht von den Lippen. »Wer sollte uns daran hindern, etwa Sir Lennox?«

Endlich drehte er sich wieder um, und nun wirkten seine Gesichtszüge weniger verschlossen. »Der wird tot sein, bevor der heutige Tag zu Ende ist, aber er hat nichts mit meinen Zweifeln zu tun. Es geht um mein rastloses Leben – kaum ein Ritter bindet sich fürs Leben.«

»Das verstehe ich nicht. Hattest du nicht erwogen, der Erbe als Herr von Barningmore Castle zu werden?«

»Falls ich überlebe und Geoffrey bezwingen kann …«

»Dann begreife ich nicht, warum du mich nicht willst.«

Er trat dicht vor sie und umfasste mit seinen Händen, die in Kettenhandschuhen steckten, vorsichtig Kellys Gesicht. »Ich will dich mehr als jede andere Frau, Gott ist mein Zeuge.«

»Und ich will dich«, hauchte sie. »Wir könnten sehr glücklich sein.«

Zu ihrer Enttäuschung ließ er seine Hände sinken und schüttelte dabei bedauernd den Kopf. »Ich spüre, dass wir niemals glücklich sein könnten, denn es scheint, eine unüberwindbare Mauer stünde zwischen uns.«

Er musste spüren, dass sie eine Zeitreisende war! Verzweifelt verneinte sie, aber sie ahnte, dass er sich nicht umstimmen lassen würde. Nun hatte sich Kellys Traum endlich erfüllt, denn er fühlte genauso, wie sie es sich sehnlichst gewünscht hatte – und dennoch wurde sie von einer großen Traurigkeit ergriffen.

»Wir könnten es versuchen«, flehte sie.

»Du würdest immer Angst um mein Leben haben müssen«, konterte er, »denn auch als Burgherr wäre ich in ständiger Gefahr. Es gibt viele Schufte wie Geoffrey, die ein Auge auf Barningmore Castle und die dazugehörigen Ländereien geworfen haben und versuchen würden, mir mein Erbe abzujagen … das ist kein Leben für eine Frau.«

Enttäuscht senkte Kelly den Blick. Allmählich verstand sie, was Ronald meinte: Er fürchtete sich, dass ihr etwas zustieß. Doch dann schnellte ihr Kopf hoch.

»Ich glaube einfach nicht, dass ich gefährlicher als andere Frauen dieser Zeit leben würde – vor allem, weil du mein Beschützer wärest.«

Er grinste. »Ich würde aber nicht immer Zeit haben, dich zu beschützen.« Bevor Kelly protestieren konnte, hob er sie wieder aufs Pferd.

Es begann zu schneien; dicke Flocken, die eine ausreichende Sicht verhinderten, stoben vom bleigrauen Himmel, aber Ronald verlangsamte nicht das Tempo.

»Wir werden in ungefähr einer halben Stunde bei deiner Tante sein«, sagte er in weichem, bedauernden Ton. »Der dichte Schneefall kommt meinem Plan gerade recht – dadurch werden die Turmwächter kaum erkennen können, was sich vor der Burg abspielt.«

Beklommen nagte Kelly an ihrer Unterlippe. Noch eine halbe Stunde, dann würden sich ihre Wege trennen. Still saß sie im Sattel, und sie konnte direkt spüren, dass Ronald vom Kriegsfieber ergriffen wurde.

Trotz der verschneiten Umgebung konnte Kelly östlich das Waldstück erkennen, vor dem sie sich dummerweise von Sir Lennox' Schergen hatte fangen lassen, und ihr wurde beklommen ums Herz. Zu Fuß hatte sie bis hierher einen ganzen Tag gebraucht, aber mit dem Pferd war es sicher nur noch eine kurze Weile, bis Margarets Häuschen erreicht sein würde.

»Kommt dir die Gegend bekannt vor?«, fragte Ronald hinter ihr. Und als sie stumm nickte, fügte er hinzu: »Du scheinst bedrückt zu sein – aber das musst du nicht. Morgen ist Weihnachten, und du bist bei deiner Tante gut aufgehoben.«

»Werden wir uns wiedersehen?«

»Nein, weil es besser für uns beide ist. Du erinnerst sich an meine Worte?«

Natürlich erinnerte sich Kelly daran, aber sie nannte sie »Ausflüchte«. Und dabei liebte er sie doch auch! Da ihr bewusst war, dass eine neuerliche Diskussion wenig Sinn hatte, zerbrach sich Kelly für den Rest des Weges den Kopf, wie sie Ronald trotzdem an sich binden könnte – falls er den heutigen Tag überlebte.

Doch ihr fiel nichts ein, und je näher sie zu Margarets Haus vorrückten, umso trauriger wurde sie. Ronald war ein Ritter … ein Mann, dessen Gattung im 21. Jahrhundert längst ausgestorben war und mit ihr Eigenschaften wie Treue-Eid, Todesmut und Ehrlichkeit. Trotzdem konnte Kelly nicht nachvollziehen, wie man die Liebe zu einer Frau in den Hintergrund stellen konnte.

Während des langen Rittes hatte Kelly gespürt, wie sehr er sie wollte, doch er würde nicht nachgeben. Er würde sie vermissen, hatte er gestanden, dabei gab es doch nur einen einzigen Grund, dass sie kein Paar werden konnten – die Rückkehr in ihre Zeit.

Die spätere Blunt Road war nur an vereinzelten Hufspuren im hohen Schnee zu erkennen, und Kelly erblickte die Hecke vor Margarets Haus, neben der sie ihren Wagen geparkt hatte. Dann sah sie die beiden Ziegelschornsteine des Hauses, von denen aus dem hinteren grauer Rauch gemächlich in den Himmel stieg.

Unbeweglich blieb Kelly sitzen, als Ronald das Pferd anhielt.

»Wir sind am Ziel«, sagte er, und seiner Tonlage war nicht zu entnehmen, ob er erleichtert oder betrübt war. Doch Kelly machte keine Anstalten, sich zu bewegen.

Von hinten umarmte er Kelly innig. »Du musst nun absteigen, Ceally, denn ich habe nicht viel Zeit, auch wenn ich gerne bei dir geblieben wäre. Aber du kennst mein Vorhaben – also mache mir den Abschied nicht noch schwerer.«

Vage nickte Kelly, denn sie wusste, dass sie Ronald nicht zwingen konnte, länger als nötig bei ihr zu verweilen und ihn dadurch womöglich in Gefahr brachte. Sie wartete, bis er abgestiegen war, dann ließ sie sich von ihm aus dem Sattel heben.

Sie standen dicht voreinander und blickten sich stumm in die Augen. Dass sie bis zu den Waden im Schnee versunken waren, registrierten sie nicht; die letzten gemeinsamen Momente waren ihnen zu wichtig, um Nebensächliches zu bemerken.

Ronald hatte den schweren Helm abgenommen und die Kettenhandschuhe abgelegt, dann nahm er Kelly liebevoll in die Arme und küsste sie. Es war ein langer, zärtlicher Kuss, von dem Kelly hoffte, dass er niemals enden würde.

»Wünsch mir alle Gute«, sagte er ernst, als er sie viel zu schnell für ihren Geschmack ein Stück von sich schob, um ihr Gesicht anzusehen. Es hatte den Anschein, dass er sich jedes

Merkmal einprägen wollte, dann riss er Kelly noch einmal stürmisch an sich und hauchte: »Leb wohl, mein Herz …«

»Aber …«, stieß sie schwer atmend hervor und streckte die Arme nach ihm aus, doch er entwand sich ihren Händen, machte auf dem Absatz kehrt und eilte zu seinem Pferd, während er den Helm wieder aufsetzte. Hastig schwang sich Ronald auf den Pferderücken und gab dem Tier die Sporen, sodass es erschrocken den Kopf hob und davonpreschte – Ronald drehte sich nicht mehr um, und nur wenige Sekunden später war er in einer Wolke aufgewühlten Schnees verschwunden.

Benommen blieb Kelly auf der Stelle stehen und versuchte angestrengt, Ronald noch einmal zu erkennen. Ringsum herrschte Todesstille; und obwohl es erst früher Vormittag war, schien sich außer ihr niemand draußen aufzuhalten.

Ganz leise war in der Ferne ein Jagdhorn zu hören, und Kelly erwachte endlich aus ihrer Passivität. Sie schlang die Felldecke enger um sich, weil sie erst jetzt merkte, dass sie fror.

Skeptisch blickte sie an der Fassade von Margarets Haus empor. Was würde die alte Frau wohl denken, wenn die verschwundene Jungfer Ceally plötzlich wieder vor ihr stand? Vielleicht war Margaret böse auf sie und ließ sie nicht mehr ins Haus.

Von Unruhe getrieben setzte sich Kelly schließlich in Bewegung. Der schmale Weg, der zur Haustür führte, war völlig zugeschneit, sodass Kelly wieder einsank und der Saum ihres Kleides nass wurde. Zaudernd stand sie einige Sekunden vor der Tür, bis sie anzuklopfen wagte – dieses Haus war ihre einzige Zuflucht im 14. Jahrhundert, und das bedeutete, dass sie sich mit der Eigentümerin gut stellen musste.

Obwohl ihr Fingerknöchel nur zaghaft gegen das Holz geklopft hatte, wurde die Tür augenblicklich geöffnet. Margarets verknittertes gutmütiges Gesicht erschien im Rahmen, aber die alte Frau schien über das unverhoffte Wiedersehen keinesfalls überrascht zu sein.

»Da seid Ihr ja wieder«, sagte sie freundlich und trat zur

Seite, um Kelly einzulassen. »Ihr seht aus, als könntet Ihr etwas Kaminwärme und einen heißen Tee gebrauchen.«

Verlegen den Kopf gesenkt, schlüpfte Kelly an der alten Frau vorbei in die wohltuende Wärme. Margaret schloss die Tür und huschte zum Kamin, um einige weitere Scheite aufzulegen, dann rückte sie einen Schemel vor die Feuerstelle und bat Kelly, sich hinzusetzen.

Widerstandslos nahm Kelly auf dem klapprigen Sitzmöbel Platz und reckte ihre umwickelten Füße dem Feuer entgegen.

»Es tut mir leid, dass ich heimlich gegangen bin«, sagte sie schließlich kaum hörbar. »Ich wollte nicht, dass Ihr Euch Sorgen um mich macht.«

Aber Margaret reagierte anders, als es sich Kelly vorgestellt hatte. Sie wies auf die Lumpen an ihren Füßen und sagte: »Nehmt sie ab und werft sie ins Feuer, ich hab ein paar hübsche warme Schuhe für Euch. Ihr müsst Euch nicht für Euer Verhalten entschuldigen, Jungfer Ceally, denn ich wusste, dass Ihr zurückkommt.«

»Woher?«

Wieder einmal lächelte Margaret geheimnisvoll. »Inzwischen solltet Ihr wissen, dass ich *alles* weiß, was Euch betrifft.«

Schon wieder diese rätselhaften Andeutungen! Kelly hatte in der Zwischenzeit fast vergessen, dass ihre angebliche Urahnin mehr zu wissen schien, als zu verraten sie bereit war.

Gehorsam wickelte Kelly die durchnässten schmutzigen Leinenstreifen von den Füßen und warf sie ins Feuer, das sich augenblicklich zischend durch den zerschlissenen Stoff fraß.

Margaret holte eine Schüssel aus dem Verschlag neben dem Kamin, füllte heißes Wasser aus dem Kessel hinein und forderte Kelly auf, ihre nicht sehr sauberen Füße darin zu baden.

»Wenn Ihr alles wisst«, begann Kelly, nachdem ihre Füße allmählich die Taubheit der letzten Wochen verloren hatten, »dann wisst Ihr sicherlich auch, was mir zugestoßen ist.«

Margaret wiegte gemächlich den Kopf, antwortete jedoch nicht, sodass sich Kelly genötigt fühlte, weiterzubohren.

»Ich wollte zu Fuß nach London, um dort nach dieser Brosche zu suchen.«

»Das war töricht, mein Kind, denn Ihr hättet sie in London nicht gefunden.«

»Aber wo dann?«

Margaret setzte sich auf den Hocker hinter ihrem Spinnrad und legte die alten Hände in den Schoß. »Ist das denn immer noch so wichtig für Euch?«

Kelly zögerte. Hätte Ronald sie nicht verlassen, wäre ihr der Schlüssel zum Zeittunnel einerlei gewesen – aber nun, da sie sich von aller Welt verlassen fühlte, bekam die Brosche wieder mehr Gewicht.

»Ich habe einen Mann kennengelernt ...«, sagte Kelly verlegen. »Mit ihm zusammen hätte ich mir vorstellen können, für immer hierzubleiben.«

Verständnisvoll nickte Margaret, und Kelly ahnte, dass der alten Frau auch dies längst kein Geheimnis mehr war. Sie machte jedoch keine Anstalten, ein paar tröstende Worte an Kelly zu richten, sondern wartete geduldig auf weitere Erklärungen.

»Ich sollte Sir Lennox' Braut werden«, sprudelte es aus Kelly heraus. »Ronald of Bragham, ein Ritter, rettete mich, indem er mich aus der Burg entführte und mich zu einem geheimen Lager brachte, in dem seine Gefolgsleute auf ihn warteten.«

»Er ist der Mann, dem Ihr Euer Herz geschenkt habt, nicht wahr? Und dabei dachtet Ihr, kein männliches Wesen könnte Euer Herz jemals berühren.«

Nachdenklich starrte Kelly in die Flammen, in denen die Leinenstreifen bereits zu Asche verbrannt waren. »Was nützt mir die Gewissheit? Er will sich nicht an mich binden – und selbst wenn ... falls mir jemals diese verwunschene Brosche in die Hände fallen sollte, könnte ich Ronald nicht mit in meine Zeit nehmen.«

Leise begann hinter Kelly das Spinnrad zu surren; Margaret schien keine Antwort auf Kellys Fragen zu haben, denn es schien, als ginge sie ganz in ihrer Tätigkeit auf und habe Kellys Kummer bereits vergessen.

Als es dunkel wurde, bereitete Margaret das Abendessen vor, das aus Rüben und Kaninchenfleisch bestand. Erst jetzt merkte Kelly, wie hungrig sie war und aß eine Schale davon – jedoch ohne großen Appetit, denn ihr Liebeskummer war so groß, dass der Eintopf ihr schwer im Magen lag.

Den Tag über hatte sie voller Unruhe verbracht, und ihre Gedanken waren in jeder Sekunde bei Ronald. Hatte der gut durchdachte Überfall geklappt? Oder lag Ronald längst in seinem eigenen Blut, weil er und seine treuen Gefolgsmänner von Geoffrey und seinen Leuten überrascht worden waren?

Wie es aussah, würde Kelly niemals den Ausgang erfahren; trotzdem erkundigte sie sich vorsichtig bei der alten Frau, die ja auch sonst alles zu wissen schien.

Verdutzt blickte Margaret von ihrer Schüssel auf. »Woher sollte ich wohl wissen, was da draußen bei Barningmore Castle vor sich geht? Ich bin nur eine alte schwache Frau, die versucht, nicht aufzufallen und Sir Lennox' Schergen keinen Anlass gibt, mich zu töten.«

»Wenn es Ronald gelingt, die Burg einzunehmen, muss niemand mehr Angst haben«, sagte Kelly mit verträumtem Blick. »Er wird für Gerechtigkeit sorgen, so wie es sein Onkel Percy einst getan hat.«

»Sir Percy war ein guter Mann. Es wäre allen eine große Freude, wenn diese Schreckensherrschaft ein Ende nehmen würde und ein jeder nachts wieder ruhig schlafen könnte.«

Kelly lebte inzwischen lange genug im 14. Jahrhundert, um sich vorstellen zu können, unter welchen erbärmlichen Zuständen die armen Leute dahinvegetierten, während die hohen Herren in Saus und Braus lebten.

Ronald war anders – er war sprichwörtlich ein edler Ritter. Plötzlich fühlte Kelly Stolz in sich aufsteigen, denn schließlich hatte ihr dieser Mann seine Liebe gestanden. An seiner Ehrlichkeit zweifelte Kelly nicht, denn welchen Sinn sollte es haben, eine Frau, von der man sich für immer verabschiedete, zu beschwindeln?

»Es schneit wieder«, sagte Margaret, bevor sie die Fensterläden schloss. »Das richtige Wetter für den Weihnachtstag.«

Kelly lehnte sich seufzend zurück. »Ach ja, morgen ist ja Weihnachten … es wird anders sein, als ich es je erlebt habe.«

»Es ist gar nicht so schlecht, mein Kind. Wir werden etwas Gutes essen und in die Kirche gehen. Kann man sich mehr wünschen?«

Nervös nestelte Kelly an einem der ausgefransten Kleiderärmel und erwiderte kaum hörbar: »Ja, ich wünsche mir, dass Ronald noch lebt. Diese Ungewissheit macht mich wahnsinnig.«

Sie sprang auf und ging umher, was Margaret jedoch keineswegs zu beeindrucken schien. Mit schief gelegtem Kopf betrachtete sie die aufgelöste Kelly und sagte: »Ich habe ein neues Kleid für Euch, das könnt Ihr morgen anziehen, diesen Fetzen da braucht Ihr nicht länger zu tragen.«

Kelly blieb stehen und sah an sich herunter. Sie erschrak über den jämmerlichen Zustand des edlen Gewandes, welches Knappe William ihr im geheimen Verlies gebracht hatte; das weniger wertvolle Kleid, das Kelly darüber getragen hatte, war bereits nach dem Sprung in den Burggraben ruiniert gewesen; der Stoff hatte sich kurz darauf in Wohlgefallen aufgelöst und hatte nur noch als Putzlappen für die Pferde dienen können.

Aber auch das teure Gewand sah aus wie das Kleid einer Dienstmagd – zerrissen und schmutzig. Aber Kelly scherte sich nicht darum, denn es war ihr egal, wie sie aussah … jetzt, wo Ronald fort war, musste sie für niemanden mehr hübsch sein.

»Euer neues Kleid wird Euch gefallen«, riss Margaret sie aus ihren Gedanken. »Es könnte für ein edles Fräulein gemacht worden sein.«

»Woher habt Ihr es?«, fragte Kelly staunend, denn die alte Frau war so arm wie eine Kirchenmaus. Doch sie bekam keine

Antwort, nur dieses mysteriöse Lächeln, an das sich Kelly einfach nicht gewöhnen konnte.

Mühsam erhob sich Margaret, um das Feuer zu schüren, und Kelly dachte daran, dass sie in ihrer eigenen Zeit bereits im Haus ihrer Eltern angekommen sein würde, ihre Geschwister und deren Familien begrüßt und Mutters Weihnachtsbaum bestaunt hätte. Eine eigenartige Traurigkeit erfasste Kelly; sie hatte alles verloren, nicht nur ihre Familie, sondern auch Ronald. Was machte es da schon, dass sie diesmal stundenlang auf einer harten Kirchenbank hocken und danach warme Gemüsebrühe schlürfen würde?

Gab es im 14. Jahrhundert schon Weihnachtsbäume?, fragte sich Kelly flüchtig. Nein, gab sie sich gleich darauf selbst die Antwort; der Brauch, eine mit Äpfeln und Nüssen geschmückte Fichte ins Zimmer zu stellen, kam erst viel später auf. Eigentlich schade, das hätte Kelly wenigstens einen Hauch Weihnachtsgefühl gebracht.

Neugierig beobachtete sie Margaret, die geschäftig hin- und hereilte und gar nicht daran dachte, schlafen zu gehen.

»Was tut Ihr denn da?«, konnte sich Kelly nicht zu fragen verkneifen. »Ihr seid heute so aufgewühlt.«

Die alte Frau schien überrascht zu sein. »Aber morgen ist doch Weihnachten, da gibt es viel vorzubereiten.«

Im Stillen fragte sich Kelly, was es im Mittelalter für das höchste Christenfest wohl vorzubereiten gab, wenn der Haushalt aus lediglich zwei Personen bestand, wobei eine der Personen eigentlich gar nicht in dieses Jahrhundert gehörte. Höflicherweise bot Kelly ihre Hilfe an, doch Margaret lehnte resolut ab und schickte »Jungfer Ceally« nach oben.

Als Kelly die wackelige Leiter hinaufstieg, war sie zu erschöpft, um die Kälte zu spüren und kroch dankbar unter das Fell, das sie an ihre Pelzdecke in Ronalds Lager erinnerte.

19

Kelly schlief fest und traumlos. Sie hörte nicht, dass sich Margaret irgendwann in der Nacht auf die andere Seite der Strohwand legte und gleich darauf furchtbar zu schnarchen begann, und bekam auch nicht mit, dass die alte Frau im Morgengrauen wieder aufstand und hinunterging.

Sie schlief bis mittags, und als sie schließlich erwachte, brauchte sie einige Sekunden, um zu begreifen, dass sie sich nicht mehr in der alten Feldscheune befand, sondern nunmehr wieder in Margarets Häuschen.

Von unten drang kein Laut auf den Dachboden, und Kelly hatte keine Lust aufzustehen. Sie dachte an Ronald und die Angst, die sie um ihn hatte. Vielleicht war er längst tot – gestorben, während sie seelenruhig geschlafen hatte!

Erst dann fiel ihr ein, dass Weihnachten war, und das machte sie noch trauriger. Am liebsten hätte sie sich die Decke über den Kopf gezogen und den Weihnachtstag verschlafen, aber sie hatte Margaret versprochen, sie zur Kirche zu begleiten.

Da es so still im Hause war, vermutete Kelly, dass die alte Frau allein gegangen war, und bekam ein schlechtes Gewissen. Es gab keinen Grund, garstig gegen Margaret zu sein, auch wenn ihre geheimnisvollen Andeutungen Kelly oft zur Weißglut gebracht hatten.

Schließlich gab sie sich einen Ruck und stand auf. Sie zitterte vor Kälte und tastete nach ihrem Kleid. Doch es war verschwunden; stattdessen fand sie an derselben Stelle ein prächtiges Gewand aus dunkelgrünem Samt mit Edelsteinen als Verzierungen an Ausschnitt und Ärmeln.

Für einige Minuten vergaß Kelly ihren Kummer und bewunderte das edle Kleid. Auch einige saubere Unterkleider waren dabei, sodass Kelly nicht länger die alten zerrissenen tragen musste. Margaret schien sehr viel davon zu halten, dass man am Weihnachtstag ordentlich gekleidet war.

Kelly zog sich aus, und die eisige Kälte fuhr unsanft über ihre nackte Haut. Schnell schlüpfte sie in die neue Kleidung und ärgerte sich, weil sie keinen Spiegel zur Verfügung hatte, um sich zu bewundern. Doch dann dachte sie daran, dass sie sich nur für Ronald schön machen würde, der ihre Aufmachung ohnehin nicht sehen konnte, seufzte einmal tief und stieg vorsichtig ins Erdgeschoss.

Schon auf der obersten Stufe zog Kelly ein wundersamer Duft in die Nase – das Aroma von Honig und Anis, gemischt mit dem würzigen Geruch von Bratäpfeln und frischem Tannengrün.

Noch bevor Kelly die kleine Stube erreichte, fühlte sie eine merkwürdig festliche Stimmung in sich aufsteigen. Weihnachten! Diese Wohlgerüche ließen Kindheitserinnerungen in ihr wach werden, auch wenn sie diese zu unterdrücken versuchte.

Vorsichtig spähte Kelly in das Zimmer hinein und hielt verzaubert inne. Überall im Raum standen hohe Kerzen, deren Schein der einfachen Stube eine feierliche Atmosphäre gab.

Margaret, nun ebenfalls in ein festliches Gewand gehüllt, lächelte Kelly vom Kamin her zu.

»Frohe Weihnachten«, sagte sie munter. »Wir wollen heute die Geburt von Gottes Sohn feiern.«

Betört blickte sich Kelly um, ohne zu antworten. Anscheinend hatte Margaret die halbe Nacht gebraucht, um Honigbrot und Anisplätzchen zu backen – und auf einem Blech über dem Feuer lagerten verführerisch duftende Bratäpfel und warteten darauf, verzehrt zu werden.

Nie zuvor hatte sich Kelly feierlicher gefühlt, und endlich erwiderte sie: »Frohe Weihnachten. Habt Ihr das alles zubereitet, während ich schlief?«

»Allerdings, das tue ich Jahr für Jahr – aber dieses Jahr habe ich einen Gast und mir daher besonders viel Mühe gegeben.«

»Das war aber doch nicht nötig«, sagte Kelly peinlich berührt.

Doch Margaret winkte ab. »Ich habe nicht oft Gäste in meinem Haus zu bewirten, und Ihr seid etwas ganz Besonderes.« Sie lächelte mild. »Ich wollte Euch lediglich zeigen, wie schön das Weihnachtsfest sein kann …«

»Das habt Ihr bereits getan. Mir ist so eigentümlich ums Herz wie schon lange nicht mehr.«

Erleichtert atmete die alte Frau auf, bevor sie sich wieder an der Feuerstelle zu schaffen machte. »Dann habe ich meine Mission erfüllt, Jungfer Ceally. Hier, lasst es Euch schmecken.«

Margaret reichte ihr einen auf einem flachen Holzteller liegenden Bratapfel; sie selbst schien keinen Hunger zu haben. »Das neue Gewand steht Euch übrigens außerordentlich gut.«

»Es ist wunderschön, vielen Dank. Ist dies mein Weihnachtsgeschenk?«

»Oh nein, durchaus nicht.« Die alte Frau lächelte wieder. »Habt noch etwas Geduld, es ist noch ein wenig zu früh dafür.« Sie trat vom Kamin zurück, holte aus dem Verschlag einen wollenen Umhang und schlang ihn sich über. »Ich gehe jetzt zur Kirche.«

»Und ich?«, fragte Kelly zwischen zwei Bissen. »Ich werde Euch begleiten.«

»Das ist sehr freundlich von Euch, aber ich werde doch allein gehen, liebes Kind. Ihr bleibt hier, und noch bevor die Kerzen heruntergebrannt sind, bekommt Ihr Euer Weihnachtsgeschenk.«

Ehe Kelly eine weitere Frage stellen konnte, war Margaret aus dem Haus geschlüpft und hatte die Haustür hinter sich zugeworfen. Durch den Türspalt hatte Kelly gesehen, dass es draußen dunkel wurde und in der Ferne Glockengeläut vernommen.

Unschlüssig blieb sie sitzen und betrachtete erneut ihre Umgebung. Die Stube hatte durch die weihnachtliche Dekoration seine Bescheidenheit verloren und wirkte glanzvoller als das übertrieben geschmückte Weihnachtszimmer in Kellys Elternhaus, wo stets Hektik und Trubel vorherrschten und eine festliche Stimmung von vornherein nicht aufkommen wollte.

Gedankenverloren nahm Kelly einen der Tannenzweige zur Hand und drehte ihn zwischen ihren Fingern. Was für ein Geschenk hatte Margaret wohl gemeint? Handelte es sich vielleicht um die Gewandbrosche, die Kelly in ihre Zeit zurückbringen würde?

In ihre Freude darüber mischte sich jedoch leichtes Unbehagen. Wenn sie sich wieder im 21. Jahrhundert befinden würde, gäbe es keine Gelegenheit mehr, Ronald noch einmal wiederzusehen oder etwas über den Ausgang der Erstürmung von Barningmore Castle zu erfahren; und so nahm sich Kelly vor, erst zu gehen, wenn sie wusste, ob Ronald noch am Leben war.

Ihr Herz zog sich schmerzhaft zusammen, wie stets, wenn sie an ihn dachte. Sie schloss die Augen und beschwor sein Bild hinauf, meinte, seine zärtlichen Hände und weichen Lippen zu spüren. Warum, zum Teufel, hatte er Kelly abgewiesen, wenn er sie angeblich so sehr liebte? Über diese Frage döste Kelly ein, ohne es zu merken.

Sie schrak irgendwann auf und blickte sich benommen um. Wie viel Zeit mochte wohl vergangen sein? Die Kerzen waren bereits zur Hälfte heruntergebrannt, und von Margaret fehlte noch immer jede Spur.

Kelly stand auf und streckte sich; sie fühlte sich plötzlich von aller Welt verlassen und spielte mit dem Gedanken, sich auf die Suche nach der alten Frau zu machen. Ruhelos schritt Kelly durch das Zimmer, in dem es noch immer weihnachtlich roch.

Doch plötzlich blieb sie stehen und hob den Kopf. Ihr Herz klopfte hastig, als sie erkannte, dass sich Schritte im knirschenden Schnee näherten, die eindeutig viel zu schwer für eine kleine Person wie Margaret waren.

Wie angewurzelt blieb Kelly stehen. Hatte Geoffrey sie entdeckt, um sie zurück zur Burg zu schleifen? Ein lautes, ungeduldiges Klopfen an der Haustür ließ Kelly erschrocken zusammenfahren und einen Angstschrei unterdrücken. Sie wagte kaum zu atmen und flehte im Stillen, dass jene Person, die da Einlass begehrte, sich in Luft auflösen würde.

Doch diesen Gefallen tat ihr die unbekannte Person nicht, sondern hämmerte nun gegen das Türholz, während Kellys Herz vor Furcht fast stehen blieb. Panikartig überlegte sie, auf welchem Weg sie flüchten konnte, aber soweit sie bisher festgestellt hatte, gab es keine Hintertür.

Wieder klopfte es ungeduldig; Kelly sah ein, dass sich der ungebetene Besucher nicht abwimmeln ließ, schlich zur Tür und entsperrte den Riegel. Noch einen Moment zögerte Kelly, dann öffnete sie die Tür einen Spalt weit.

Das Erste, was sie erblickte, war ein Harnisch mit Wappen, der ihr bekannt vorkam. Kellys Kopf schoss in die Höhe und mit vor Ergriffenheit heiserer Stimme flüsterte sie seinen Namen.

»Ronald …«

»Ja, ich bin es in der Tat, mein Herz. Willst du mich etwa noch länger in der grausamen Kälte stehen lassen?«

Mechanisch stieß Kelly die Tür weit auf und ließ Ronald eintreten. Das leise Klirren seiner Rüstung war wie Musik in ihren Ohren, und benommen starrte sie ihn an. Jetzt erst begriff sie, was Margaret ihr hatte sagen wollen: Der Wunsch, einen Ritter zu Weihnachten zu bekommen, war in Erfüllung gegangen!

Unsicher blieb Ronald in der Zimmermitte stehen. »Du scheinst nicht sehr begeistert von meinem Besuch zu sein.« Dabei lachten jedoch seine Augen, und er breitete die Arme aus. »Komm doch endlich her zu mir.«

Kelly erwachte aus ihrer Erstarrung, eilte zu dem geliebten Mann und warf sich jubelnd in seine Arme. Sie hob ihren Kopf und bot Ronald ihre Lippen an, die vor Freude und Sehnsucht bebten.

Behutsam umschlang er sie und bedeckte ihren Mund sanft mit seinem eigenen; diese zärtliche Geste ließ Kelly schwindeln. So standen sie beieinander und umklammerten sich gegenseitig, als hätten sie Angst, der andere würde sich sonst in Luft auflösen.

Atemlos ließ Ronald schließlich von Kelly ab, sah ihr tief in die Augen und sagte leise: »Für diesen Moment haben sich alle Strapazen gelohnt, geliebtes Weib.«

Vor Glück stiegen Kelly Tränen in die Augen; ein schöneres Kompliment hätte er ihr nicht machen können. »Dann hast du also Barningmore Castle zurückerobert?«

Grinsend nickte er, dann sah er sich in der weihnachtlichen Stube um und setzte sich. »Deine Tante hat ein gemütliches Heim, findest du nicht?«

Kelly bejahte. »Sie ist beim Gottesdienst und wird bald zurückkommen. Mir scheint, sie hat geahnt, dass du noch am Leben bist und mich aufsuchen wirst.«

»Bitte setz dich zu mir, damit ich dir erzählen kann, was gestern passierte.«

Ohne weitere Aufforderung huschte sie zu der Holzbank an der Wand und setzte sich ganz dicht neben ihn.

»Hast du Hunger, möchtest du etwas essen? Tante Margaret hat Plätzchen gebacken und Honigkuchen und unzählige Bratäpfel sind …«

»Später, mein Liebes«, unterbrach er sanft ihren Wortschwall, amüsiert über ihre plötzlich aufgekratzte Stimmung. »Im Augenblick bin ich zu glücklich, um etwas zu mir nehmen zu können. Du bist an meiner Seite, nichts anderes zählt.«

Er löste umständlich seinen Harnisch und ließ sich bereitwillig von Kelly dabei helfen; schließlich hatte sie oft genug zugeschaut, wenn sich der Knappe damit beschäftigte.

»William!«, stieß Kelly hervor. »Hat er überlebt?«

»Er genauso wie meine anderen Männer; niemand wurde bei der Erstürmung ernsthaft verletzt. Deine Tante stört es hoffentlich nicht, dass ich Herkules in ihrem ehemaligen Ziegenstall untergebracht habe.«

Kellys Augen strahlten. »Dann hat man ihm nichts getan, während du fort warst?«

»Das hätte niemand von Geoffreys dummen Knechten gewagt. Brian berichtete später, dass Herkules jeden gebissen hat, der sich ihm näherte – und wer es trotzdem wagte, wurde mit einem derben Huftritt belohnt.« Er lachte. »Er wieherte fröhlich, als er mich erkannte, und schien froh zu sein, dass ich wieder da war.«

Ronalds Hand tastete sich zaghaft zu ihren Händen. »Während des Kampfes dachte ich ausschließlich an dich – ich *musste* dich wiedersehen, das war mir plötzlich wichtiger, als die Burg zu erobern.«

»Und dabei wolltest du mich nie wiedersehen«, gab sie mit leichtem Vorwurf in der Stimme zurück. »Wieso hast du deine Meinung so rasch geändert?«

Versonnen starrte er auf die Kerzen, die auf dem Tisch einen großen Kreis bildeten. »Ich hatte vor, dir ein unstetes Leben an meiner Seite zu ersparen, das hatte ich dir ja erklärt. Und ich war fest davon überzeugt, dass ich dich vergessen könnte. Aber schon auf dem Weg zu meinen Männern wurde mir klar, dass ich es nicht fertigbringen würde, ein Leben lang auf dich zu verzichten.«

Innerlich jubelte Kelly. Er liebte sie wirklich, das war das schönste Geschenk auf Erden!

»Erzähl mir bitte, wie die Stürmung vonstatten ging«, sagte sie mit belegter Stimme, um nicht schon wieder in Freudentränen ausbrechen zu müssen. »Ich möchte alles wissen. Derweil werde ich dir Tee machen, du musst ja völlig durchgefroren sein.« Sie sprang auf und eilte zum Kessel mit dem heißen Wasser.

Er lachte hinter ihr. »So leicht erfriere ich nicht, aber gegen ein warmes Getränk habe ich nichts einzuwenden.«

Hektisch durchsuchte Kelly derweil die verschiedenen Döschen auf dem Regal. Wo war nur dieser Beerentee, der schon beim ersten Schluck so herrlich heiß durch alle Glieder zu strömen schien?

Sie fand den Tee in der letzten Dose, schüttete etwas davon

in zwei Becher und kippte Wasser darauf – genauso, wie sie es bei Margaret gesehen hatte.

»Du bist sehr schön«, sagte Ronald, der Kelly bei ihrer hektischen Tätigkeit beobachtete.

Sie wirbelte herum, strich sich verlegen über den Rock und erwiderte scheu: »Meine Tante schenkte mir dieses Gewand.«

»Ich meine nicht dein Kleid, sondern *dich*. Ich fand dich ebenso begehrenswert in den Lumpen, die du während unserer Flucht getragen hast.« Sein Blick glitt zum Kleidersaum. »Trägst du übrigens immer noch die Leinenfetzen an deinen Füßen.«

Sie lachte auf und balancierte die Getränke zum Tisch. »Tante Margaret befahl mir, die zerschlissenen Stoffstreifen im Feuer zu verbrennen. Lieber Himmel, ich dachte, meine Füße würden nie wieder warm werden.«

Sie setzte sich mit strahlendem Lächeln wieder neben Ronald auf die Bank. »Aber nun berichte. Wo befindet sich Sir Lennox?«

»In der Hölle«, verkündete Ronald munter und trank einen winzigen Schluck Tee. »Aber lass mich von Anbeginn erzählen.«

Gebannt hing Kelly an seinen Lippen.

»Alles lief nach Plan; meine Leute erwarteten mich am ausgemachten Treffpunkt. Eigentlich ging alles spielend einfach: Geoffrey und seine Gäste begaben sich in aller Frühe auf die Hirschjagd; um die Mittagszeit herum – ich war gerade am Treffpunkt angekommen – erschien der arme Brian mit einem Sack Unrat vor dem Burgtor und begab sich damit zu dem stinkenden Müllbach. Während er unterwegs war, schlichen wir uns nacheinander zum geschlossenen Tor und verhielten uns ruhig, bis Brian zurückkam. Dann pochte er gegen das Tor und begehrte lautstark Einlass; die beiden einfältigen Wächter waren zu überrumpelt, sich zur Wehr zu setzen, als wir alle zusammen in den Hof stürmten. Sie ergaben sich sofort, und wir sperrten sie in den Kerker. Die anderen Bediensteten waren nicht minder überrascht, sodass wir leichtes Spiel mit ihnen hatten … den Turmwächtern erging es ebenso. Bevor sie ihre Lanzen heben konnten, waren sie bereits von uns umzingelt.«

»Und Sir Lennox?«

»Mit dem hatten wir es ein wenig schwerer. Wir erwarteten ihn auf dem Burghof, bei geschlossenem Burgtor. Schon von Weitem konnten wir hören, wie er in der Abenddämmerung mit seiner zweifelhaften Gesellschaft zurückkehrte. Er schrie, dass man ihm gefälligst öffnen solle, und wir taten ihm den Gefallen und öffneten das Tor einen Spalt – gerade so weit, dass er mit seinem Pferd hindurchpasste, dann schlugen wir es wieder zu.« Ronald lächelte verschmitzt. »Du hättest seinen dämlichen Gesichtsausdruck sehen sollen, als er mich erkannte. Wütend sprang er vom Pferd und zückte sogleich sein Schwert, während vor dem Tor seine Schergen gegen das Holz schlugen. Geoffrey war ein guter Kämpfer, das muss ich zugeben, aber ich habe ihn dennoch besiegt. Seine Männer wurden schon von meinen Gefolgsleuten erwartet und einer nach dem anderen getötet.«

»Was passierte mit den Gästen?«, erkundigte sich Kelly, die erleichtert war, dass Ronald noch nicht einmal eine Schramme beim Kampf davongetragen hatte. »Haben sie denn Geoffreys Männern nicht beigestanden?«

»Ach was, die stoben ängstlich in alle Himmelsrichtungen auseinander, als sie merkten, was los war«, berichtete Ronald lachend. »Nachdem die Schlacht entschieden war, suchten wir nach der Braut, die noch immer in der Kemenate gefangen gehalten wurde. Das arme Mädchen erschrak zu Tode, als es uns sah, doch wir konnten sie beruhigen; zwei meiner Männer brachten sie zu ihren Eltern zurück. Nach einigen Formalitäten werde ich Herr von Barningmore Castle sein, und das Volk kann wieder ohne Angst und Schrecken leben.«

»Diese Nachricht wird für alle ein schönes Weihnachtsgeschenk sein.« Kelly legte ihren Kopf an seine Schulter. »Und du bist mein Weihnachtsgeschenk. Warum hast du gestern beim Abschied gesagt, dass wir keine gemeinsame Zukunft haben können?«

»Weil ich davon überzeugt war«, gab er sofort zu. »Aber ich habe nicht bedacht, dass mein Herz mit dieser Entscheidung nicht einverstanden war. Schon auf dem Weg zur Burg wurde mir klar, dass ich nicht ohne dich leben kann; immer wieder versuchte ich mich selbst umzustimmen und zählte all die Dinge auf, die gegen eine Zukunft mit dir sprächen. Aber meine Gefühle zu dir sind stärker, Ceally.«

Sie hob ihren Kopf, und in ihren Augen schimmerten erneut Tränen des Glücks. Ronald nahm ihre Hand und küsste sie, dann sagte er: »Ich habe mich schon in dich verliebt, als ich dich zum ersten Mal im Festsaal sah. Du wirktest so unglücklich, dass es mir in der Seele leidtat. Schon vor der Ankündigung, dass Geoffrey eine Braut gefunden habe, hatte ich den Entschluss gefasst, diese Frau zu entführen, damit diesem Barbaren Barningmore Castle nicht vollends in die Hände fallen konnte. Und dann sah ich dich …«

»Ich habe dich auch sofort bemerkt, weil du nicht betrunken warst und dich nicht flegelhaft benommen hast, so wie die anderen.«

»Ich befahl mir selbst, bei der Entführung nur an meinen Plan zu denken und zu vergessen, wie wunderschön du bist – aber es gelang mir nicht. Und als du dann noch anfingst, mit deinen Reizen zu spielen, hätte ich dich am liebsten sofort in meine Arme gerissen. Hat Geoffrey dich wirklich nicht entehrt?«

»Nein, er schlief vorher ein.« Kelly schnitt eine Grimasse. »Aber allein an seinen Gestank zu denken, dreht mir den Magen um. Noch jetzt bekomme ich eine Gänsehaut, wenn ich an das erniedrigende Intermezzo in meinem Schlafzimmer denken muss.«

Ronald presste ihren Kopf wieder an seine Schulter. »So etwas wird dir nie wieder geschehen, das verspreche ich dir.«

Sie seufzte zufrieden, denn sie wusste, dass sie in Sicherheit war, solange sich Ronald um sie kümmerte.

So saßen sie schweigend beieinander und genossen die festliche Zweisamkeit; schauten ins Kaminfeuer und tranken schluckweise den mittlerweile ausgekühlten Tee und hielten sich bei den Händen.

In der Stube roch es noch immer weihnachtlich, und Kelly war wunschlos glücklich. Vergessen war die verflixte Gewandbrosche, vergessen das 21. Jahrhundert. Ja, sie wollte für immer hierbleiben, denn sie wusste, dass sie auf die Annehmlichkeiten ihrer Zeit verzichten konnte, nicht jedoch auf ihren Ritter.

Inzwischen waren Stunden seit Margarets Aufbruch zum Gottesdienst verstrichen, und Kelly fragte sich, wann die kleine schrullige Frau wohl zurückkehren würde.

Sie spürte, wie das Verlangen nach Ronald in ihr heftiger wurde und wollte mit ihm schlafen. Ein Blick in seine Augen sagte ihr, dass er sich nichts lieber als dasselbe wie seine Angebetete wünschte. Er neigte sich zu ihr hinüber und bedeckte ihren Hals mit heißen Küssen – doch bevor sie ihn gewähren ließ, musste sie unbedingt etwas klären, von dem sie hoffte, dass er nicht enttäuscht von ihr war.

Sie rückte etwas von Ronald ab und sagte verlegen: »Ich muss dir etwas gestehen.« Und auf seinen fragenden Blick gab sie zögernd zu: »Ich … ich bin keine Jungfrau mehr …«

Zu ihrem Erstaunen grinste er lediglich und sagte: »Ich weiß.«

»Woher?«

»Ich bin mir nicht sicher, ob du etwas gemerkt hast. Erinnerst du dich an diese Nacht in der Scheune, in der wir eng nebeneinander gelegen haben? Nun, obwohl es stockfinster war, war es mir unerträglich, dass du so dicht neben mir gelegen hast und ich dich nicht berühren durfte. Also wartete ich, bis du fest schliefst und ließ dann meine Hand auf Wanderschaft gehen. Dabei merkte ich, dass dich schon einmal ein Mann besessen haben musste.«

In gespielter Empörung stemmte Kelly die Fäuste gegen ihre Hüften. »Du warst das also! Und ich bildete mir tatsächlich ein, ich hätte geträumt!«

»Dann hat es dir gefallen?«

»Nun ja, du hast mir ein paar sehr vergnügliche Minuten verschafft«, gab sie zu. »Und wenn ich ehrlich sein soll, muss ich gestehen, dass ich mir wünschte, *nicht* geträumt zu haben.«

Er zog sie wieder an sich. »Also verzeihst du mir? Im Gegenzug will ich dich nicht fragen, welcher Mann dich vor mir besessen hat.«

Zum Glück, denn Kelly hätte keine Antwort darauf gewusst, denn im Laufe der letzten Jahre waren es etliche Männer, denen sie ihre Gunst geschenkt hatte.

Plötzlich spürte Kelly, dass sich seine Hand sachte auf ihre Brust legte, und ihr entrang sich ein wohliges Gurren.

»Lass uns nach oben gehen, Geliebter«, raunte sie ihm ins Ohr. »Lass uns endlich eins werden.«

20

Kichernd wie Teenager stiegen sie nacheinander hinauf zum Dachboden; die erbarmungslose Kälte, die ihnen entgegenschlug, konnte nicht verhindern, dass Kellys Körper vor Begierde glühte – und auch Ronald schien alles andere als zu frieren.

Sie nahm ihn bei der Hand und führte ihn zu ihrem Schlaflager, denn es war stockfinster, und das Licht einer Kerze hätte die erotische Atmosphäre nur gestört.

Kelly setzte sich auf die Felle und zog Ronald sanft mit sich hinunter. Zärtlich betasteten sie das geliebte Gesicht des anderen.

»Ich liebe dich so sehr, dass ich keine Sekunde mehr ohne dich sein will«, flüsterte Ronald, nahm Kellys Gesicht in beide Hände und bedeckte es mit unzähligen kleinen Küssen.

»Mir geht es ebenso, mein Geliebter. Lass mich bitte nie wieder allein.«

»Niemand wird mich davon abhalten können.«

Sie spürte, dass seine Zunge sich gegen ihren Mund drängte und öffnete bereitwillig ihre Lippen. Ein leises Stöhnen entrang sich seiner Kehle, als seine Zunge intensiv ihre Mundhöhle erforschte, und Kelly drängte sich ihm leidenschaftlich entgegen.

Sie spürte seine Erregung, aber noch war es nicht so weit, sich ihm hinzugeben – noch nicht, denn es gab noch so viel an seinem Körper zu erforschen.

Während Kelly ihren Ritter umklammerte, versuchte dieser, ihr das schwere Gewand auszuziehen, was schier unmöglich zu sein schien. Kelly half ihm dabei, dann schlüpfte sie nackt unter die Felldecke. Sie konnte hören, dass sich Ronald auch entkleidete. Dann kroch er auch unter die Decke, und das prickelnde Gefühl seines warmen harten Körpers an dem ihren ließ Kelly einen leisen Entzückensschrei ausstoßen. Fast zaghaft strich sie über Ronalds Schulter, fand auf Anhieb die kaum vernarbte Wunde und verweilte dort einige Sekunden reglos. Es war ihr, als hätte sie erst einen Tag zuvor Ronalds Blut gestillt, das aus der klaffenden Wunde gequollen war, hatte diese täglich verbunden und somit wahrscheinlich Ronalds Leben gerettet.

Kellys Hand wanderte höher zu seinem muskulösen Hals; sie konnte deutlich das kräftige Pochen seiner Schlagader fühlen. Währenddessen küsste Ronald Kellys schönen Körper schwer atmend weiter. Nachdem er auf ihrem Hals kleine feuchte Küsse hinterlassen hatte, begann er ihre Brüste zu liebkosen. Abwechselnd nahm er eine ihrer steil aufgerichteten Brustwarzen in den Mund und umspielte sie mit seiner Zunge, bis Kelly glaubte, explodieren zu müssen. Doch jedes Mal, wenn sie kurz vor dem Höhepunkt war, hielt Ronald inne und beschäftigte sich mit einem sanften Streicheln ihres flachen Bauches, bis sie wieder ruhiger atmete.

Auch Kelly blieb nicht untätig; kaum spürbar strichen ihre Fingerspitzen erst über Ronalds Rücken, dann über seinen harten Bauch. Er stöhnte, als sie seine Leiste berührte – dabei dachte sie flüchtig an seine Aufforderung, ihn auf dem Krankenlager zu befriedigen. Aber diesmal würde sie nicht vorzeitig anhalten, diesmal sollte er zur Erfüllung kommen.

Als seine Hand sich Kellys Schenkeln näherte, war sie bereits feucht und sein harter Penis presste sich an ihren Schenkel. In diesem Augenblick wünschte sich Kelly, dass sie Ronald in seiner ganzen Pracht sehen könnte – aber sie beruhigte sich damit, dass sie noch alle Zeit der Welt hatte, ihren Ritter nackt sehen zu können.

Ihre Hand tastete sich zu Ronalds drahtigem Schamhaar, dann griff sie vorsichtig zu seinem Penis und umschloss ihn mit den Fingern. Er stöhnte lauter, und gleichzeitig strich er über die Innenseite ihrer Oberschenkel, fand ihre nasse Vagina und ihre Klitoris. Wie schon bei seiner heimlichen Annäherung in der Feldscheune umkreiste sein Daumen sie – zuerst so sachte wie ein Hauch, dann mit verstärktem Druck, sodass Kelly für einige Sekunden seinen Penis vergaß und sich vor Lust aufbäumte.

»Ich will dich jetzt«, raunte Ronald ihr mit vor Erregung heiserer Stimme ins Ohr. »Wenn ich nicht sofort mit dir schlafe, ist es zu spät.«

Sie wusste, was er meinte, denn seine Eichel war bereits so nass wie ihre Vagina. Sie zog ihn über sich, spreizte ihre Beine und hob willig ihr Becken. Beider Stöhnen wurde lauter und heftiger, und als er behutsam in sie eindrang, schrien sie unterdrückt auf, denn endlich bekamen sie das, wonach sie sich seit vielen Wochen sehnten.

Einen Moment blieben sie bewegungslos liegen, um den ersten Augenblick des Zusammenseins auszukosten. Dann hielt Kelly es nicht länger aus, ihre Beine umklammerten seine Hüften und sie ließ ihr Becken kreisen, sodass Ronald nichts anderes übrig blieb, als sich ihren Bewegungen anzupassen.

Zuerst langsam und zärtlich liebten sie sich, dann wurden seine Stöße heftiger und heftiger. Er füllte Kelly ganz aus, und sie glaubte zu träumen, so unvorstellbar war es für sie, dass es ein Mann fertigbrachte, sie in Ekstase zu versetzen – in einen Rausch, bei dem ihr Hören und Sehen verging.

Kelly stöhnte lauter und hätte Ronald am liebsten überall gleichzeitig berührt. Während sie sich liebten, küsste Ronald sie immer wieder und massierte ihre Brüste; und stets, wenn sie zu explodieren glaubte, hielt Ronald inne, um den gemeinsamen Höhepunkt noch länger hinauszuzögern.

Aber schließlich vermochte er sich nicht mehr zurückzuhalten. Seine Stöße wurde härter und wilder, und während Kelly spürte, dass ihr Orgasmus nicht länger zurückzuhalten war, ergoss sich Ronald heiß in sie.

Das finstere Dachgeschoss des kleinen Häuschens wurde erfüllt von Lustschreien und lautem Stöhnen. Nur allmählich vermochte das Liebespaar wieder ruhiger zu atmen, doch Ronald machte keine Anstalten, sich von Kelly zu rollen. Um ihren schweißnassen erhitzten Körper zu entlasten, stützte sich Ronald auf die Ellenbogen und sagte in die Dunkelheit hinein: »Du bist die Erfüllung all meiner Wünsche, Ceally. Ich liebe dich so sehr ...« Seine Lippen suchten in der Finsternis ihren Mund und fanden ihn.

Kelly umklammerte noch immer seine Hüften; sie wollte seinen Penis so lange wie möglich in sich spüren, denn er war noch nicht erschlafft, wie es nach dem Sex im Allgemeinen üblich war.

Doch Ronald war kein gewöhnlicher Mann; er schien ein nimmersatter Hengst zu sein, denn schon begann er sich wieder in Kelly zu bewegen – erst langsam, dann fordernder. Innerhalb weniger Sekunden stand auch Kellys Körper wieder in Flammen, und ließ sie vergessen, wer und wo sie war.

Dieses Mal jedoch liebten sie sich sanfter und voller Hingabe, nicht so ausgehungert wie davor. In einem nüchternen Moment fragte sich Kelly, ob Margaret inzwischen zurückgekehrt war, wartend in der Stube saß und den lüsternen Geräuschen in der Dachkammer lauschte.

Doch dann wurde sie vom nächsten Höhepunkt überrascht, und auch Ronald konnte sich nicht länger zurückhalten. Erschöpft rollte er sich neben Kelly, zog sie an seine schweißbedeckte Brust und küsste ihren Scheitel.

Wie ein liebebedürftiges Kätzchen schmiegte sich Kelly an den geliebten Mann und wisperte: »Ich liebe dich und werde dich immer lieben ...«

Sie fühlte, wie sich Ronald entspannte. Er antwortete nicht, sondern grunzte zufrieden, während er Kelly noch enger an sich presste.

Gedämpftes Glockengeläut erklang in der Ferne, das Kelly aus ihrer verzauberten Stimmung riss. »Was ist das?«

»Das wird die Mitternachtsmesse sein, Liebes«, gab er träge zurück, während er mit einer Locke ihres Haares spielte. »Du erinnerst dich? Es ist Weihnachten ...«

Kelly schnellte hoch. »Dann ist es bereits Mitternacht. Wieso ist meine Tante noch unterwegs? Sie ging doch schon am Nachmittag zum Gottesdienst.«

»Mach dir keine Sorgen.« Ronald strich zärtlich über ihren nackten Rücken. »Deine Tante ist sehr gläubig, sie vertraute es mir und meinem Vetter einmal an. Wenn sie wieder hier ist, werde ich ihr die Umstände erklären – und ich bin sicher, dass sie Verständnis für uns hat und froh sein wird, dass du nun bald unter der Haube bist.«

Sie legte sich wieder neben ihn. »Du willst mich heiraten?«

»Aber gewiss! Niemals würde ich die Ehre einer anständigen Frau beflecken«, sagte er im Brustton der Überzeugung. »Ich bin ein ehrenhafter Ritter und werde es bis zum Jüngsten Tag bleiben ... natürlich vorausgesetzt, dass auch du mich so sehr liebst, dass du mich zum Gemahl haben willst.«

Jauchzend umklammerte sie ihn. »Nichts anderes wünsche ich mir, mein Liebster.« Sie überlegte kurz, dann legte sie sich auf Ronald, dessen Körper auf der Stelle reagierte.

Kelly bedeckte ihn mit Küssen – winzigen gehauchten sowie feuchten leidenschaftlichen. Sie verwöhnte seinen gesamten Körper, und seine empfindlichste Stelle besonders intensiv. Doch kaum war Ronald wieder zu Atem bekommen, revanchierte er sich, und als seine heiße Zunge in ihre Vagina vordrang, war es abermals um ihre Beherrschung geschehen.

Erschöpft, aber unendlich glücklich und befriedigt, lagen sie schließlich da, besitzergreifend umklammert in die warmen Felle gewickelt. Es herrschte vollkommene Stille außer den gleichmäßigen Atemzügen des Paares.

An Margaret dachte Kelly nur noch einmal, sie war viel zu müde. Ronald hatte wahrscheinlich mit seiner Vermutung recht, dass die alte Frau es vorzog, fast den gesamten Weihnachtstag in der Kirche zu verbringen, und Kelly war ihr sogar dankbar, dass sie diese Nacht ihr und Ronald geschenkt hatte.

Noch immer schliefen sie nicht richtig, sondern dösten

etwas, um sich dann wieder darauf zu besinnen, was geschehen war und sich enger aneinanderzukuscheln.

Als Kelly im Halbschlaf die Augen öffnete, erkannte sie erstaunt, dass es schon wieder hell wurde; auch Ronald erwachte und rieb sich die Augen.

»Ob meine Tante wieder daheim ist?«, fragte Kelly besorgt. »Ich habe sie nicht kommen hören.«

»Sie wird Herkules im Stall entdeckt und sich gedacht haben, dass du Besuch hast«, mutmaßte Ronald, dann erhob er sich abrupt. »Oh, um ein Haar hätte ich vergessen, dir dein Weihnachtsgeschenk zu überreichen.«

Er langte nach seiner Kleidung, wühlte darin herum und übergab Kelly feierlich einen runden Gegenstand. Sie war zu überrascht, um sich zu bedanken, nahm das kühle Gebilde aus Ronalds Hand entgegen und versuchte es im Dämmerlicht genauer zu betrachten – und hielt unbewusst den Atem an, als sie erkannte, was es war – die Brosche aus dem Schmuckkästchen!

»Gefällt sie dir nicht?«, fragte Ronald unsicher. »Ich dachte mir, dass dir diese Gewandbrosche wunderbar stehen würde.«

Es brauchte etliche Sekunden, bis sich Kelly von ihrem Schock erholt hatte. »Sie ist wunderschön, ich danke dir. Woher hast du sie?«

Er zog Kelly wieder an sich. »Das ist doch unwichtig, oder? Hauptsache, sie gefällt dir. Und jetzt schlaf noch ein wenig, mein Liebling.«

Mit einem wohligen Seufzer legte sich Kelly wieder hin, das Schmuckstück neben sich. Nun brauchte sie die Brosche nicht mehr, da sie ihr Glück im 14. Jahrhundert gefunden hatte.

21

Irgendetwas stimmte nicht. Im Unterbewusstsein hörte Kelly gedämpfte Laute, die von Kindern stammen mussten – Lachen und Kichern, Schreien und das Tapsen von Kinderfüßen auf dem Fußboden.

Unwillig runzelte Kelly im Halbschlaf die Stirn und wälzte sich auf die andere Seite. Doch halt – wieso war die Felldecke so leicht wie eine Feder, wieso war es angenehm warm auf dem Dachboden und wieso roch es nicht länger nach Tierfell und Stroh?

Noch weigerte sich Kelly, die Augen zu öffnen und tastete nach ihrem Ritter; doch seine Schlafstelle war leer. Irritiert blinzelte sie schließlich … und erschrak. Sie richtete sich auf und rieb sich die Augen, als wolle sie einen bösen Traum verscheuchen. Doch das Bild vor ihr war real; Kelly lag im Bett ihres ehemaligen Zimmers, gelegen in ihrem Elternhaus in Camden!

Noch immer verwirrt hob Kelly die leichte Daunenbettdecke an und sah, dass sie eines ihrer bequemen Schlaf-Shirts trug – und dass Ronald verschwunden war. Trocken schluchzte Kelly auf; was war in der vergangenen Nacht geschehen?

Leise, aber letztendlich vergebens, wisperte Kelly Ronalds Namen, und als er sich nicht meldete – nicht melden konnte, weil er im 14. Jahrhundert gelebt hatte –, brach Panik in ihr aus. Sie versuchte ruhig zu bleiben und sich an jedes Detail des außergewöhnlichen Weihnachtstages in Margarets Haus zu erinnern.

Die verwunschene Brosche musste schuld daran sein, dass Kelly wieder in ihrer eigenen Zeit gelandet war! Mit einem gequälten Laut sank sie in die Kissen zurück; nun, da sie ihren

Ritter endlich gefunden und sie sich dazu entschlossen hatte, für immer im Mittelalter zu bleiben, hatte Ronald ihr unbedingt diese verflixte Gewandbrosche schenken müssen!

Draußen auf dem Flur tobten weiterhin Kellys Neffen und Nichten. Hatte denn niemand bemerkt, dass sie wochenlang fort gewesen war?

Noch einmal lugte Kelly unter die Decke, um sich ihre Füße genauer anzuschauen, die mangels Waschgelegenheit meistens nicht ganz sauber gewesen waren – doch nun waren sie blitzsauber und die Fußnägel frisch geschnitten.

Kelly wollte noch nicht aufstehen und von ihrer abenteuerlichen Zeitreise erzählen, denn das hatte Zeit. Die Kinder sangen *Jingle Bells,* laut und schräg. Wie es schien, war Kelly trotz der Zeitverschiebung direkt am Weihnachtstag wieder im Jahr 2012 gelandet – doch noch immer hoffte sie, dass sie nur träumte und gleich von Ronald mit einem zärtlichen Kuss geweckt werden würde.

Fast wütend zog sie sich die Decke über den Kopf, damit sie die störenden Geräusche nicht mehr hören musste, die ihr inzwischen fast fremd geworden waren.

Doch als Kelly nach einer halben Stunde die Decke wieder lüpfte, sangen die Kinder immer noch auf dem Flur, und die vertraute Umgebung hatte sich ebenfalls nicht verändert. Mit der bitteren Erkenntnis, dass sie geträumt haben musste und Ronald nur in ihrer Fantasie existierte, schwang Kelly schweren Herzens ihre Beine aus dem Bett, stand auf und griff nach ihrem seidenen Kimono, der ihr als Morgenmantel diente.

Sie öffnete die Türen des Einbauschrankes und hoffte dabei, den grünen Samt ihres Gewandes zu entdecken oder einen Zipfel der leinenen Unterkleider – aber da hingen nur säuberlich auf Kleiderbügel drapierte Blusen, Rock und Jeans, daneben in den Fächern lagen hauchfeine Dessous.

Inzwischen war es vor der Tür ruhiger geworden, sodass Kelly es wagte, ins gegenüberliegende Bad zu huschen. Auch wenn sie in den Wochen zuvor sehnsüchtig nach einer warmen

Dusche gegiert hatte, konnte Kelly den plötzlichen Luxus nicht mehr genießen. Mit Freuden hätte sie auf all diese Annehmlichkeiten verzichtet, wenn sie dafür mit Ronald für immer zusammenbleiben könnte!

»Tante Kelly ist wach! Granny, Tante Kelly ist endlich wach!«, rief aufgeregt der kleine Sohn ihrer Schwester, als er Kelly aus dem Bad kommen sah; die anderen drei Kinder erhoben sich nun auch von der Treppe und umringten ihre Tante aufgeregt.

Am unteren Treppenabsatz erschien Helen Standhurst; sie trug eine geblümte Kittelschürze und in der Hand ein Küchenhandtuch.

»Wir dachten, du würdest heute gar nicht mehr aufstehen wollen!«, rief sie lachend nach oben. »Frohe Weihnachten, mein Kind! Beeile dich, alle warten schon mit dem Frühstück auf dich. Und ihr Kleinen kommt nach unten, damit sich Kelly in Ruhe anziehen kann.«

Artig marschierten die Kindern nacheinander die Treppe hinunter, jedoch nicht, ohne ihrer Tante »Frohe Weihnachten« zuzurufen.

Mechanisch lächelte Kelly und flüchtete in ihr Zimmer. Warum wunderte sich denn niemand, dass sie in den vergangenen Wochen unauffindbar gewesen war? Und wie war sie in ihrem Elternhaus gelandet anstatt in dem alten Cottage in Maidstone?

Es fiel Kelly sehr schwer, sich auf ihre Garderobe zu konzentrieren, und es war so ungewohnt, wieder Unterwäsche zu tragen. Das kurze Leben im Mittelalter hatte sie bereits dermaßen geprägt, dass sie sich in ihrer modernen Kleidung unwohl fühlte.

Schließlich ging Kelly nach unten, wo sie vom Rest der Familie bereits im Esszimmer erwartet wurde. Aber anstatt sie mit Fragen zu bombardieren, wurde sie nur fröhlich begrüßt und aufgefordert, Platz zu nehmen.

Es *musste* Weihnachten sein, denn der Frühstückstisch war wie jedes Mal zum Fest mit Früchtebrot und allerlei Weihnachtsgebäck gedeckt.

»Ach Kinder, ist das schön, mal wieder die ganze Familie um mich versammelt zu haben!«, rief Helen mit vor Freude erhitzter Miene aus. »Nicht wahr, Arthur?«

Kellys Vater nickte lapidar, obwohl man ihm ansah, wie froh er darüber war, dass die Familie nicht ständig in dem kleinen Reihenhaus lebte.

Unauffällig sah sich Kelly um. Es hatte sich nichts verändert; der künstliche Weihnachtsbaum, den man im angrenzenden Wohnzimmer erkennen konnte, war geschmückt wie jedes Jahr – und sogar die festlich verpackten Geschenke, die darauf warteten, ausgepackt zu werden, lagen wie üblich unter dem Baum.

Trotz all dieser Indizien tat sich Kelly schwer, sich gänzlich unbefangen zu verhalten. Sie trank schweigend etwas Tee und knabberte an einem Keks herum. Nun, daran, dass sie sich wieder in ihrer eigenen Zeit befand, konnte sie sich gewöhnen – aber nicht daran, dass sie Ronald of Bragham für immer verloren hatte.

Schließlich kam Kelly eine Idee. Sie musste zurück an den schicksalhaften Ort, der ihr Leben auf einen Schlag verändert hatte – zu dem Häuschen der verstorbenen Mrs Ingles! Dort, so hoffte Kelly, würde sie eine Erklärung für die sonderbaren Vorkommnisse finden.

»Wo ist meine Handtasche?«, fragte sie unvermittelt, sodass alle Anwesenden erstaunt die Köpfe hoben. »Ich brauche meinen Wagenschlüssel!«

Helen setzte ihre Teetasse ab, bevor sie antwortete. »Deine Tasche wird sich dort befinden, wo du sie gestern nach deiner Ankunft abgelegt hast. Aber wozu brauchst du jetzt die Schlüssel für dein Auto? Du wirst doch wohl nicht heute das Haus verlassen?«

Doch Kelly war schon aufgesprungen. »Ich … habe zu Hause etwas vergessen, werde nicht lange fortbleiben.«

»Hat das nicht Zeit bis morgen?« Helen machte eine missmutige Miene. »Denk dran, dass der nette Mr Burns von nebenan nachher erscheint. Ich konnte ihn übrigens dazu überreden, schon zum Fünf-Uhr-Tee zu kommen.«

Aber ihre Tochter war schon bei der Tür. »Mom, hör auf, mich verkuppeln zu wollen … aber ich verspreche dir, pünktlich zurück zu sein.«

»Lass sie gehen, Helen«, warf Arthur ein. »Wenn sie sagt, dass sie pünktlich ist, wird sie pünktlich sein.«

»Danke Dad.« Kelly wartete nicht ab, was ihre Mutter zu sagen hatte und eilte in den Flur hinaus, dennoch konnte sie hören, wie Helen beleidigt murmelte, dass es sich nicht gehöre, am Weihnachtstag die Familienfeier zu verlassen.

Kelly fand ihre Handtasche in der Fensterbank, wo sie sie immer abstellte, wenn sie bei ihren Eltern über Nacht blieb. Mit zitternden Händen öffnete Kelly die Tasche und fand dort nicht nur ihre Papiere, sondern auch den Autoschlüssel.

Ein Blick aus dem Fenster zeigte ihr, dass der Wagen ordentlich am Straßenrand geparkt war, obwohl er doch eigentlich an der Blunt Road vor Mrs Ingles' Häuschen abgestellt worden war.

Kelly warf sich ihren Mantel über, versprach im Vorbeigehen ihrer Mutter, sich zu beeilen und stürzte aus dem Haus. Typisch weihnachtlicher Nieselregen erwartete Kelly; fröstelnd schlug sie den Mantelkragen höher und stieg in ihr Auto. Alles schien so, als wäre sie nie fort gewesen, und im Handschuhfach fand sie einen Scheck ihrer Firma mit dem Weihnachtsgeld.

Noch einmal holte Kelly tief Luft, dann startete sie den Motor, der sofort ansprang. Welch seltsames Gefühl war es doch, nach so vielen Wochen wieder ein Lenkrad zu berühren, und flüchtig dachte Kelly an die derben Lederzügel, die sie stattdessen während dieser Zeit ergriffen hatte.

Der Regen verstärkte sich auf dem Weg nach Kent. Hier und da konnte Kelly beleuchtete Weihnachtsbäume in den Fenstern der Häuser erkennen, die vereinzelt zu beiden Seiten der Straße standen.

Wie schön und edel hatte doch die Landschaft im Schnee ausgesehen, dachte Kelly wehmütig. Kein Wunder, dass in England kaum festliche Stimmung aufkam, wenn die Welt in grauem Dunst dalag und der einzige Niederschlag aus nicht enden wollendem Regen bestand.

Aufmerksam betrachtete sie die Umgebung; früher oder später musste Barningmore Castle zur Linken auftauchen. Als sie die vom Regen verschleierten Umrisse der alten Burg auf halbem Weg entdeckte, schlug Kellys Herz schneller. Sie erkannte die Festung an den vier eckigen Wehrtürmen und glaubte den blutigen Richtblock im Burghof vor sich zu sehen sowie die widersprüchlichen Gerüche einzuatmen.

Vergebens suchte Kelly nach einer Abzweigung zur Burg, nahm sich jedoch vor, später im Internet nach einer Zufahrt zu suchen. Doch zunächst wollte sie das alte Cottage genauer inspizieren.

Sie atmete auf, als sie schließlich das Ortsschild von Maidstone vor sich sah. Die Stadt lag verlassen da, weder Menschen noch Fahrzeuge waren auf der Hauptstraße zu sehen. Kelly fuhr direkt ins Zentrum und stieg kurz aus, um sich davon zu überzeugen, dass es das historische Rathaus, das sie vor Wochen aufgesucht hatte, um den Schlüssel für das Haus abzuholen, tatsächlich gab.

Es stand genau dort, wo es immer gestanden hatte; an diesem Tag freilich geschlossen. Erneut wühlte Kelly in ihrer Handtasche, in der Hoffnung, den großen alten Schlüsselbund noch bei sich zu tragen. Aber sie fand ihn nicht, machte kehrt und lief zu ihrem Wagen zurück. Ein älteres Ehepaar, mit Geschenken beladen, kam Kelly entgegen. Vermutlich war es auf dem Weg zu seinen Enkelkindern und wunderte sich über die junge Frau mit dem gehetzten Blick.

Kelly schlüpfte schnell wieder ins Auto, um nicht vollends durchnässt zu werden und sagte sich mit Galgenhumor, dass sie ja sogar einen Sprung in den Burggraben überlebt hatte.

Sie verließ die Innenstadt, um auf dem schnellsten Weg nach

Sevenoaks zu gelangen. Ihre Nervosität steigerte sich mit jeder Minute, der sie sich jenem Häuschen näherte, in dem sie auf ihre angebliche Urahnin Margaret gestoßen war.

Sie fuhr vorsichtig die Blunt Road entlang, die sich kaum verändert zu haben schien. Als Kelly die lang gezogene Hecke erkannte, hinter der sich das Haus befand, hielt sie unbewusst den Atem an.

Die immergrüne Hecke sah ohne die hübsche Mütze aus Schnee traurig aus, aber das war nebensächlich. Kelly parkte ihr Auto an derselben Stelle wie beim ersten Besuch, stieg zögernd aus und schlug den schmalen Weg zum Haus ein. Doch auf den ersten Blick erkannte Kelly, dass hier schon seit sehr langer Zeit niemand mehr gewesen war. Die Fensterläden waren verriegelt und mit Querlatten gesichert, ebenso die Haustür, die nun wieder so verwittert wirkte wie im November.

Kelly ging einmal um das Haus herum, konnte jedoch kein Fenster entdecken, durch das sie schauen konnte. Doch im hinteren Bereich des verwilderten Gartens erkannte sie Mauerreste eines Stalles – es schien sich um den alten Ziegenstall zu handeln, in dem Ronald noch vor einem Tag sein Schlachtross Herkules untergebracht hatte.

Die Sehnsucht nach Ronald wurde in diesem Moment übermächtig, und Kelly stammelte verzweifelt den Namen ihres Ritters. Schniefend lief sie wieder zur Haustür und pochte hart gegen das Holz. »Margaret, bitte macht auf!«

Doch niemand antwortete, bis auf eine Krähe, die über dem Dach zu dem angrenzenden Feld flog und krächzend gegen die unwillkommene Ruhestörung protestierte.

Erschrocken fuhr Kelly herum, sie hatte sich nie so verlassen gefühlt wie in diesem Augenblick. Unschlüssig blieb sie vor der Tür stehen – sollte ihre Zeit im Jahre 1312 wirklich nie stattgefunden haben?

»Aber so real *kann* niemand träumen, niemand!«, sagte Kelly leise zu sich selbst. Die Personen, mit denen sie es zu tun gehabt hatte, waren echt – jeder Einzelne von ihnen.

Resigniert sah Kelly auf ihre Armbanduhr und stellte erschrocken fest, dass es bereits früher Nachmittag war, also Zeit, das Versprechen, das sie ihrer Mutter gegeben hatte, einzuhalten.

Bevor Kelly jedoch das verwaiste Grundstück verließ, durchschritt sie noch einmal den regennassen Garten, auf der Suche nach einem Zeichen aus dem 14. Jahrhundert. Vielleicht konnte sie einige Hufspuren von Herkules finden, oder einen Fußabdruck von Ronalds Stiefeln.

Aber ihre Suche blieb natürlich erfolglos, und ihr blieb nichts anderes übrig, als unverrichteter Dinge wieder heimzufahren, dabei schien es ihr unmöglich zu sein, weiterzuleben, als wäre nichts geschehen. Ohne Ronald schien ihr Leben nicht mehr lebenswert zu sein, denn mit der geheimnisvollen Rückkehr hatte sie ihren Ritter für immer verloren.

Sie blinzelte die Tränen fort, die ihr in die Augen gestiegen waren, stolperte zur Straße und stieg in ihren Wagen. Die unschuldige Fahrertür wurde so heftig zugeschlagen, dass die Seitenscheibe klirrte.

Kelly zermarterte sich den Kopf über all die seltsamen Ereignisse; dummerweise fand sie keine Spuren an ihrem Körper, der ihr die Zeitreise bewiesen hätte oder irgendeine Spur in dem alten Cottage.

Wie schon bei der Hinfahrt hatte Kelly fast die ganze Straße für sich. Mitunter kam ihr ein Fahrzeug mit hastig arbeitenden Regenwischern und angeschalteten Scheinwerfern entgegen; es sah alles so düster und trostlos aus, und dabei war Weihnachten! Wie schön war es doch in Margarets festlich erleuchteter Stube gewesen – und Ronalds unverhofftes Weihnachtsgeschenk hatte natürlich den Höhepunkt gebildet.

Kelly hatte noch keine Lust, nach Camden zurückzufahren, obwohl sie ihrer Mutter versprochen hatte, pünktlich zum Fünf-Uhr-Tee wieder da zu sein. Am Straßenrand hielt sie schließlich den Wagen an, stieg aus und atmete tief die feuchte kühle Luft ein. Mit verschränkten Armen lehnte sie sich gegen die Fahrertür und versuchte, ihre Gedanken zu ordnen. Obwohl sie inzwischen fest daran glaubte, diese ganze abenteuerliche Geschichte geträumt zu haben, fehlte ihr die Erinnerung an die vergangenen Wochen. Offensichtlich hatte sie ganz normal gelebt während dieser Zeit. Aber wieso erinnerte sie sich nicht daran?

Es war zum Verrücktwerden! Kelly konnte mit niemandem darüber reden, denn sonst würde man sie womöglich zum Psychiater schicken. Vielleicht war sie ja schon verrückt.

Der Gedanke, wahnsinnig zu sein, löste Panik in ihr aus, und sie versuchte sich an den Tag zu erinnern, der ihr schließlich zum Verhängnis geworden war. Bis sie das Inventar des Häuschens inspiziert hatte, war alles ganz normal gewesen – erst mit dem Berühren der Gewandbrosche hatte das Schicksal seinen Lauf genommen – oder ihre Halluzinationen hatten begonnen.

Aber wieso hatte sich alles so echt angefühlt? Die alte, weißhaarige Margaret, die behauptet hatte, dass sie Kellys Urahnin sei; der böse Sir Lennox und seine ungepflegten barbarischen Schergen – und schließlich Ronald. Sie waren alle *real* gewesen und keine Traumgestalten!

Verzweifelt fuhr sich Kelly mit allen zehn Fingern durch das Haar, bevor sie sich wieder hinter das Lenkrad klemmte. Da es noch immer regnete, war sie nass wie eine gebadete Katze, doch das bemerkte sie kaum, sondern blickte starr auf die Straße vor sich, rat- und hilflos.

Schon bald passierte sie wieder die Burg in der Ferne, und diesmal begann Kelly daran zu zweifeln, ob es sich tatsächlich um Barningmore Castle handelte.

Es war bereits dunkel, als Kelly vor ihrem Elternhaus parkte. Alle Lichter im Haus waren erhellt, und hinter den Schlafzimmerfenstern leuchteten Weihnachtspyramiden. Sofort musste Kelly wieder an die bescheidene Festbeleuchtung in Margarets Häuschen denken, und sofort stieg ihr der Geruch von Bratäpfeln und Honigkuchen in die Nase.

Sie flüchtete ins Haus. Aus dem Wohnzimmer waren Stimmen zu hören, und gleich darauf kam Helen aufgeregt in den Flur.

»Wo hast du so lange gesteckt?«, stieß sie hervor. »Und wie siehst du nur aus?« Ihr tadelnder Blick glitt zu Kellys feuchter Kleidung. »Mr Burns ist bereits da, wir haben mit dem Tee auf dich gewartet und die Kinder haben ihre Geschenke längst ausgepackt«, fügte sie mit vorwurfsvoller Stimme hinzu. »Geh rasch nach oben und zieh dich um; unser Nachbar ist schon sehr gespannt darauf, dich kennenzulernen.«

Beinahe hätte Kelly die Augen verdreht, doch sie nickte vage, um es sich nicht ganz mit ihrer Mutter zu verscherzen, machte kehrt und eilte die Treppe hinauf, um weiteren Kommentaren zu entgehen.

Der neue Nachbar war ihr einerlei; sie trödelte extrem lange, bis sie die Haare getrocknet und sich umgezogen hatte. Sie schaute noch nicht einmal in den Spiegel, bevor sie das Zimmer verließ. Jede ihrer Bewegungen geschah wie in Trance, und am liebsten wäre es ihr gewesen, sofort in ihre eigene Wohnung fahren zu können, um mit ihren quälenden Gedanken allein zu sein.

Missmutig ging Kelly wieder nach unten, doch auf der letzten Stufe stockte sie. Aus dem Wohnzimmer kam neben den Lauten der aufgedrehten Kinder, die sich wegen eines Spielzeugs in die Haare geraten waren, ein männliches Lachen, das Kelly sehr bekannt vorkam. Es war ein weiches dunkles Lachen, das Kelly an Ronald of Bragham erinnerte.

Unsicher betrat Kelly endlich das Wohnzimmer, und sie konnte nur den Rücken des sitzenden Nachbarn sehen – er hatte Ronalds blondes welliges Haar, nur eine Idee kürzer!

»Oh, da ist meine Tochter ja endlich!«, rief Helen erleichtert aus, und der Fremde drehte sich neugierig um.

Kelly befürchtete, auf der Stelle ohnmächtig zu werden, denn sie blickte in Ronalds Gesicht.

»Mr Burns, darf ich Ihnen Kelly vorstellen?«, hörte sie ihre

Mutter wie durch Watte sprechen. »Sie müssen Ihre Verspätung entschuldigen, ansonsten ist sie immer pünktlich auf die Minute.«

Langsam erhob sich der Mann und trat auf Kelly zu, die noch immer wie angewurzelt bei der Tür stand und ihn ansah, als käme er von einem anderen Stern.

»Hallo, ich bin Ron«, sagte er. »Ich wohne noch nicht lange hier.« Zaghaft reichte er ihr die Hand. »Ihre Mutter hat mir schon sehr viel von Ihnen erzählt.«

»Er arbeitet neuerdings an der Universität in London, weißt du«, mischte sich Helen stolz ein, als wäre Ron ihr eigener Sohn. »Gerade erwähnte er, dass er hobbymäßig Ahnenforschung betreibt; dabei hat er festgestellt, dass seine Ahnen einem bedeutenden Rittergeschlecht angehörten. Nicht wahr, Mr Burns?«

»Tatsächlich?«, hauchte Kelly tonlos, ohne den Blick von ihm zu lassen.

»Nun ja«, erwiderte er verlegen. »Es wird sich dabei wahrscheinlich um eine Horde Raubritter gehandelt haben.« Er schien nicht zu merken, dass er noch immer Kellys Hand hielt und seine blauen Augen ihrem Blick standhielten.

Als sie nur stumm nickte, räusperte er sich. »Sagen Sie, sind wir uns schon einmal begegnet?«

»Nein … nicht, dass ich wüsste. Warum fragen Sie?«

»Sie kommen mir irgendwie bekannt vor.«

Endlich gelang es Kelly, unbefangen zu lächeln. »Das bilden Sie sich vermutlich ein, weil meine Mutter so viel von mir erzählt hat.«

»Nein, bestimmt nicht. Ich sehe Sie heute zum ersten Mal, aber …« Aufmerksam betrachtete er sie, bis sie ihre Hand von seiner löste. Es bestand kein Zweifel – Ronald, der Ritter aus der Vergangenheit, stand leibhaftig vor ihr. Abgesehen von der modernen Kleidung, die er trug, war er es … Ronalds blaue Augen sahen sie an, seine Stimme klang exakt wie im Mittelalter, und jede seiner Gesten war ebenso geblieben.

»Kinder, setzt euch«, sagte Helen, die die beiden unauffällig beobachtet hatte und zufrieden registrierte, dass endlich ein Mann aufgetaucht war, für den Kelly mehr als ein interesseloses Schulterzucken übrig hatte. »Shirley und Alexa, kommt mit in die Küche und helft mir.«

Augenzwinkernd folgten Kellys ältere Schwestern der Mutter, sodass sich nur noch Vater Arthur, sein Sohn Bratt und die beiden Schwiegersöhne im Raum befanden; die Kinder hatte Helen bereits zum Spielen – und Zanken – in den Flur geschickt.

Noch immer wie in einem Trancezustand nahm Kelly auf dem Sofa Platz und bat Ron, sich neben sie zu setzen, dabei fragte sie sich, ob sie schon wieder träumte oder der leibhaftige Ritter Ronald wiederauferstanden war.

Aus dem angrenzenden Esszimmer war Geschirrgeklapper zu hören und das verhaltene Kichern der Schwestern, die Kuchen aufschnitten und die Teekannen auf Stövchen stellten.

Befangen saßen Kelly und Ron nebeneinander, bis er fragte: »Wir *müssen* uns schon einmal begegnet sein – oder Sie haben eine Doppelgängerin.«

Kelly durchfuhr der Gedanke, dass er vielleicht denselben Traum wie sie geträumt, ihn jedoch im Gegensatz zu ihr nicht so intensiv erlebt hatte.

Eines war für sie jedoch sicher: Ihr Herz schlug so unvernünftig heftig, wie es im 14. Jahrhundert für Ronald geschlagen hatte.

Schließlich sagte sie: »Frauen, mit denen ich Ähnlichkeit habe, gibt es bestimmt jede Menge.«

»Nein, das glaube ich nicht, denn Sie – oder darf ich Du sagen? – sind etwas ganz Besonderes.«

Allmählich entspannte sich Kelly, lehnte sich zurück und legte ein leises Lächeln auf. »So, glaubst du? Ist das nicht ein ganz bekannter Anmachspruch?« Dabei wusste sie ziemlich genau, dass dieses Kompliment ehrlich gemeint war, weil sie hoffte, dass er über Ronalds Charakterzüge verfügte.

Er protestierte. »Nein, bestimmt nicht. Es kommt nicht oft

vor, dass mir eine Frau so gut gefällt, dass ich mich zu Komplimenten hinreißen lasse.«

Kelly lächelte noch immer, aber es wirkte verkrampfter. Hatte Ronald nicht ähnliche Worte gesprochen? Sie tauschten einen zögernden Blick; beide schienen zu ahnen, dass sie füreinander bestimmt waren.

Helens fröhliche Stimme riss sie unsanft aus ihren Träumen. »Kommt jetzt bitte alle ins Esszimmer, damit wir Tee trinken können – auch die Kinder! Für euch gibt es heiße Schokolade mit Zimt!«

Jauchzend kamen die Kleinen ins Esszimmer gestürmt und nahmen plappernd Platz, und aus der Küche nebenan roch es bereits köstlich nach dem Weihnachtskarpfen.

Noch immer war Kelly benommen, dennoch erwachten ihre Sinne wieder. Sie setzte sich an den großen runden Tisch, neben ihr nahm Ron Platz. Und plötzlich, da ihre gesamte Familie versammelt war, kamen die Erinnerungen an die alte Margaret und den Weihnachtsabend in deren Cottage zurück. Allmählich begriff sie, was die alte Frau ihr hatte sagen wollen: Eine Familie zu haben war von unschätzbarem Wert, auch wenn man sie manchmal als recht nervtötend empfand. Aber die Liebe einer Familie war kostbar – erst jetzt wurden Kelly die Augen geöffnet. Und es war unbeschreiblich wichtig zu lernen, die kleinen Dinge des Lebens nicht als selbstverständlich hinzunehmen, sondern dankbar zu sein, wenn man ein gemütliches Heim und genug zu essen hatte. All dies hatte Kelly in der Vergangenheit gelernt – in einer grausamen Zeit, in der die meisten Menschen täglich um ihr Leben fürchten mussten.

Und sie hatte die Liebe kennengelernt! Nicht nur im Mittelalter hatte sie einen Ritter zu Weihnachten bekommen, sondern auch im 21. Jahrhundert. Von plötzlicher Demut und Dankbarkeit ergriffen, traten Kelly Tränen in die Augen. Ihr war so feierlich zumute, dass sie am liebsten ein Weihnachtslied angestimmt hätte. Der künstliche Christbaum mit dem kitschigen Schmuck im Wohnzimmer, den Kelly jahrelang missachtet hatte, schien plötzlich geheimnisvoll zu strahlen, und über das muntere Geplapper der Nichten und Neffen konnte sich Kelly auf einmal amüsieren.

Sie spürte, dass Ron sie von der Seite her musterte – aber es war kein neugieriger, sondern ein liebevoller Blick.

»Warum gibt es eigentlich keine Bratäpfel, so wie früher?«, erkundigte sich Kelly gut gelaunt, »und weder Honigkuchen noch Anisplätzchen?«

Helen ließ verblüfft die Kuchengabel sinken und blickte sich unsicher um. »Na ja, du hattest nie Interesse daran, Kelly. Jedes Jahr vor Weihnachten frage ich dich, ob du spezielle Wünsche für das Fest hast, und immer höre ich von dir, dass es dir egal ist, was ich zubereite.«

Damit hatte Helen natürlich recht, und Kelly senkte schuldbewusst den Kopf.

»Aber Bratäpfel kann ich noch machen, wir haben genügend Äpfel im Keller gelagert. Wir könnten sie später als Nachtisch essen, mit Schlagsahne und Zimt garniert«, schlug sie vor, worauf nicht nur die Kleinen, sondern auch die Erwachsenen begeistert einwilligten.

Auch Ron schien sich auf die altmodische Delikatesse zu freuen, denn er grinste Kelly mit seinem Ronaldlächeln an, das Kelly an ihrem Ritter so geliebt hatte. Sie verscheuchte die quälenden Gedanken an den vermeintlichen Traum und grinste zurück.

Nach dem Tee fragte sie die Kinder nach deren Geschenken, und spontan eilten sie davon, um ihre Gaben vorzuzeigen, denn sie waren glücklich, dass sich ihre Tante endlich einmal für sie interessierte.

Der kleine Keith schleppte stolz ein Schiffsmodell herbei. Kelly, die wieder neben Ron auf dem Sofa im Wohnzimmer Platz genommen hatte, sagte begeistert: »Wow, ist das ein schönes Schiff! Das ist ein Modell der legendären *Titanic,* nicht wahr? Hast du es von deinen Großeltern bekommen?«

Einen Moment lang blickte der Junge seine Tante verdutzt an, dann antwortete er: »Aber das Schiff habe ich doch von dir bekommen! Weißt du das denn nicht mehr?«

»O ja, natürlich, Keith.« Zögernd blickte sich Kelly um, doch außer Ron schien niemand diesen kleinen Zwischenfall bemerkt zu haben. Dies war der Beweis, dass die vergangenen Wochen aus ihrem Gedächtnis gelöscht worden waren. Doch diese Erkenntnis ängstigte sie nicht mehr, sondern bestätigte lediglich, dass ihr Ronald, Knappe William und die anderen Personen nicht nur im Traum begegnet waren. Oder doch nicht?

Für den Rest der Geschenk-Begutachtung nahm sich Kelly zusammen und zeigte sich entzückt über jedes Teil. Sie versuchte sich daran zu erinnern, Weihnachtsgeschenke für die Familie ausgesucht und mit nach Camden gebracht zu haben, wie sie es auch all die Jahre zuvor getan hatte, aber sie konnte sich nicht entsinnen. Bis zum Erwachen in ihrem alten Zimmer hatte sie keinerlei Erinnerungen mehr.

»Du bist wirklich zu beneiden«, sagte Ron schließlich neben ihr. »Ich wünschte, ich hätte auch so eine reizende Familie wie du.«

Kelly nickte, denn sie empfand plötzlich ebenso. »Hast du weder Eltern noch Geschwister?«

»Nein. Deine Mutter fragte mich schon vor Wochen, wo ich den Weihnachtsabend verbringen werde, und als ich ihr gestand, dass ich sozusagen ›Vollwaise‹ bin, lud sie mich spontan zum Festessen ein. Wie gut, dass sie es getan hat, denn sonst wäre ich dir wohl nie begegnet.«

Sie nickte lächelnd. »Ja, Mom hat ein großes Herz. Sie möchte immer, dass es allen Menschen gut geht. Wie lange lebst du schon in der Nachbarschaft?«

»Um genau zu sein, lebe ich im Reihenhaus nebenan.« Er wies mit dem Daumen über die Schulter. »Hinter dieser Wand befindet sich mein Wohnzimmer.«

»Mom erwähnte, dass du nicht verheiratet bist.« Mit entschuldigender Miene fügte sie hinzu: »Meine Mutter ist nämlich nicht nur reizend, sondern auch sehr neugierig, musst du wissen.« Dabei unterließ sie es, zu erwähnen, dass Helen lediglich neugierig war, wenn sie glaubte, einen passenden Partner für ihre Tochter zu gefunden zu haben. Und diesmal hatte Helen Standhurst zum ersten Mal dabei Kellys Geschmack getroffen!

»Aber das macht doch nichts, es hat mir große Freude gemacht, mich mit deiner Mutter zu unterhalten. Im Übrigem schwärmte sie so sehr von dir, dass ich richtig neugierig auf dich wurde.«

Kelly stellte sich die Szene bildlich vor und musste unbewusst schmunzeln. Doch dann wurde sie wieder ernst und stellte Ron eine Frage, die ihr auf der Zunge brannte.

»Mom erwähnte vorhin, dass du dich für Ahnenforschung interessierst und dabei auf deine eigenen Ahnen gestoßen bist.«

»Das ist richtig. Eigentlich habe ich im Internet auf einer entsprechenden Seite aus Neugierde den Namen meines Urgroßvaters eingegeben, und dann spuckte das Internet einige noch ältere Namen aus, die mir völlig unbekannt waren; sie führten bis ins dreizehnte Jahrhundert, stell dir vor.«

Atemlos lauschte Kelly, dann gab sie sich einen Ruck und fragte zögernd: »Welchen Namen trugen deinen Vorfahren im Mittelalter?«

»Gänzlich andere als in den vergangenen drei Jahrzehnten. Der älteste Eintrag ist der Name eines Ritters namens Bruce of Bragham, der starb jedoch früh und hinterließ einen Sohn … Ronald of Bragham. Wie spaßig, er trug zufällig denselben Vornamen wie ich.« Ron lachte gedämpft. »Den Burschen hätte ich mir zu gerne mal angesehen.«

»Sieh einfach in den Spiegel«, dachte Kelly und schenkte Ron einen zärtlichen Blick. Sie musste an sich halten, um ihn nicht ohne Vorwarnung zu küssen.

Aus der Zimmerecke, wo sich der Kamin befand, klapperte es, und Arthur stieß ein unterdrücktes Fluchen aus, denn der

Rost mit den noch nicht garen Bratäpfeln war umgekippt und beinahe im Feuer gelandet.

»Grandpa, ›Scheiße‹ sagt man nicht«, bemerkte der kleine Keith grinsend, und die anderen Kinder kicherten.

Arthur legte die Äpfel, die bereits einen betörenden Duft verströmtem, wieder ordentlich auf den Rost, wandte sich zu seinen Enkeln um und erwiderte mit verschmitzter Miene: »Großeltern dürfen das manchmal sagen – aber nur, wenn die Bratäpfel um ein Haar verbrannt wären.«

Feixend animierten die Kinder ihren Großvater, weitere Schimpfworte zu gebrauchen; doch Arthur dachte gar nicht daran, darauf einzugehen.

Es war eine gemütliche Atmosphäre, wie Kelly sie zuletzt in Margarets Haus empfunden hatte, und sie wunderte sich, wieso sie das Weihnachtsfest früher lediglich als störend gefunden hatte. Kam der Wandel durch die Zeitreise oder lag es an Ron?

Belustigt sahen er und Kelly den Kindern zu, dann bat Helen ihre Tochter zu sich in die Küche – angeblich, um ihr zu helfen, das Weihnachtsessen aufzutragen. Aber Kelly wusste es besser, denn ihre Mutter platzte fast vor Neugierde.

Helen schickte Shirley und Alexa ins Esszimmer zum Aufdecken; sowie die beiden grinsend die Küche verlassen hatten, rührte sie geschäftig durch die Bratensoße und fragte in beiläufigem Ton: »Nun, mein Kind, wie gefällt dir Mr Burns? Reich mir doch bitte mal die Sauciere rüber.«

Schmunzelnd tat ihr Kelly den Gefallen. »Ich glaube, du weißt ganz genau, wie sehr Ron mir gefällt.«

»Ron? Oh, so weit seid ihr schon? Ich wusste doch, dass er dir gefallen wird!«

Kelly lachte.

»Das hast du angeblich bei jedem Mann gewusst, den du mir bisher vorgestellt hast.«

»Aber diesmal war ich mir völlig sicher – trotz deines idiotischen Weihnachtswunsches nach einem Ritter.«

Wortlos goss Kelly die Soße um, dachte aber bei sich: Wenn

du wüsstest. Und sie hoffte inständig, dass sie nicht wieder nur träumte.

Noch bevor Helen den Karpfen auftrug, musste Kelly ihre Geschenke auspacken. Wie üblich hatten die Kinder gebastelt, und wie jedes Jahr rätselte sie, was die schiefen Kreationen darstellen sollten; von den Eltern lag der obligatorische Seidenschal mit einer Tafel Schokolade unter dem Weihnachtsbaum. Kelly heuchelte Freude, obwohl sie zu Hause fast eine halbe Kommodenschublade voller Schals hortete, die sie noch nie getragen hatte.

Aber diesmal ärgerte sie sich nicht darüber, denn ihr schönstes Weihnachtsgeschenk, das sie zärtlich beobachtete, entschädigte sie für alles.

22

Schon lange nicht mehr hatte Kelly Mutters Weihnachtsessen so sehr geschmeckt und sie langte kräftig zu. Auch Ron lobte Helen wieder und wieder, bis sie vor Verlegenheit errötend abwinkte.

Der Höhepunkt waren natürlich die Bratäpfel, deren Duft allen das Wasser im Mund zusammenlaufen ließ. Nicht nur deren Geschmack, sondern auch das kräftige Aroma ließen Kellys Erinnerungen gegen ihren Willen wieder an Margaret aufsteigen.

Wenn es sie wirklich gegeben hatte … welche Funktion hatte sie ausgeübt? War sie nur der Wegweiser für Kellys oberflächliches und unzufriedenes Leben gewesen? Oder hatte Kellys nicht ganz ernst gemeinter Wunsch nach einem Ritter zu Weihnachten eine Zeitreise ausgelöst?

Als Ron neben ihr sein Weinglas erhob und ihr zuprostete, entdeckte Kelly, dass Ronald seinen Weinkelch genauso gehalten hatte. Aber wie es schien, war Ron tatsächlich ein echter Nachkomme des Ritters und hatte seinem Nachfahr über all die Jahrhunderte hinweg einige seiner Merkmale vererbt.

Während die anderen munter schwatzten, blickten sich Ron und Kelly in die Augen, und wieder behauptete er: »Ich bin mir ganz sicher, dass wir uns heute nicht zum ersten Mal sehen. Ist das nicht merkwürdig?«

Sie nickte wortlos und fragte sich, ob es Zufall war, ihm in ihrem Elternhaus begegnet zu sein, oder ob es eher der ungewöhnliche Weihnachtswunsch gewesen war, der ihn zu ihr geführt hatte.

Die Bratäpfel waren schnell verzehrt und hinterließen bei allen das Gefühl, ein ganz besonderes Weihnachtsfest zu erleben.

Mittlerweile war es nach zwanzig Uhr, aber niemand schien es eilig zu haben, den Tisch zu verlassen. Sogar die Kinder, die ansonsten kaum stillhalten konnten, saßen andächtig auf ihren Plätzen und schauten mit glänzenden Augen auf die große Tischkerze, die Kelly vor dem Essen aufgestellt hatte.

Helen hielt nicht viel von echten Kerzen, weil sie Wachsflecken auf dem Tischtuch hinterlassen und sogar rußen konnten. Aber das gleichmäßig flackernde Licht schien auch sie zu beeindrucken.

»Früher hatten wir immer echte Kerzen am Baum«, sagte sie versonnen. »Erinnert ihr euch? Und euer Dad marschierte mit euch zum Markt, wo Tannen und Fichten verkauft wurden.«

Gleichzeitig nickten Kelly und ihre Geschwister. Ja, damals war Weihnachten noch ein Fest der Freude und Wärme gewesen.

»Warum hast du jetzt nur noch elektrische Kerzen am Baum, Grandma?«, piepste die kleine Trisha. »Echte sehen doch viel schöner aus.«

Helen spähte zum Weihnachtsbaum hinüber, dann erwiderte sie: »Das ist eine gute Frage, Kleines. Im nächsten Jahr geht ihr mit Grandpa los und besorgt einen richtigen Christbaum. In Ordnung?«

Die Kinder jubelten und löcherten sogleich ihren Großvater, in wie vielen Tagen wieder Weihnachten sei. Die anderen lachten und schienen sich zu denken, dass die Kleinen sich mehr darüber freuten als über die ganzen Spielsachen, die sie bekommen hatten.

Schließlich hob Helen die Tafel auf, indem sie mit dem Abräumen begann. Natürlich erhoben sich zugleich die Frauen, aber diesmal winkte Helen ab. »Geht ins Wohnzimmer zu euren Männern, ich werfe das Geschirr sowieso nur in die Spülmaschine und mache Mokka.«

Trotzdem ließ es sich Kelly nicht nehmen, ihrer Mutter zu helfen, nachdem sie Ron gebeten hatte, sich zu den anderen zu setzen. Mit jedem Satz musste sie sich zusammenreißen, um

Ron nicht wie seinen Urahn mit »Euch« anzureden, so groß war die Ähnlichkeit.

Sie stellte einen Stapel Teller auf die Arbeitsplatte am Fenster und zog ungläubig die Gardine zurück. Sie blinzelte und schaute genauer in den kleinen Hintergarten.

»Mom«, sagte sie schließlich ergriffen. »Mom, sieh nur, es schneit!«

»Red keinen Unsinn, Kind. Für Schnee ist es nicht kalt genug – wie immer zu Weihnachten.«

Kelly trat einen Schritt zur Seite. »Überzeug dich selbst.«

»Lieber Himmel!«, rief Helen verzückt. »Wie wunderschön das aussieht; komm, wir sagen es den anderen.« Sie hielt kurz inne und trat vom Fenster zurück. »Eigenartig, ich werde das Gefühl nicht los, dass Weihnachten in diesem Jahr etwas ganz Besonderes ist. Mir ist schon seit einer Ewigkeit nicht mehr so feierlich zumute als heute.«

Erstaunt registrierte sie, dass ihre Tochter sie warmherzig umarmte und leise sagte: »Mir auch nicht, Mom. Lass uns jetzt den anderen die Neuigkeit berichten.«

Die Kinder rannten augenblicklich zur Terrassentür und baten ihren Großvater, die Rollläden zu öffnen, damit sie sich mit eigenen Augen von der weißen Pracht im Garten überzeugen konnten.

Mit verzauberten Mienen drückten sich die Kleinen ihre Nasen an der Fensterscheibe platt und bettelten, einen Schneemann bauen zu dürfen.

Doch ihre Eltern lachten nur und erinnerten die Kinder daran, dass sie um diese Zeit schon längst im Bett sein müssten und versprachen, den Schneemannbau am nächsten Tag nachzuholen. Kelly, die nach Weihnachten ansonsten sofort wieder in ihre eigene Wohnung floh, verkündete lauthals zum allgemeinen Staunen, dass sie mithelfen wolle.

Zufrieden, aber müde, marschierten die Kleinen anschließend ins Bett, und Helen servierte den Weihnachtspunsch. Doch Kelly hatte andere Pläne für den Rest des Abends und schlug Ron vor, einen nächtlichen Spaziergang zu unternehmen, dem er begeistert zustimmte.

»Geht nur«, sagte Helen mit sanftem Lächeln. »Wer weiß, wie lange die Schneepracht da draußen anhält.« In Wahrheit war sie jedoch glücklich darüber, letztendlich doch einen passenden Mann für ihre Tochter gefunden zu haben. Denn zweifellos gefiel Kelly der sympathische Nachbar, wie man ihr auf den ersten Blick ansah. Und Ron gab sich gar nicht erst Mühe zu verbergen, wie sehr er Kelly anhimmelte.

Sie zogen sich dicke Jacken an, dann traten sie hinaus in die verschneite Umgebung. Noch immer schneite es – dicke flauschige Flocken, die einem das Gefühl gaben, von kalten Wattebäuschen berieselt zu werden.

Gemeinsam gingen sie ein Stück über knirschenden Schnee, und Kelly betrachtete begeistert die Fenster der Siedlungshäuser, hinter denen die Weihnachtslichter ein warmes Leuchten in die weißen Vorgärten warfen. Es herrschte völlige Stille, der Schnee dämpfte alle Geräusche.

Ronald schien ebenfalls beeindruckt zu sein, denn er schwieg andächtig wie Kelly. Doch als sie in eine Nebenstraße einbogen, blieb er abrupt stehen und sagte mit überzeugender Stimme: »Jetzt weiß ich, woher ich dich kenne.«

»Wirklich?«

»Ja, aber bitte nicht lachen. Ich habe vor einiger Zeit von dir geträumt! Nun ja, du warst nur ein Teil meines Traumes, tauchtest jedoch regelmäßig darin auf.«

Sie blieb stehen.

»Worin ging es in diesem Traum?«

»Hm, genau weiß ich es auch nicht. Ich erinnere mich nur daran, dass Vollmond war, da träume ich öfter so verrückte Sachen. Also, es waren eigentlich nur Traumfetzen – einmal fuchtelte ich mit einem Schwert herum, dann saß ich unvermittelt auf einem riesigen Pferd, um, wie mir scheint, vor etwas zu fliehen. Und zwischendurch tauchte immer wieder diese dunkelhaarige Schönheit auf, der du so ähnlich siehst.«

Kelly spürte, wie ihr Puls sich verdoppelte, unterbrach Ron jedoch nicht.

»Diese Frau trug ein langes altmodisches Kleid und schien in Gefahr zu sein, und ich … hm … ich sollte sie retten. Glaubst du, dass solch ein Traum etwas zu bedeuten hat? Immerhin – ich wage es gar nicht auszusprechen – verfolgten mich jedes Mal erotische Gedanken, wenn ich diese Frau sah.«

Amüsiert lächelte Kelly und erinnerte sich der erotischen Spannung, die zwischen ihr und Ritter Ronald entstanden und in einer zauberhaften Nacht zur Erfüllung gekommen war.

»Was ist daran so lustig?«, fragte Ron, doch seine Augen lachten dabei. »Am besten, ich vergesse diesen merkwürdigen Traum und widme meine Aufmerksamkeit der bezaubernden Doppelgängerin. Ich hoffe, du hältst mich jetzt nicht für einen Spinner.«

»Ganz und gar nicht«, gestand sie und setzte sich wieder in Bewegung. »Ich hatte einen ähnlichen Traum.«

»Ach!« Er schien verwundert zu sein. »Davon hast du mir gar nichts gesagt.«

»Wann denn?« Sie vergrub ihre kalten Hände tief in den Jackentaschen. »Wir kennen uns doch erst seit wenigen Stunden, nicht wahr?«

»Stimmt. Aber jetzt lasse ich nicht zu, dass sich unsere Wege wieder trennen … vorausgesetzt, du hast nichts dagegen.«

Dagegen hatte Kellys nicht das Geringste einzuwenden, und als er sie unter einer Straßenlaterne am Ärmel festhielt, blieb sie sofort stehen.

Ron nahm ihre Hände aus den Jackentaschen und wärmte sie mit seinen eigenen. Fast wirkte diese Geste wie eine Szene aus dem Mittelalter, als Ritter Ronald versucht hatte, Kelly etwas Wärme einzuhauchen.

Sie standen einfach nur da und sahen sich tief in die Augen. Der Schnee hatte weiße Hauben auf ihre Haare gezaubert, doch sie merkten es kaum. Sie hatten die Welt um sich vergessen und sahen sich schweigend an, mit einer Vertrautheit, die nur durch einen gemeinsamen Traum hervorgerufen werden konnte.

Für Kelly war der Mann vor ihr Ronald of Bragham, nicht sein Nachfahre. Durch einen Zauber musste er ihr ins 21. Jahrhundert gefolgt sein, obwohl diese Vermutung natürlich Blödsinn war.

»Darf ich dich küssen?«, flüsterte Ron schließlich, und ohne weitere Aufforderung öffnete sie ihre Lippen. Sein Kuss war so sanft und zärtlich, dass Kellys Knie weich wurden, denn so konnte nur der Ritter aus dem Mittelalter küssen.

Er bedeckte Kellys Gesicht mit weiteren kleinen weichen Küssen und strich ihr über das Haar, um es vom Schnee zu befreien. Irgendwo läuteten Kirchenglocken zur Mitternachtsmesse, die Kelly flüchtig an das Geläut in Sevenoaks erinnerten, auch wenn sie sich vorgenommen hatte, nicht mehr an die Zeitreise ins Mittelalter zu denken.

Sie musste sich daran gewöhnen, dass sie wieder im Jetzt lebte, und Ron würde ihr diese Zeit versüßen. Noch einmal umarmte er Kelly, und trotz der dicken Kleidung konnte sie seinen muskulösen Körper spüren, sodass ihr fast die Sinne schwanden.

Ron suchte ihren Blick und sagte unsicher: »Verdammt, ich glaube, ich habe mich verliebt! Gibt es wirklich so etwas wie Liebe auf den ersten Blick?«

Glücklich schlang sie ihre Arme um seinen Hals und antwortete strahlend: »Wieso auf den ersten Blick? Wir kennen uns doch schon aus unseren Träumen.«

Erleichtert lachte er auf. »Und da sagt man, dass Träume Schäume sind!«

Hand in Hand gingen sie zurück, glückselig und ausgelassen wie Kinder.

Als Kelly im Schnee ausrutschte, reagierte Ron blitzschnell, indem er sie dicht an sich presste. Sie blickte zu ihm auf und dachte sich: »Mein Gott, ich liebe diesen Mann mehr als mein Leben.«

Sie hatte keine Angst vor der Zukunft, denn sie kannte bereits Rons Stärken und Schwächen von seinem Urahn; sie wusste, dass sie sich auf ihn verlassen konnte und er sie beschützen würde, wenn es darauf ankäme – eben ein richtiger Ritter, wenn auch ohne Schwert und Rüstung.

Eng umschlungen erreichten sie das Reihenhaus von Arthur und Helen Standhurst. Bevor sie hineingingen, sahen sie sich verliebt an – und eines war sich Kelly bewusst: Das Weihnachtsfest 2012 würde ihr ewig in Erinnerung bleiben …

Epilog

Wir werden nie erfahren, ob Kelly und Ron nur einen gemeinsamen Traum hatten oder ob sie sich wirklich im Mittelalter trafen. Hätte Kelly nachgeforscht, dann hätte sie erfahren, dass der Vorname der alten Mrs Ingles Margaret gelautet hatte.

Doch das war eigentlich unwichtig, da Kellys Weihnachtswunsch erfüllt worden war – im Jahre 1312 ebenso wie im Jahre 2012. Und außerdem hatte für sie das Weihnachtsfest einen neuen Glanz bekommen; nie wieder würde sie das Fest aller Feste achtlos wie eine unangenehme Pflicht an sich vorüberziehen lassen.